MARCOS

La pasión según Carmela

Margos Aguinis nació en Córdoba, Argentina, y es uno de los autores más leídos y respetados tanto en su país como más allá de sus fronteras. Muchas de sus obras han sido traducidas a varias lenguas con gran éxito de crítica y público. Sus novelas, entre las que destacan *Refugiados: Crónica de un palestino*, *La conspiración de los idiotas*, *La matriz del infierno*, *Los iluminados*, *La pasión según Carmela* y *La furia de Evita*, han supuesto verdaderos hitos literarios. Entre sus ensayos resaltan *¡Pobre patria mía!*, *Un país de novela* y *Elogio del placer*. Ha sido invitado como Escritor Distinguido por la American University y el Wilson International Center de Washington, y nombrado Caballero de las Artes y las Letras en Francia. En España, fue el primer escritor latinoamericano en lograr el Premio Planeta, en 1970, con su novela *La cruz invertida*.

La pasión según Carmela

La pasión según Carmela

Una novela

Marcos Aguinis

Vintage Español

Penguin
Random House
Grupo Editorial

Primera edición: mayo de 2022

Copyright © 2008, Marcos Aguinis

Copyright © 2022, Penguin Random House Grupo Editorial USA, LLC
8950 SW 74th Court, Suite 2010
Miami, FL 33156

Publicado en los Estados Unidos de América por Vintage Español,
una división de Penguin Random House Grupo Editorial USA, LLC.
Todos los derechos reservados.

Diseño de cubierta: Florencia Gutman.

Impreso en México / *Printed in Mexico*

ISBN: 978-1-64473-598-5

22 23 24 25 26   10 9 8 7 6 5 4 3 2 1

*A Nory, que con amor
impulsó la redacción de esta novela*

¡AY CARMELA!

El Ejército del Ebro,
rumba la rumba la rumba lá.
El Ejército del Ebro,
rumba la rumba la rumba lá.
Una noche el río pasó,
¡Ay Carmela! ¡Ay Carmela!
una noche el río pasó,
¡Ay Carmela! ¡Ay Carmela!
Y a las tropas invasoras,
rumba la rumba la rumba lá.
Y a las tropas invasoras,
rumba la rumba la rumba lá
buena paliza les dio,
¡Ay Carmela! ¡Ay Carmela!
buena paliza les dio,
¡Ay Carmela! ¡Ay Carmela!
El furor de los traidores,
rumba la rumba la rumba lá.
El furor de los traidores,
rumba la rumba la rumba lá
lo descarga su aviación,
¡Ay Carmela! ¡Ay Carmela!
lo descarga su aviación,
¡Ay Carmela! ¡Ay Carmela!

Pero nada pueden bombas,
rumba la rumba la rumba lá.
Pero nada pueden bombas,
rumba la rumba la rumba lá
donde sobra corazón,
¡Ay Carmela! ¡Ay Carmela!
donde sobra corazón,
¡Ay Carmela! ¡Ay Carmela!
Contraataques muy rabiosos,
rumba la rumba la rumba lá.
Contraataques muy rabiosos,
rumba la rumba la rumba lá
deberemos resistir,
¡Ay Carmela! ¡Ay Carmela!
deberemos resistir,
¡Ay Carmela! ¡Ay Carmela!
Pero igual que combatimos,
rumba la rumba la rumba lá.
Pero igual que combatimos,
rumba la rumba la rumba lá
prometemos combatir,
¡Ay Carmela! ¡Ay Carmela!
prometemos combatir,
¡Ay Carmela! ¡Ay Carmela!

Contrapunto
soñado

1

Carmela partió antes del amanecer, muy tensa y silenciosa, tras escribir una ambigua carta a sus padres. Decía que iba a tomarse un descanso junto al mar porque no terminaba de poner en orden la baraja de sentimientos desencontrados que le había producido su ruptura con Melchor. Fue en taxi hasta una distante parada de buses que se dirigía a Oriente. Debía viajar en una guagua común, tal como exigía el mensaje clandestino que apareció en sus manos días antes. Ella, princesa de la burguesía cubana, iba a introducirse en una aventura propia de las novelas con suspenso.

Todavía estaba oscuro, pero ya se amontonaban hombres, mujeres y niños con talegos de lona y valijas atadas con cuerdas de diferente grosor. Empezó a sentir entusiasmo por la novedad de tomar contacto con el pueblo llano. La trepada al vehículo fue un combate donde docenas de personas querían meterse al mismo tiempo. Comprimida por un compacto de músculos y esqueletos experimentó la magia de la levitación.

Algunos conversaban a grito pelado, compitiendo con el ruido salvaje que petardeaba la guagua. Otros bostezaban. Ella se sentía flotar. Sus pies no tocaban el piso, porque el entorno la sostenía y bamboleaba. La presión olorosa y firme parecía un acolchado asfixiante.

Nuevas ideas e impulsos habían empezado a quitarle el sueño desde que se hicieron indiscutibles las infidelidades de Melchor. La sorprendió sentirse ridícula en su papel de "señora" y comenzó a despreciar a sus amigas huecas, que no salían del chisme o la moda. Todo parecía artificial. Le faltaban dos materias para recibirse de médica y había iniciado las prácticas de neurocirugía con el doctor Eneas Sarmiento. La especialidad la había fascinado por los recientes prodigios de las neurociencias y, además, la cirugía era una disciplina sofisticada, carente de mujeres. La atrajo el desafío. Como ahora la atraían los barbudos de Sierra Maestra.

En el bus, muy cerca, se bamboleaba un joven que pretendía acercársele, pero el amazacotamiento lo impedía. En cambio ella pudo aprovechar la lubricación de las espaldas pegajosas para acercarse a los asientos de un costado. El ómnibus pegó una sacudida y lanzó los pasajeros como melones hacia delante y atrás. Carmela se instaló cerca de los asientos, aunque tenía que esperar. Escuchó que llegaban a una parada, pero nadie insinuó descender hasta que de súbito se encendió la conciencia y del portaequipajes empezaron a caer los bolsos. El frenesí impulsaba hacia la puerta mientras algunos chillaban ¡permiso!, repetían ¡permiso! y hasta golpeaban hombros y barrigas con su irritante ¡permiso! El chofer podría encajar de nuevo la marcha, soltar el embrague, provocar otro terremoto y arrastrarlos sin freno hasta la parada siguiente.

Carmela se había concentrado en una mujer que se levantó de golpe mientras con una mano sostenía en el vértice de su cabeza un cómico rulero que le domaba las mechas. Aprovechó el aluvión, presionó hacia un costado y pudo ganar su asiento. De pronto descubrió algo tan simple y tierno como un par de ojos color miel. Masculinos y profundos en medio de esa multitud. Los húmedos ojos se mantuvieron adheridos a su cara mientras decenas de hombros y cabezas oscilaban como marionetas.

Creyó sonrojarse por ese roce, como si los ojos tuviesen yemas que la acariciaran. Bajó los párpados por unos segundos y, al abrirlos, advirtió que los ojos seguían en el mismo lugar, fijos, como si no fuesen humanos. Se sintió rara, porque ya había experimentado con otros hombres los escarceos de la conquista y las lidias sexuales, pero nunca algo así.

Esa mirada contenía fulgor, agitaba las vísceras. La pudibundez de burguesita (estaba cansada de ser burguesita) continuaba circulando por su sangre. ¿Qué diablos le pasaba? Con esos ojos provistos de misterio se formaba un puente de vidrio caliente.

Se alisó los pantalones de brin y acomodó su blusa, los nervios ordenaban a los músculos realizar movimientos de disimulo. Sus dedos frotaron la cuerina bordó del asiento y percibió la herida que le había hecho el cuchillo de un depredador. Por supuesto que nadie se ocuparía de repararla, ya había escuchado que rajaduras parecidas afeaban todos los asientos del transporte público manipulado por el corrupto gobierno de Batista.

Mientras divagaba, sus pupilas no dejaban de girar hacia la izquierda, tentadas por esos ojos profundos que mantenían tenso el puente. Los miraba con la fugacidad del rayo, pero con la delectación de una abeja que se sumerge asustada en el polen de una flor.

Dos paradas antes de Santiago de Cuba los ojos cambiaron de dirección, como el bauprés de un navío, y se encaminaron hacia la salida. Antes de bajar volvieron a mirarla con la tristeza de las despedidas. Ella pegó su nariz a la ventanilla semiabierta. Una ráfaga con olor a eneldo le llenó los pulmones cuando los distinguió en la vereda, siempre fijos, siempre tiernos. La guagua reanudó sus convulsiones y se alejó hacia el este. Los ojos no dejaron de mirarla, cada vez más lejanos.

Luego intentó dormir y apareció alguien con un fusil al hombro. Le causó desasosiego, porque esa figura no armonizaba con el arma. De súbito un carbonizado árbol pegó aullidos de lobo, se quebró y cayó lento sobre la cabeza del hombre. Despertó transpirada. Mientras se restregaba los párpados se dio cuenta de que sólo había registrado una mirada, no a la persona que la contemplaba insistente. Yo estoy trastornada, pensó, porque no puedo recordar el color de su cabello, ni la forma de su nariz, ni el dibujo de sus labios, ni la extensión de su frente. ¿La figura de la pesadilla era acaso ese desconocido? ¿Por qué lo asocio con una tragedia?

Si hubiera sido la remota jovencita que pergeñaba narraciones inquietantes, Carmela habría abierto su cuaderno de tapas azules y escrito un cuento minúsculo, tal como le salían en aquella época. Se hubiese referido a unos ojos sueltos y voraces, como monstruos extraterrestres que flotaban en el interior de la guagua, deseosos de succionarla como al contenido de una ostra.

2

Descendí en la populosa Santiago de Cuba, como me había indicado la orden. Di vueltas bajo la calcárea luz del mediodía, pese a que se anunciaba lluvia para la tarde. Caminé entre trabajadores que transportaban carretillas llenas de escombros, mientras por sus sienes chorreaba la grasa del calor. Una mujer se me acercó lento y pronunció "tollina", que significa azote o correazo; ¿serán las tollinas que íbamos a descargar sobre el déspota? La seguí por una calle sombreada de almendros. Recorrimos esquinas donde policías con los párpados a media asta ni siquiera percibieron nuestra presencia. Nos metimos en un barrio anestesiado por la siesta y penetramos en un corredor de ladrillos, cuyo final torcía hacia un garaje con autos chatarra. Allí, dentro de un camión, me esperaba Haydée Santamaría en ropa de guajira y, sin darme tiempo a decirle que me alegraba volver a encontrarla, indicó que me sentara junto al chofer de bigote erecto y un flequillo partido al medio que le ocultaba casi toda la frente. Me tendió su mano callosa: Soy Bartolomé, dijo.

Por el espejo retrovisor vi que Haydée y nueve hombres trepaban a la parte posterior, enseguida cerrada con pasadores, de modo que el camión se transfiguró en un vehículo cargado de mercaderías inocentes. Ignoraba en ese momento que el camión pertenecía a la familia de Húber Matos y que, además de las personas escondidas, un cargamento ilegal de armas atestaba su interior. Si nos descubrían, yo, la hija del abogado Emilio Vasconcelos, respetado por el poder y sentada junto al chofer, debería exhibir el documento de identidad que me habían ordenado traer, para que los policías o soldados de Batista desistieran de revisar la caja. Era un operativo peligroso y yo no había sido informada de la verdad para que no me doblase el temor. Habían decidido bautizar mi ingreso al Ejército Rebelde con esta maniobra iniciática, para después hablar sobre mi primera e inconsciente victoria.

Tierra y aceite grueso cubrían el nombre de la razón social que estaba escrito a ambos lados del vehículo. Al caer la noche empezó a llover y el lodo del camino fue una bendición adicional porque mantenía a las tropas resguardadas bajo el tamborileante cinc de los cuarteles. El camión podía quedar atrapado en las banquinas. Sólo tenía prendida la luz baja para no ser advertido por los largavistas de un militar. La lluvia aumentó su furia, hubo que prender las luces altas y avanzar a paso de hombre. Bartolomé carajeaba cada vez que el camión se desbarrancaba hacia los costados y giraba el volante en sentido opuesto hasta que una de las ruedas se hundió en un pozo. Casi volcamos. Enseguida los once pasajeros nos pusimos a juntar manojos de paja y rocas sueltas, pero fue imposible sacarlo de la trampa. Cada aceleración del motor hundía más esa rueda y hundía también a las otras.

Ulises, de complexión sanguínea y ojos fosforescentes como los felinos, se limpió el lodo de la cara con el antebrazo de su campera y propuso abandonar el camión, cargar las armas y emprender la marcha por los arrozales. ¿Por los arrozales?, se sorprendió Haydée. Es la línea más corta y segura, replicó Ulises, la recorrí varias veces. Miró su reloj y anunció: Si partimos ahora podremos llegar a las estribaciones de la Sierra antes del amanecer, pero ¡hay que salir ya! Su determinación silenció las protestas. Yo quedé alelada al tomar conciencia de la cantidad de armas que habían cargado. La lluvia siguió azotando y Haydée se me acercó para alentarme: Aunque molesta, es nuestra coraza; mientras dure la lluvia no hay peligro de que salga el ejército.

La marcha fue ímproba y Ulises me gritó por entre la cortina de agua: ¡Ahora conoces las maravillas de nuestra lucha! Le sonreí agradecida, aunque no esperaba tener fuerzas para llegar a destino. Temí que mi aventura acabaría pronto de forma grotesca. Me pregunté si no había cometido el peor de los errores. ¿Qué hacía ahí, en medio de este combate absurdo? Los autorreproches me aceleraban la respiración.

Cuando iniciamos la subida amainó el aguacero. El ascenso fue penoso y llegamos al campamento arrastrándonos como tortugas. Nos ofrecieron café caliente en jarras de latón que sabía a jugo de ambrosía. Húber Matos nos dio la bienvenida con elogios a nuestro esfuerzo y después se sentó a conversar conmigo antes de que me desmayase el sueño. Tenía urgencia por disculparse de la prueba a la que había sido sometida antes de recibir entrenamiento. También quería sincerar la decisión de usarme para encubrir el cargamento de armas; yo acababa de prestar un valioso servicio y hubiera sido más honesto prevenirme. Mi boca apenas podía articular palabras, pero dije que no me molestaba ese obligado engaño, a la vez que agradecía su franqueza. En ese instante fue interpelado Húber por otro hombre con una cicatriz violeta en la frente, que también había venido en el camión y necesitaba transmitirle una noticia apremiante. ¿Qué pasa, Evelio?

Evelio se movió incómodo, prefería que yo me alejase, cosa que Húber no aceptó. ¿Qué pasa?, cuéntame.

—Oye —titubeó—, nosotros... nosotros no queremos volver al Llano bajo el mando de Ulises.

—Por qué.

—Porque... —se rascó la cabeza y su cicatriz se tornó roja—, porque hace tres noches sacó de su casa, cerca de Yara, a un campesino.

—¿Qué tiene de malo?

—Lo engañó, Húber. Lo hizo caminar con nosotros dos kilómetros para que nos guiara. Y cuando no lo necesitó más, lo asesinó cerca del río. Le metió una bala en la nuca. Dijo que era un informante del ejército, un chivato.

El comandante lo miró iracundo.

—No era cierto, Húber, no le creemos —insistió Evelio—. Estos guajiros están con nosotros y el pobre no tenía aspecto de traidor. Ulises es un asesino, le gusta impresionar para que le tengamos susto. Mira, habla tú con quien tienes que hablar, habla con Fidel, pero resuelve este problema.

Húber se hinchó de rabia y yo hubiera querido estar lejos. Semejante confesión me trizó la coherencia de los pensamientos. ¿Aquí también pasaban esas cosas?

—Si es como tú lo cuentas —Húber lo miraba con fuego—, se trata de un hecho incompatible con la moral del Ejército Rebelde.

Se levantó furioso y dio zancadas hacia la carpa de Ulises. De su cinturón colgaba el arma y yo supuse que correría sangre. Sin darle tiempo a entender lo que sucedía, Húber le puso el índice entre los mesmerizantes ojos de gato: ¡No vuelvas a cometer crímenes, Ulises, eso es denigrante! ¡Hablaré con Fidel sobre el asunto!

Dio media vuelta y ordenó a su gente que se fuese a descansar. Ulises no se levantó del piso y alcanzó a mascullar: No sabes distinguir a los traidores, compañero, eso es malo.

Fui ubicada provisoriamente en la tienda de Haydée Santamaría. Pese al cansancio, después de esa escena se me evaporó el sueño y charlé con ella. Allí supe que Haydée había participado en el asalto al cuartel Moncada con su novio y su hermano, y que los dos fueron asesinados por el ejército después del combate, sin juicio ni clemencia.

A la madrugada siguiente, después del desayuno, Haydée comentó que yo me había ganado la simpatía de los jefes. ¡Exageras!, repliqué escéptica y gozosa: ¿Qué hice para merecer su aprecio? Me indicó que descansara y recorriera el campamento porque veinticuatro horas después empezaría mi entrenamiento.

Yo estaba excitada y bebía cada minucia, sonido, olor. El bosque, las carpas, las chozas, los guerrilleros, el movimiento incesante de objetos y personas eran un universo fascinante. ¿Cuántos espías del gobierno hubieran querido estar en mi lugar? Conversé con algunos miembros de esta legión misteriosa y me sorprendió la variedad de acentos y procedencias. No parecían ser muchos, pero quizás estaban divididos en escuadrones asentados en diferentes partes de la Sierra para no caer al mismo tiempo si se producía un asalto.

Me llevaron a disparar en la secreta hondonada de tiro. Allí sufrí una crisis que me avergonzó. Miré el fusil como si fuese un animal monstruoso, largo como una serpiente, que escupe veneno humeante y deja en el aire su olor letal. ¿Yo iba a empuñar esa abominación para matar gente? ¿Era una médica que cambiaba su vocación samaritana por la de asesina? Cuando pequeña ni siquiera me dejaron tocar las armas de juguete, ¿y ahora aprendería a usar las de verdad, las criminales? ¿Me entrenaría para dar en blancos que no eran de cartulina, sino personas como yo? Significaba la locura, debía alejarme de este lugar. Miré con ojos espantados a mi joven entrenador, que sonreía ante mi miedo, acostumbrado a los indecisos que llegaban con ganas de construir otro mundo sin producir daños. Eran indecisos ingenuos. Yo hacía ese papel, el papel de la burguesita ridícula, usada para transportar armas y ahora urgida a disparar. A disparar con certeza. No era capaz de bajar un pájaro y pronto debería matar un hombre. Me acuclillé en el pasto y hundí la cabeza entre los dedos. Mi entrenador se mantuvo silencioso, sabía que esas crisis suceden y debía esperar. Quizá transcurrió una hora, quizá menos.

Me incorporé con los ojos enrojecidos y le pedí que comenzáramos. Al principio temblé, luego de un rato me entusiasmó el progreso. Al final no quería detenerme, total, eran blancos de cartulina.

Quedé sorda por los tiros, con dolor en el hombro derecho y una impregnación de pólvora que no me pude sacar ni con esponjas embebidas en vinagre. Mi entrenador dijo que había resultado más hábil de lo imaginado, con pulso firme, de cirujana, y el corazón ciego de una idealista. Estaba satisfecho. A la semana Húber me llamó para decir que me quería como una suerte de cronista de la Revolución. ¿Cronista? Sí, llevarás un cuaderno y algunos lápices, otro tipo de armas; no olvides que vivimos una epopeya. Lo miré tiritando gratitud.

Vi sentado a un combatiente sobre una piedra azulina bajo la sombra de un castaño. Leía un libro grueso. Lo cerró al advertir mi presencia y me miró con intensidad. Tenía los ojos color de miel.

3

El índice de Ignacio quedó atrapado entre las hojas del volumen mientras su mirada se mantenía fija sobre el rostro de Carmela. Se levantó con dudosa sonrisa y volvió a establecerse el puente de vidrio caliente. Ella pudo advertir que tenía mediana estatura, era vigoroso, rubio de barba y cabellos, labios finos, nariz con una moderada giba desviada hacia el lado del corazón.

Sus primeras palabras, de inconfundible acento argentino, fueron: Ya nos conocemos. Carmela hizo un breve gesto de aceptación, ambos recordaban la guagua y el insistente contacto de los ojos. Ignacio se sentó junto a ella y le mostró el libro que estaba leyendo, un tomo de las obras completas de Marx. Para que no lo confundiera con un novato, aclaró que nunca terminaba de aprender, que en esas páginas fluían como río las ideas notables. Ella contestó que sus conocimientos sobre marxismo se basaban en glosas y comentarios, no había leído los originales. Ignacio sonrió tolerante y aseguró que la deslumbrarían. Tomó su mano, que soltó enseguida. Argumentó, para justificarse, que le estaba prestando su libro, al que depositó con dulzura sobre las piernas de ella, quien se negó a recibirlo porque él lo estaba leyendo. Ignacio contestó que leía varias obras al mismo tiempo, así que podía quedárselo por unas semanas.

—Los originales son mejores que los compendios, como te habrá ocurrido con Anatomía.

Fue otra sorpresa, ¿sabía de su profesión? Ignacio dijo entonces que en el campamento estaban enterados de la vida y milagros de cada uno, en especial de los que recién se incorporaban, era un asunto de estricta seguridad. Sabía que le faltaban pocas materias para recibirse, que había empezado su especialización en neurocirugía y que era la hija del abogado Emilio Vasconcelos. A Carmela se le cayó el maxilar. Le preguntó si era espía o también médico. No, era economista; en cambio médico era su paisano Ernesto Guevara y estaba allí, precisamente, por insistencia de Guevara; con Fidel Castro había tenido un par de encuentros anteriores muy desafortunados. Carmela quiso enterarse qué significaba "encuentros anteriores muy desafortunados", pero se negó a responder y prometió contárselos en el futuro.

La invitó a caminar para que conociera otros vericuetos de la Sierra. Ignacio hablaba con voz apasionada y saltaba de temas, como si no se sintiera cómodo en ninguno. Después ella comprendió que lo agitaba su presencia, porque no sabía cómo abordarla, era para él una mujer que lo atraía y al mismo tiempo le provocaba un inexplicable temor.

Penetraron senderos apenas visibles bajo el tejido de raíces levantadas que se parecían a serpientes terrosas. La vegetación se tornaba espesa y de súbito ingresaban en un claro de tierra calva, desprotegida. Ahí los combatientes podían ser ubicados con facilidad por los aviones que hacían raids de exploración, explicó Ignacio mientras levantaba sus ojos hacia el cielo de alumino.

Llegaron a un arroyo, que comparó con los que solía gozar en las sierras de Córdoba, en el centro de la Argentina, donde conoció a Guevara, que se había radicado allí para aliviar su asma. Se sentaron sobre unas piedras luego de beber con las manos ahuecadas y morder un manojo de berro. Ella aún no podía explicarse ni a sí misma cómo se atrevió a introducirse en esta loca aventura. Esta aventura es la que viene repitiendo la humanidad desde que empezó a ser oprimida, dijo Ignacio con énfasis, es la rebelión de Moisés, de Espartaco, de Jesús, de los campesinos medievales, de los *sans-culottes* de Francia, de los ejércitos libertadores en América latina. Ella lo miraba con más frecuencia de lo que pedían las palabras, porque mirarse era como tocarse.

Al volver, Ignacio arrancaba con frecuencia hojas de los arbustos y se las entregaba para que las oliese: También son recursos que orientan en la Sierra, en especial cuando baja la noche y estas fragancias se intensifican, dijo.

Después le dio a entender, con prudencia, que ella había transitado el camino de Damasco en poco tiempo, era una fruta que aún no había terminado de madurar. Su convicción brotó gracias a las contradicciones que empezó a sentir con una forma de vida caduca; le había hecho un agujero a su familia, aunque le doliese reconocerlo. Ella lo miró lastimada, pero no iba a enojarse porque era la verdad. También era verdad que su futuro era un tembloroso signo de interrogación.

4

Mi boda, casi dos años antes, parecía un hecho prehistórico. Tenía vergüenza de contarla porque reflejaba el frívolo mundo al que había pertenecido. Era un bochorno ante mi nueva religión en el templo de Sierra Maestra.

Se habían puesto en hervor los chismes de la sociedad habanera cuando se supo que mi novio era nada menos que Melchor Gutiérrez, hijo de don Calixto Marcial, un Creso de la isla, dueño de tres centrales azucareras, edificios de renta en varias ciudades y una rica hacienda en el Oriente.

Melchor se había erigido en uno de los jóvenes más codiciados de nuestro ambiente lleno de ricachones. Aunque había ganado fama por su habilidad para despegarse de las bellezas que alegraban noches de jolgorio, no era prudente, sino que dejaba heridas que le valieron la etiqueta de "Malhechor". No obstante, la puntería de Cupido dio en un blanco equivocado, y fue así como las radiaciones de su erotismo se concentraron por casualidad en una jovencita llamada Carmela Vasconcelos, a quien conoció en circunstancias por demás embarazosas. No era de extrañar que mi noviazgo con Melchor fogonease escándalo y produjera soponcios en madres y abuelas que veían frustrados sus proyectos.

Melchor había estudiado en la Havanna Military Academy, donde aprendió el arte de la guerra y también el arte de la elegancia. Vestía su uniforme hasta para ir de picnic. ¡Carajo, qué pinta!, protestaban sus amigos. No se destacaba en los estudios, compensados por la generosa billetera de su padre.

Ni yo ni Melchor entendimos qué había pasado entre nosotros, cómo fue posible que nos conociéramos por azar en la calle de San Lázaro, una de las peores de La Habana, que al comienzo parece una vía normal y que luego se convierte en un amenazante pueblo perdido. Ambos merodeábamos por el parque Maceo, yo me sentí desorientada en medio de una avenida desértica, ideal para el crimen. Melchor se acercó intubado en su uniforme refulgente, estiró un brazo e indicó, hacia el extremo izquierdo, un ángulo azul del mar como referencia esperanzadora. Mi angustia aceptaba cualquier salvavidas, máxime al ver acercarse un grupo de muchachones pendencieros.

Me invitó a su auto y no objeté que me llevase a casa. Melchor me contemplaba con éxtasis, se había conmovido al verme sola en aquel paraje de terror. Más adelante dijo que le había impactado el contraste que genera un objeto bello en el centro de un muladar. Ese sitio era de veras un muladar al que ni él ni yo íbamos nunca, pero una mano misteriosa nos había conducido hasta allí para que el dios del amor realizara cómodo su trabajo. Después de ese encuentro Melchor pidió visitarme, como se hacía en las familias decentes. Yo no me atreví a aceptar, aunque estaba agradecida. Me abrumaban las historias —verdaderas o exageradas— de ese joven millonario y seguramente perverso. Mi resistencia contó con el apoyo de mi hermano Lucas, tres años mayor y muy culto, que en la adolescencia empezó a tener delectación por los clásicos griegos. Lucas conocía a Melchor, pero no llegó a ser su amigo debido al cansancio que le producían las fiestas que él lideraba con putas decididas a dejarse trizar por buen dinero.

Una oposición más firme a nuestro vínculo la ejercieron las intrigantes hermanas de Melchor, que no se resignaban a dejarlo escapar de sus amigas pertenecientes a la alta sociedad. Además, intuían que yo vertería una química indeseable, y no se equivocaron. Pero nuestros padres se manifestaron satisfechos, aunque algo menos mi papá, debido a la fama de mujeriego que enturbiaba el nombre de Melchor. Sospechaba que podía abandonarme minutos antes de subir al altar, como había pasado en las mejores familias, aunque la boda estuviera organizada por su madre obsesiva en la iglesia de San Juan de Letrán, en el residencial barrio de El Vedado.

Un mes antes del casamiento, es decir el 13 de marzo de 1957, se produjo el asalto al palacio presidencial por los estudiantes del Directorio Revolucionario, con la manifiesta intención de asesinar a Batista. Eligieron el momento en que se encontraba en el edificio, porque querían darle caza como a una bestia del campo; lo matarían allí mismo para generar un shock y el inmediato retorno a la democracia.

Pero la osadía de los rebeldes no alcanzó para rendir a la guardia presidencial y el ataque naufragó en una catarata de sangre. Murieron treinta y cinco revolucionarios, entre ellos el militar español que los lideraba, Gutiérrez Menoyo. Entre llantos se comentó que ese hombre había podido esquivar las balas franquistas en España y la ocupación nazi en Francia, pero no la puntería de los militares que cuidaban a un déspota latinoamericano. El ataque debilitó la fama del tirano, pero fue un *boomerang* contra las aspiraciones de la democracia, porque ese fracaso proveyó excusas al régimen para extremar la persecución de los rebeldes. A partir de ese momento la insurrección en las ciudades quedó condenada por la dureza de los cuerpos represivos, en cambio pudo sobrevivir en las zonas rurales, porque ni el dictador ni sus fuerzas armadas la consideraban capaz de llevar a cabo un operativo importante. Eso mismo se comentaba en las reuniones familiares que hacían los Vasconcelos y los Gutiérrez mientras avanzaban los preparativos de la boda.

Unos años antes había sucedido otro resonante fracaso, el de los llamados Auténticos, jóvenes delirantes que contaron con el apoyo del ex presidente Prío Socarrás. Fue un capítulo grotesco e indescifrable. Los Auténticos habían logrado la complicidad, nada menos, que del dictador Trujillo, de la República Dominicana, quien favoreció una expedición a la Cuba de su colega Batista, dirigida por Eufemio Fernández, un atolondrado que años atrás había intentado derrocar al mismo Trujillo. Nada sonaba más risible que esa contradicción. Imagínense: el sanguinario Leónidas Trujillo iba a luchar contra el sanguinario Fulgencio Batista bajo la conducción de otro sanguinario que le había sido desleal. Lanzó carcajadas Batista y también Trujillo. Ambos continuaron en el poder, tal vez amigos, además.

Fidel Castro, mientras, con remilgos ante la desconfiada policía mexicana que lo apoyaba y no lo apoyaba según el humor y la mordida, consiguió hacerse de armas en el exilio y con unas docenas de hombres zarpó hacia Cuba en un viaje que cambiaría la historia del país, del continente y del mundo. Prío Socarrás había tenido la generosidad de cederle el copioso óbolo de cien mil dólares, de los cuales quince mil fueron dedicados a comprar el viejo yate *Granma* a un norteamericano. Fidel suponía que, gracias a la celebridad que había conseguido con el fracasado asalto al cuartel Moncada en aquel 26 de julio de 1953, la noticia de su desembarco provocaría un alzamiento que le entregaría en bandeja el gobierno de Cuba: con buen criterio no deseaba una larga guerra porque no disponía de suficientes hombres ni de armas. Mientras, Frank País se había comprometido a tomar la ciudad de Santiago poco antes de la llegada del *Granma*, con trescientos jóvenes de diferentes niveles sociales. Frank cumplió al pie de la letra: incendió edificios públicos y ametralló cuarteles sin que la policía, arrinconada por la sorpresa, supiese cómo responder. Pero la embestida terminó sofocada y no se extendió a otros puntos como habían esperado Fidel y sus lugartenientes.

El desembarco del *Granma*, por otra parte, tampoco recogió gloria, porque se realizó de manera torpe y fue considerado por las autoridades el naufragio de unos aventureros. El yate había encallado en una playa donde fueron descubiertos enseguida por una fragata que les abrió fuego al advertir que estaban armados. Los invasores recogieron los pertrechos que encontraron a mano y abandonaron la mayor parte de su armamento en las arenas de la costa; tampoco pudieron ocuparse de los heridos y lo único que atinaron hacer fue correr hacia las estribaciones de Sierra Maestra. No tenían un plan alternativo, ni habían contratado baquianos que conocieran el terreno. Unidades del ejército los persiguieron sin táctica: en vez de empujarlos desde la montaña hacia el mar y cerrarles la huida, lo hicieron desde el mar hacia la montaña, donde finalmente pudieron desaparecer en los escondrijos de la naturaleza. Batista los consideró unos imbéciles dirigidos por "un gángster con fama de loco". Los rebeldes del *Granma*, sin embargo, tuvieron la perseverancia de reagruparse bajo la sólida voluntad de Fidel Castro. Se aclimataron a los parajes de la montaña, crearon rutas de aprovisionamiento y, poco a poco, aumentaron sus filas con nuevos combatientes.

A nuestros padres los tenía muy inquietos que llegaran a tiempo las invitaciones de la boda. El asalto al palacio presidencial trabó el correo. Además, los invitados tendrían miedo para salir de sus casas. Pero esa ansiedad no me invadió a mí; con Melchor nos acariciábamos y conversábamos sobre temas baladíes. Su padre nos justificaba: Los jóvenes andan por las nubes y sólo piensan en ellos mismos.

Lo cierto es que la ciudad había entrado en una inestabilidad inusitada, con explosiones en los cines, cabarets y hasta en los recipientes de basura. Un diario llegó a decir, con amarilla exageración, que había contado cien bombas de estruendo en un solo día. Se multiplicaban las actividades clandestinas, aunque impotentes de provocar un levantamiento. Batista seguía atornillado al poder y Cuba era una fiesta.

La prensa difundió las críticas de Fidel Castro al fallido asalto al palacio presidencial. Esto hizo sonreír a los funcionarios del régimen: ¡De verdad que no la esperábamos! Con un lenguaje desenfadado que pronto sería familiar, el barbudo de Sierra Maestra calificó la intentona de irresponsable. Sus palabras le aumentaron la popularidad, porque se interpretaron como prueba de sensatez democrática. Pero mi hermano

Lucas dijo que, en realidad, Castro era un líder que aspiraba a convertirse en la única opción contra Batista. Añadió: Si el Directorio hubiera eliminado al déspota, Castro habría tenido que aliarse con el resto del espectro político y habría quedado reducido a jefecillo de un irrelevante grupo de combatientes; es un animal político y sabe cómo moverse entre los contradictorios sentimientos de la sociedad.

—De modo que Fidel Castro ambiciona ser el líder del gran cambio —repitió pensativo Calixto Marcial.

—Estoy seguro —respondió Lucas.

—A mí me cae bien ese hombre, aunque no la mugre de su barba —sentenció Calixto Marcial mientras encendía un cigarro—. Quiere la democracia, quiere el bien del país. Ya estoy harto del ignorante de Batista y sus actitudes de mulato. Si de mí dependiese, le daría el poder a Castro mañana mismo para que convoque a elecciones y podamos elegir los buenos cubanos que abundan en la isla.

—Estoy de acuerdo —apoyó mi padre.

Para la boda, sin embargo, don Calixto Marcial empleó parte de su vasta influencia para que una dotación armada del gobierno, con el que seguía haciendo negocios, vigilase el barrio, la iglesia y todas las residencias que podrían sufrir amenazas.

Nuestras madres se ocuparon de supervisar la decoración de la iglesia. Tres modistas transpiraron la confección de mi vestido mechado de encajes y perlas que me ceñían el talle. A mis piernas enfundadas en medias blancas las envolvieron con una armoniosa campana que rozaba el piso sin molestar el movimiento de los pies. Me seguía una cola de satén tan larga que serviciales empleadas con uniformes fucsia se ocuparían de mantener extendida a lo largo de siete metros bíblicos, cualesquiera fuesen los obstáculos de mi marcha hacia el altar. Un velo misterioso coronaba mi cabeza, y lo sentía como un tejido de galaxias titilantes. Me escoltaban varias damas de honor ridículamente sonrojadas porque anhelaban ser mordidas por los ojos de los caballeros que atestaban los costados de la nave y convertirse también en novias. Por delante cuatro niños arrojaban pétalos de rosas blancas y amarillas sobre la alfombra purpúrea. A mi lado caminaba papá, erguido y tenso; yo advertía que desplazaba sus pupilas a diestra y siniestra para verificar la concurrencia de parientes y amigos que se habían arriesgado a acompañarnos pese al viento hostil que barría las calles de la ciudad. Llegamos al altar inundado por una cascada de flores blancas que parecían contener hasta enjambres de abejas sedientas de néctar y cuyo aroma competía con las incesantes descargas del incienso.

Le pude contar de a poco estas cosas a Ignacio, en medio de los agrestes panoramas de la Sierra, a menudo sobresaltados por el estampido de las balas. Mi casamiento se había convertido en mi mente de novicia revolucionaria en un culebrón de opereta. En una montaña de basura que Ignacio, sin embargo, acogió con indulgencia. Los conversos son fanáticos, me advirtió, para que no fuese tan crítica de mi corta historia. Preguntó, además, si yo había disfrutado aquel casamiento. ¡Fue circense!, respondí. Pero, ¿lo disfrutaste o no? Tardé en contestar, no quería mentirle. Miré sus ojos tiernos y confesé que sí, tapándome la cara: Sí, lo disfruté. Era como decir en el confesonario: He pecado, padre, he cometido un horrible pecado. No fue un pecado, dijo él, divertido por mi condena radical. Claro que sí lo disfruté, dije al fin, arrojándome por el tobogán de la verdad: disfruté la maratónica ceremonia, disfruté la caminata por la alfombra purpúrea, disfruté los brindis, disfruté el excesivo champán, disfruté los discursos vacíos, disfruté la comida para centenares de invitados, disfruté el baile interminable en la casona señorial de los Gutiérrez y disfruté mi viaje de bodas a las mejores islas del Caribe en un yate magnífico.

5

Al regreso, Camila y Melchor encontraron acongojados a sus padres: Lucas había desaparecido.

Don Calixto Marcial lo había designado hacía más de un año administrador de su hacienda en Oriente. Lucas había terminado con estupendas calificaciones sus estudios de economía y —factor importante— era el hermano de su futura nuera. Demostró ductilidad en el manejo de los números y de los hombres. Retornaba a La Habana cada quince días y lo hizo también, por supuesto, para el casamiento, donde pareció más introvertido que de costumbre. Culminados los festejos montó su Mercedes y regresó a Oriente.

Doce días más tarde desapareció del suntuoso casco sin dejar pistas.

El informe fue enviado por uno de los capataces y apenas don Calixto Marcial salió del impacto se irritó con el capataz y demás responsables, a los que interrogó por teléfono: ¡Cómo carajo es eso de que Lucas se ha marchado sin dejar huellas, ni mensajes, ni rastros de nada! ¡Cómo es eso de que la noche anterior lo vieron retirarse a su dormitorio, tranquilo como siempre, y a la mañana no lo encontraron más! ¡Cómo es eso de que recorrieron los alrededores sin que nadie pudiese darles la menor pista! ¡No se puede haber evaporado, comemierdas! ¡Hurguen los caminos y los pueblos! ¡Deben haberlo secuestrado!

Tardó en comunicar la novedad, porque se sentía culpable. Nunca había tomado precauciones contra este tipo de incidentes, porque en Cuba nadie lo hacía aún. Después Calixto Marcial y don Emilio trataron de parecer tranquilos para que sus mujeres no enloquecieran. Evaluaron la situación y decidieron viajar a Oriente. Intervinieron en persona sobre la despistada busca y después de una estéril jornada se derrumbaron en los sillones, bebieron ron y fumaron cigarros sin saber qué más hacer. Pero no iban a cejar en su empeño y don Calixto Marcial ordenó, antes de irse a dormir, una redoblada acción a la policía, que iba a recompensar con adiposos sobres llenos de dinero.

Los agentes salieron disparados a cuadricular casi toda la provincia, sin privarse de descargar agresiones contra cientos de campesinos sospechosos. Pero lo que hubiera sido imposible de imaginar es lo que en verdad pasó.

Lucas no sufrió secuestro alguno.

Desde hacía meses recibía durante la noche al comandante Camilo Cienfuegos, quien lo cautivó con su derroche de simpatía. Cienfuegos era un narrador que excitaba los oídos. Mechaba historias cautivantes con objetivos datos de la revolución que convertiría a Cuba en una avanzada de la democracia continental. Describía las tropas de Sierra Maestra como un ejército mágico lleno de ideales, que aumentaba su número en forma lenta pero sostenida. Lucas lo escuchaba con deleite, a pesar de que se esmeraba por disimular su vieja solidaridad con los que sufrían injusticias. Lo irritaban la soberbia de la policía y los abusos sociales; era un cristiano poco practicante, pero asqueado por sermones que rebotaban en las orejas de feligreses racistas e insensibles. Quizás el primer trauma lo recibió al detenerse en Birán cuando sólo tenía diez años y Carmela siete. Birán era el pueblo donde había nacido Fidel Castro.

Las palabras de Camilo Cienfuegos olían a jazmín silvestre y llegaban al corazón de Lucas, que esperaba ansioso cada encuentro. Lucas no había militado en política, que consideraba un pugilato sin sentido, propio de bandas violentas e ignorantes. Pero anhelaba un cambio profundo, con libertad, mucha libertad. Le irritaba ese rosario de dictaduras que oprimían al continente: Somoza, Trujillo, Pérez Jiménez, Duvalier, Ibáñez, Stroessner, Rojas Pinilla, apoyados de manera absurda por la potencia que había conseguido la mejor democracia del mundo. Eran dictadores que decían bregar por sus pueblos mientras los explotaban sin pudor, aliados con ricos que eran ricos por delincuentes, no por emprendedores. El brote escondido en los vericuetos de Sierra Maestra, en cambio, parecía otra cosa. Afinó su oído a todo lo que decía Camilo Cienfuegos, disecó las porciones anecdóticas de las que revelaban los propósitos de fondo y se convenció de que merecían ganar la batalla.

No quedó ahí, sino que trató de descubrir qué opinaban los trabajadores de la vasta hacienda. Tenía que preguntar con cuidado para que se animasen a soltar la lengua. Lucas sabía cómo llegar a la gente y pronto obtuvo algunas confesiones de la adhesión secreta que se había extendido entre los guajiros. Observó que a varios se les iluminaban los ojos al referirse a los invisibles guerreros. Se conmovió al charlar con uno de los hombres dedicados al tambo, de nombre Orestes y con orejas propias de Dumbo, quien también conocía a Camilo. Hizo unos rodeos y al fin le contó que Camilo en persona, con riesgo de su vida, había salvado a su hermana de la violación que iban a cometer dos soldados. Después de mucha insistencia Lucas logró sonsacarle que el comandante Cienfuegos le había prometido darle su propia hermana por esposa en cuanto tomaran el gobierno, pero después se había enterado de que no tenía hermanas. ¿Cienfuegos era un charlatán, entonces? Sí, pero un charlatán querible, dijo. Para Orestes ese hombre de barba y pelo largo era un ídolo y consideró que su falsa promesa era un regalo que no le hubiera hecho a cualquiera. Le confió a Lucas que ardía de ganas por echarle una visita al campamento de Sierra Maestra.

—Si te animas a ir —susurró Lucas, muy serio— estoy dispuesto a acompañarte.

—¿Dendeveras? Mire que no es fácil llegar —aclaró Orestes, que apenas sabía leer, pero conocía senderos ocultos, cañadones y bosques. También le advirtió que podían ser agujereados a tiros si los guerrilleros llegaban a sospechar que tenían alguna vinculación con Batista—. Para llegar al campamento, Niño Lucas, hay que conseguir alguien de confianza.

—Está bien, entonces trata de ubicarlo. Iremos juntos.

A Orestes se le agitaron tanto las orejas que casi lo hicieron volar.

Dos semanas después del casamiento de Carmela, el puntual Orestes reptó hacia el dormitorio de Lucas, ubicado en el casco central de la hacienda, y cuchicheó que había llegado el momento. Lucas se vistió con las ropas de paisano que tenía previstas desde tiempo atrás. Orestes le contó que debían llegar a la choza de una mujer que prestaba ayuda a quienes eran perseguidos por las tropas del dictador.

Debían cuidar de que no quedase la menor huella, para que el ejército no los pudiera seguir. Nada de mensajes, nada de pistas. Se deslizaron como ladrones nocturnos, montaron bicicletas y, tras varias horas de penumbroso pedaleo, llegaron a una colina erizada de árboles iluminados parcialmente por la luna y que ocultaban una vivienda desolada. Estaba por romper la aurora y una mujer desafiante se asomó con los brazos cruzados sobre el pecho; su cara pudo vencer la cortina de sombras y dejarles ver que les deseaba la muerte.

—Doña Elvira —saludó Orestes respetuoso—. Le presento al patroncito Lucas. Queremos ir a lo de Fidel.

—Ahá —los dejó acercarse sin cambiar de postura; cuando los tuvo casi sobre el umbral gritó—: ¡Qué carajo me importa adónde quieren ir! ¡Vayan nomás!

—Pero tenemos que llegar a Fidel, mamacita, necesitamos que nos guíe. Me explicaron que...

—No conozco a ningún Fidel.

—¿Conoces a Camilo Cienfuegos?

—¿Cienfuegos? ¿Milfuegos? ¿Qué clase de idiotas son ustedes? ¡Váyanse!, es temprano para joder a la gente.

Orestes miró impotente a Lucas. Al rato la mujer dijo con voz descordada:

—Entren, quédense aquí. Los estaba esperando. Tomen café y coman el arroz. Pero no salgan hasta que yo vuelva. No salgan por ninguna causa, ¿entendieron?

Orestes puso sus oscuros ojos en Lucas, Lucas en Orestes, Orestes hizo un gesto de aceptación y ambos se dispusieron a cruzar la desconchada puerta, contra cuya ondulante jamba se apoyaba Elvira sin haber todavía descruzado los brazos y sin que su cara cubierta de sombras transmitiese hospitalidad. Lucas no pudo olvidar ese momento. Ambos la rozaron al entrar y entonces les ladró bajo, como una perra decidida a morderles el culo: Si viene el ejército se esconden, ¿escucharon? ¡Se esconden bien escondidos!

Ella partió y los dos hombres se pusieron a investigar el interior de la vivienda, donde el amanecer comenzó a pincelar los humildes objetos. El camastro estaba tendido, cubierto por una colcha de flores desteñidas. Sobre el fuego de un brasero una cafetera abollada lanzaba vapor; dato que los tranquilizó, mentirosa no era. Se sirvieron en tazones con cachados diagramas de la Virgen. Después Orestes se rascó las grandes orejas, no sabía qué comentar, tal vez le habían dado una dirección errada y esa mujer con cara de asesina fue a denunciarlos. Lucas opinó que entonces convenía hacerse humo antes de que fuera tarde. Orestes se sirvió el arroz y puso a freír unos plátanos en la sartén que colgaba de un clavo. Todo tendrá que salir bien, se consoló.

Pasadas dos horas Lucas vio que alguien se abría paso entre los árboles y chistó a su compañero. Orestes cabeceaba en una silla, se despabiló de golpe y corrió hacia la ventana. El diablo le enganchó el borde del mantel y arrastró los platos amontonados sobre la mesa, que se hicieron añicos con suficiente estruendo como para que hasta los soldados sordos pudieran enterarse de que en esa choza había gente. Se tenían que esconder bajo la cama o entre los animales del corral, pero se dieron cuenta de que ese bulto que asomaba entre los troncos era doña Elvira, quien parecía tan sola como cuando partió, lo cual no era garantía ninguna porque los soldados podían arrastrarse detrás. La espiaron a través de los visillos hasta que llegó a la puerta, que abrió de un empujón.

—¡Vamos! —ordenó sin mirarlos.

Advirtió el estropicio junto a un Orestes desalentado por la culpa, y le gritó: ¡Barre eso, pedazo de bestia! Enseguida fue al ropero cuya altura obligaba a usar una silla para acceder a los estantes superiores. Extrajo dos hamacas, colchas, jarros, cucharas, platos, bolsitas de sal y de azúcar, toallas y unas latas de leche condensada. Las introdujo en un talego de lona y entregó a Lucas para que lo cargara al hombro. Después anunció que el camino sería más largo que de costumbre: Porque primero tendremos que ir a buscar más provisiones en lo de unos amigos; recién a la noche llegaremos a destino.

Elvira era vigorosa y sus rasgos mostraban determinación, características que comenzaron a entusiasmar a Lucas. Ahora sí, pensó, ahora se estaba convirtiendo en un personaje de Conrad o Salgari.

Deambularon como si estuviesen perdidos y la única gente con la que tomaron contacto eran los "amigos" de Elvira, varios de los cuales miraron con curiosidad los rasgos de señorito que tenía Lucas y las descomunales orejas de Orestes. Cuando se acercó la medianoche creían que sus cuerpos rodarían agotados. ¡Falta poco!, los animó la mujer, pero sus palabras sonaban a trampa, quería matarlos o venderlos al ejército.

Una ametralladora salió de los arbustos fantasmales y exclamó: ¡Alto!

Lucas aferró el brazo de Orestes e intentó arrojarse a tierra. Elvira pronunció una contraseña y la ametralladora dejó de apuntarles; en cambio les indicó hacia dónde seguir.

En el campamento apareció Camilo. Abrazó a Orestes, a Lucas y a Elvira. Orestes estaba tan exhausto y feliz que rompió a llorar. Otro hombre, que seguía la escena desde las sombras, sintió curiosidad y se acercó dando zancadas. Lucas reconoció a Lázaro, que había sido el chofer de su familia y desapareció sin decir esta boca es mía. Le asombró su apostura de combatiente, una maravilla de la metamorfosis que había dejado atrás su inclinada figura de empleado sometido. Ahora estaban iguales, o quizá Lucas estaba por abajo. Sintió un escozor en la espalda. ¿Advertencia?

6

Era lógico que al comienzo me hubiera negado a entender la radical decisión de Lucas. Pero en el fondo lo aceptaba. Como a él, me agotaban las conversaciones que sólo giraban en torno a vestidos, joyas y aventuras de folletín. Cuando supimos que se encontraba en la Sierra, sano y salvo, respiramos un contradictorio consuelo. Mis padres estaban desolados por la vergonzosa novedad. Mamá iba a la iglesia todos los días para exigir al cura una explicación de lo sucedido. Papá permanecía encerrado en su estudio lucubrando culpas. Mi suegro evitaba mencionar el rabioso desencanto que le produjo ese joven, en el que había depositado tanta confianza. Mi suegra decía que eso pasó porque Lucas no se había casado. Lo más terrible era la impotencia de no poder comunicarnos con él. No recurrimos al gobierno ni la policía para no entregarlo a sus potenciales verdugos. Pero Melchor tuvo la mala ocurrencia de afirmar que quien nos había traicionado primero era el mismo Lucas. Yo le tapé la boca con mis uñas, no quería ataques contra mi hermano. Mi suegra movía la cabeza: Pobre, decía llorando, ir a la Sierra es un suicidio, se va a morir.

Antes de regresar de mi rumboso viaje por las islas supuse con granítica convicción que mi matrimonio seguiría feliz. Melchor me hacía patinar sobre hielo y sentir el placer de un perpetuo baile. Pero el mejor patinador también sufre caídas.

La primera, desde luego, fue el impacto de que Lucas se hubiese aliado con una banda de idealistas que en cualquier momento iba a ser barrida por los soldados del gobierno. Nunca imaginé a mi hermano haciendo fuego; no estaba hecho para la guerra, sino para el arte, aunque hubiese estudiado economía. La de Lucas era una profunda sublevación incubada en secreto. Fue capaz de romper con la seguridad, rebelarse. De su interior brotó una fuerza desconocida. Enorme. Me pregunté si yo sería capaz de tanto.

La segunda caída fue mudarnos a la otra hacienda que tenían los Gutiérrez, lejos de los ruidos y las tensiones de La Habana. Esa decisión fue tomada sin preguntarme, porque era costumbre que las mujeres bien criadas no opinasen sobre ciertos asuntos. En el contrato matrimonial estaba escrito que la mujer debía seguir al hombre, adondequiera que fuese. El machismo era cosa seria y natural. Papá y mamá percibieron mi desencanto, porque yo era casi una médica especializada en neurocirugía y con esa mudanza condenaba mi carrera. Intentaron convencer a Melchor y a don Calixto Marcial de postergar la mudanza, pero sólo consiguieron expresiones de cariñosa resignación. A los Gutiérrez convenía que el principal heredero se instalase allí porque "el ojo del amo engorda el ganado". Mis padres me consolaron con las imágenes bucólicas de la fabulosa hacienda y la perspectiva de recibir allí gratificaciones de reina, cosa que ellos nunca me hubieran podido ofrecer. Además, mi matrimonio con Melchor tendría la oportunidad de consolidar su vínculo lejos de las inevitables presiones que ejercen suegras y cuñadas. Nos despidieron con otra fiesta. Mis imbéciles amigas se derritieron con expresiones de envidia, cada una hubiera querido irse también al campo para disfrutar de las flores, los caballos y la interminable holganza que ofrece un Edén lleno de sirvientes.

Quedé embarazada pronto, demasiado pronto, y ésa fue mi tercera caída. Se organizaron caravanas de parientes que vinieron a la hacienda con sus inútiles regalos. Participaron de brindis picarescos en torno a los juegos del erotismo que terminan en una preñez, mientras sus mandíbulas daban cuenta de comilonas suntuosas que hubieran enloquecido a Gargantúa y Pantagruel. Durante el día abundaron las diversiones en el parque, cerca y lejos del lago poblado por cisnes negros. A la noche practicamos los juegos de mesa y amanecíamos con los bailes de moda.

No estaba previsto que Melchor debía ausentarse por varios días cada mes y también, de cuando en cuando, cada semana, para reuniones de negocios en La Habana y en Santiago de Cuba. No estaba previsto por mi ingenuidad, pero Melchor era el heredero y debía trabajar. Yo, resignarme. Ésa fue la cuarta caída. Sus ausencias me provocaron algo que no había sentido antes: la angustia de la soledad. A su regreso yo trataba de borrar el enrojecimiento de mis ojos para que no supiese de mis llantos. Melchor se dio cuenta. Pero se dio cuenta mal, porque interpretó que había descubierto sus infidelidades. Me amaba y, al mismo tiempo, no podía privarse de su machismo o lo que consideraba machismo. Un hombre de verdad no se limita a una sola hembra. Supuso que me habían denunciado las orgías que reanudó con sus amigos, en parte para que no lo considerasen un marica, en parte porque le apetecía desbocarse con las putas. Se sintió tan culpable que temió perder el hijo que yo llevaba en mis entrañas. Desfigurado, con el pelo revuelto y la voz atragantada, quiso reparar su delito. Una cosa es el amor puro que sentía por mí, dijo, y algo muy diferente es la diversión sin consecuencias. Imploró disculpas apretándome las manos. Percibí su sinceridad; prometió corregirse.

Pero mis llantos no cedieron, quizá por la suma del embarazo y la soledad. Muda, contemplaba los retratos de Melchor. Cada vez que regresaba él me comprimía en sus brazos fuertes y rogaba que lo insultase, que le dijese degenerado, idiota, que le volase la cabeza con un florerazo. Pero yo lo miraba inmóvil. Era un hombre bello e indigno, que me había fascinado como un diamante. Y de quien me sentía ahora lejos, extraña.

Poco después sobrevino un aborto espontáneo. Última caída. Quizás había hecho cosas para que sucediese —sollozó mi madre sin atreverse a expresarlo para no agravar la situación. Papá agregó que me gustaba cabalgar y seguro que cabalgué más de la cuenta, que me gustaba nadar y seguro que nadé más de la cuenta, que me gustaba jugar al tenis y seguro que jugué más de la cuenta. Yo me cuidé de confesarles que el amado Melchor había pasado a ser el despreciable Malhechor que odiaban sus antiguas novias. Decidimos dormir en camas separadas y nuestros reencuentros perdieron alegría. Los lazos se iban cortando como las hebras de un arco de violín gastado por el uso. Pero mantuvimos la sensatez de tratarnos con cierto respeto. Un día, cerca de un tiesto de begonias marchitas por el calor, le dije que correspondía divorciarnos. Miró las begonias, tocó unos pétalos que se desprendieron al instante y planearon mustios por sus piernas hasta quedar tendidos sobre el empeine de sus zapatos. No, resistió con voz ahogada, yo te quiero.

Lo abandoné. Fui a la casa de mis padres, que no entendieron mi conducta y casi me mandaron de regreso a la hacienda. Melchor vino a pedir perdón también delante de ellos. Su conducta me desagradaba cada vez más, no sólo era infiel, sino indigno. Un indigno cobarde. Lo saqué de encima prometiéndole reflexionar sobre nuestra situación. Le rogué que nos diésemos la pausa de tres meses. Melchor protestó lastimero y reduje el lapso a dos meses. No aguantó y se arrastró detrás de mí a partir de los quince días. Mi pena se transformó en desprecio. Lo eché de mala forma. Le grité, lo insulté, le dije que no era hombre para aguantarse apenas unos meses. Siguió viniendo y se quedaba hablando con mi madre, porque yo me negaba a verlo. Encerrada en mi antiguo dormitorio, regresé con ímpetu a mis estudios. Avanzaba hacia un horizonte imantado de sorpresas.

Más tarde me llegaron mensajes de Lucas enviados por correos desconocidos. Lo poco que contaba era suficiente para encender mi imaginación. Nunca había estado en la Sierra Maestra y ahora ese lugar se había convertido en la fortaleza de unos bravos rebeldes. Empecé a desear conocer la maravilla que había enamorado a Lucas. Me tironeaban la admiración y algo de crítica, tal vez quería descubrir que Lucas se había vuelto loco. Me pregunté cómo sería vivir en un campamento clandestino, cómo se proveían de alimentos y de armas, cómo se entrenaban, cómo habían constituido su aparato de inteligencia para atacar en el momento oportuno, qué aspecto tendrían Fidel Castro, Húber Matos, Camilo Cienfuegos, Ernesto Guevara. También me preguntaba si era cierto que les gustaba leer, cómo se las arreglaban con la luz, la lluvia, el calor, los mosquitos. Lucas no daba detalles y seguía allí sin asomo de arrepentimiento. Algo raro debía latir en ese dédalo metido en el corazón de la montaña.

Pensé que ya no sólo era curiosidad, sino un deber ir hacia allí.

Le mandé decir sobre mis intenciones y me devolvió un ovillo de mensajes en código. Debía evitar que lo supiese mi familia. Alguien me hablaría el próximo martes a las tres de la tarde en la esquina del Gran Teatro de La Habana. Llegué al sitio con puntualidad y caminé despacio. Me sentía rara, como si hubiera acudido a una cita romántica. Pensé que quizá surgiría Lucas en persona, disfrazado.

Alguien pronunció mi nombre, giré y me sorprendió verlo. Era Lázaro, nuestro antiguo chofer desaparecido hacía años, con barba y pelo largo. Pensé que iba a entorpecer mi encuentro con el mensajero de Lucas, porque Lázaro no podía ser correo de nadie, y quise sacármelo de encima. Sin embargo, con amplia sonrisa dijo que le alegraba verme, le gustaban las montañas y traía saludos. Montaña y saludos eran palabras por demás elocuentes. Me endureció la sorpresa y lo seguí hacia un ángulo recoleto junto a los muros del Teatro. Pidió que abriese con discreción mi cartera y con la rapidez de un ilusionista le introdujo un papel que salió de su manga. Preguntó por la salud de mis padres y partió tranquilo.

Puse como excusa la necesidad de tomarme una semana de descanso en un lugar solitario de la playa, como lo hice de nuevo meses después, cuando decidí sumarme definitivamente a los rebeldes y encontré en la guagua los ojos magnéticos de Ignacio. En esa primera, breve y asustada incursión llegué a la Sierra escoltada por dos hombres que parecían inocentes campesinos. Cuando penetré en la jungla fui acogida por combatientes rudos que hablaban dialectos de varias regiones y habían sido advertidos de mi llegada. Antes de encontrarme con Lucas pude conocer a personajes que después se harían famosos, pero que en esa oportunidad no me prestaron atención, excepto uno, de nariz corta y mirada profunda llamado Húber Matos. Conversamos unos minutos y apareció mi hermano, barbudo y con ropas de combatiente. Lo contemplé atónita y nos abrazamos con furiosa alegría. Fuimos a charlar por horas, necesitados de descargar maletas llenas de noticias.

Le conté atropelladamente sobre cada miembro de la familia y de algunos amigos. Él me describió sus experiencias en la Sierra, desde los vastos prolegómenos con Camilo, el agotador viaje con Orestes y Elvira, su acelerado entrenamiento y la conversión en un hombre distinto. Estaba encantado de ser un rebelde contra la hipocresía, los prejuicios y las injusticias. Escuchándolo, mi inmaduro ramaje de ideas empezó a soltar explosivos brotes.

7

Una eternidad antes que Carmela, su único hermano había llegado a la Sierra y fue conducido por angulosos senderos hasta una hondonada donde habían desaparecido los pájaros. Bajó clavando los talones en los nudos de las raíces para no resbalar. Era un cañadón surcado por un río de escaso caudal. De súbito emergieron guerrilleros que disparaban al lejano blanco, de espaldas al acantilado parcialmente cubierto por trepadoras. Era un improvisado campo de tiro que no se identificaba desde el aire.

El hombre que dirigía el entrenamiento se hizo cargo de Lucas. Como no estaba familiarizado con las armas, se puso a informarle desde lo más elemental. Hablaba con un acento extraño y confianzudo, pero paciente. Le explicó las características de varias armas; después le indicó el manejo de los seguros y la forma de cargar y descargar los proyectiles. Debió repetir la operación de pie, sentado y tendido, acomodar sus pistolas, ametralladoras, granadas y fusiles adheridos al cuerpo. Mirándolo fijo indicó: Cuidate de no herirte a vos mismo, ¿escuchaste? Después le ordenó que tirase al blanco en cuclillas, sentado, acostado y parado. Entre sus frases se le escaparon varios "che pibe" y Lucas creyó que era el Che Guevara. No, le explicó, no soy el Che Guevara; aunque soy argentino, y me llamo Ignacio Deheza.

Ignacio se frotó su curvada nariz y le contó que los enfrentamientos eran pocos por el momento, pero que los rebeldes lanzaban escaramuzas contra el ejército para recordar a los cubanos que existían y que eran un problema para el gobierno. Ambos bandos hacemos laburos de espionaje —agregó—, aunque los nuestros son mejores. Por eso ni por putas los soldados se internan en la Sierra. Esos atorrantes saben que los esperamos con las botas puestas. Sólo se atreven a las incursiones rápidas, de poca profundidad, divididos en grupos chicos. Y nos disparan sin ver, son patéticos.

A los pocos días se produjo un ingreso de soldados que fueron esperados tras el espeso escudo de unos matorrales. El combate fue rápido y los soldados se entregaron sin ofrecer resistencia, porque habían perdido contacto con sus bases y estaban desorientados en el bosque. El Ejército Rebelde los liberó con arrogante generosidad, para que desparramasen por los alrededores noticias asustadas de su existencia. El pelotón de Lucas fue comandado en esa oportunidad por Húber Matos y entre los combatientes se encontraba el rubicundo Ignacio, su entrenador. Al regresar se dieron cuenta de que otra columna de Batista les había bloqueado el único camino que habían tratado de mantener abierto. Matos decidió efectuar un amplio rodeo, agotador, para escapar de una muerte segura. Emprendieron entonces una larga marcha sin agua ni alimentos. Fue el bautismo de Lucas. Inolvidable.

Recién a las dos horas descubrieron un cobertizo de palmas donde un campesino con aspecto de ermitaño miraba filosóficamente las piedras que lo rodeaban. Sus ojos ni siquiera parpadeaban ante el zumbido de las moscas que sobrevolaban sus crenchas grasientas. Húber le preguntó si tenía algo de agua y de pan. El viejo tardó un rato en mover la cabeza, pero en sentido negativo. Entonces le preguntó si tenía malanga. El viejo desprendió sus ojos alboamarillentos de las interesantes piedras y movió la cabeza en sentido positivo. Trepó con sus manos tendinosas por las sucesivas partes del cuerpo hasta ponerse de pie y entró lento en la profundidad del cobertizo. Húber hizo señas a sus hombres para que le dieran tiempo. El anciano regresó con una olla que entregó a Húber con desdentada sonrisa.

Por primera vez el refinado Lucas probó malanga, la despreciada comida de los pobres. Ignacio lo palmeó al advertir sus náuseas: Comida de pueblo, compañero, le dijo con fuerte acento argentino, se tapó su curvada nariz y puso en la boca un trozo.

Los guerrilleros tenían los pies débiles como si hubiesen bebido guarapo fermentado. No se debía sólo al desaliento de la marcha, sino a que un insecto llamado nigua les había penetrado las uñas y provocaba una comezón enloquecedora. Todavía les faltaba un amplio tramo de la semicircunferencia. Después de otra descordada caminata tropezaron con una choza abandonada y se echaron a dormir. Lucas fue despertado por aplausos y enseguida él también empezó a dar golpes para alejar las pulgas que se hacían un festín con sus partes descubiertas.

Húber no se guardaba las opiniones, aunque hablase con subordinados. Dijo que era un grave error que no hubiese una retaguardia provista de alimentos, agua y carpas, lo cual habría evitado este sufrimiento. Aunque podían divisar algunos escuetos poblados del Llano, con tiendas y negocios, debían cuidarse de aparecer por allí: seguro que los esperaba la columna de Batista que antes les había cerrado el paso.

Reanudaron la marcha por el curso de un río arenoso. La arena metida en el calzado se convertía en una plantilla que lastimaba la piel. Nigua, pulgas y arena al mismo tiempo era demasiado. Lucas no se quejaba y sorprendió a sus compañeros, entre ellos al gigantesco mulato Horacio, que había trabajado en una hacienda vecina a la de don Calixto Marcial.

Necesitaron quitarse las correas de las mochilas, porque abrían surcos en los hombros. Fueron cerca de una cueva donde tal vez acechaban las víboras. Horacio ayudó a Lucas, que tenía trabada una correa. Cuando quedaron con los torsos desnudos Horacio miró con ternura a Lucas, que se sintió paralizado de horror y de placer. Ese enorme cuerpo maloliente como un caballo después de la carrera lo abrazó, le acarició la espalda y le produjo un estremecimiento inusual. No supo qué hacer con sus manos, que aletearon tristes en el aire. Hasta que por fin le devolvió el abrazo. Fue un abrazo en el que se transmitieron energía y afecto. Lázaro, a poca distancia, registró la escena con perplejidad.

Escucharon un tiro y se pusieron de pie. Era el momento menos indicado para recibir un ataque, porque ni siquiera sabían dónde habían depositado las armas en el desorden de botines, mochilas, medias rotas, correas y camisas humeando sudor. Lucas imaginó que el proyectil asesino viajaba en dirección a su entrecejo y lo dejaría tendido en la cueva donde las ratas del campo y las víboras se harían un banquete.

Después de otra hora, cuando ya oscurecía, cargaron los bultos.

—Me queda un último sorbo de agua en mi cantimplora, te la regalo —ofreció Ignacio a Lucas, que le miró dudoso su barba rubia, sucia y desordenada—. ¡Agarrá, pibe! No estamos para cortesías.

Lucas agradeció y bebió las últimas gotas. Se secó con el antebrazo.

Supuso que luego de esa aventura tendrían unas jornadas de recreo. No fue así: a poco de llegar les informaron que debían asaltar una pequeña guarnición en la costa, sobre el bello golfo de Guacanayabo. El Ejército Rebelde iba a ganar gran repercusión, porque ese lugar estaba poblado de caseríos. Las instrucciones se impartirían a último momento para evitar filtraciones. Será una batalla en serio, le dijeron, porque participará Fidel Castro en persona.

8

Las apariciones de Ignacio delante de mí, antes o después del entrenamiento, manifestaban su propósito de atraerme. Me las venía arreglando para hacerle creer que sólo apreciaba sus conocimientos. Ignacio machacaba con fuerte acento argentino (o porteño, me explicó) palabras que me hacían sonreír. Una vez dijo: Hacer sonreír a una piba es ya tenerla cerca de la catrera. Repetía: piba, pibita, pebeta, rubia Mireya, percanta de mi corazón, Ivonne, sos la única mujer que aceptaría mi pobre vieja querida, y otras expresiones por el estilo, sacadas de tangos olvidados o recientes, a los que tarareaba con pésimo oído musical. Mientras simulaba mi desinterés —aprendido en mi etapa de burguesita— asociaba nuestro invisible romance con el de Antonio y Cleopatra, cuando se susurraban galanterías en un estanque cubierto por nenúfares. A nuestro alrededor, con exceso de imaginación poética, identificaba con nenúfares las flores de una retama.

Ignacio era respetado como economista por Ernesto Guevara. Cuando tomemos el poder, profetizó Húber Matos, Ignacio dirigirá nuestras finanzas; es un caso único, porque los economistas son fríos y no se meten a fondo en luchas como la nuestra. Ignacio ha superado ese límite.

El argentino empezó a buscarme también al amanecer, cuando calentábamos sobre braseros el desayuno compuesto por café, frijoles, arroz y plátanos fritos. Su saludo era: ¡Hola pibita! ¿Cómo estás? Yo contestaba: Bien, muy bien, gusto de verte. ¿Qué más?, seguía él. Yo sonreía: No sé qué decirte, empieza a clarear. Vamos, no te hagás la dormida, tesoro, las mulatonas como vos tintinean hasta con los párpados cerrados. Gracias por lo de mulatona, pero no tengo el físico. Él se ponía incómodo, me daba cuenta, y su tonito insolente era producto de la timidez: muchas de sus frases sonaban impostadas, guiños tangueros para romper la distancia. El amor de los argentinos no es igual al de los cubanos, pensé, es otra cosa, más agresivo, más atormentado, más tenso.

Después de conversar con Húber, Ignacio vino hacia mí y descerrajó: ¿Cómo andás de tiempo? Levanté mis ojos y antes de que yo le respondiese agregó: No te invito a caminar ahora. Arrugué la nariz y contesté: No lo aceptaría, porque tengo otro entrenamiento en la hondonada. A eso mismo me estaba refiriendo, contestó abriendo las manos. Entonces no se entiende. No te invito, estimada pibita, porque necesito que me ayudés acá mismo con otra tarea. ¿Qué clase de ayuda? Mecanografiar unas hojas y entregarlas a Fidel cuanto antes, yo sé que vos lo hacés rápido. Hay dos máquinas de escribir en el campamento, búscate la que quieras, contesté. No, porque tenemos apuro, ¿me explico? Entrecerré los ojos como hacen los miopes. De veras, insistió Ignacio y unió sus palmas en un gesto de plegaria. ¡Exagerado! ¿Creés que soy un mentiroso? Muéstrame el texto, dije. Aquí está. Miré las hojas: Ahá, un texto escrito por ti, dictado por Húber, que me pides pasar a máquina para entregarlo a Fidel; gran enredo. ¡Exacto!, me fascina tu percepción. Los argentinos se "fascinan" por cualquier cosa. Bueno, vamos a la oficina de Húber, su máquina es muy buena.

Húber revisaba papeles en su mesa y en otra, enfrentada, una Olivetti brillaba con los primeros rayos de sol que atravesaban las descoloridas cortinas de la ventana.

Soy médica, no dactilógrafa, me disculpé. Pero la mejor dactilógrafa del Ejército Rebelde, replicó. Dame el texto, dije impaciente mientras colocaba en el rodillo dos hojas con papel carbónico en el medio. No, yo te dictaré, así no surgen equívocos. Lo miré irritada, pero no se dio por aludido y acercó una silla a la butaca donde yo me había sentado. Húber nos miró por arriba de sus anteojos para leer, hizo un gesto de aprobación y salió con una carpeta bajo el brazo.

Ignacio acercó su rodilla a mi muslo. Yo me aparté un poco y él nada, como si no se hubiera dado cuenta de mi reacción. Empecé a mover todos mis dedos sobre las teclas redondas de la Olivetti como si fuese una concertista, atenta al dictado. Íbamos por la mitad cuando Ignacio cruzó su brazo por delante de mí para alcanzar el diccionario que yacía sobre el ángulo izquierdo de la mesa. ¿Para qué lo quieres? No sé qué significa en Cuba, exactamente, la palabra "buscar". ¿Me tomas el pelo? ¿Yo a vos, mi Ivonne incomparable, mi Carmela de arrabal? Contesté: "Buscar" quiere decir... a ver, ¿cuál es la frase? Creo que deberíamos cambiar "buscar" por "recoger". Giré los hombros para mirarlo de frente, provocativa: Sé qué quieren decir los argentinos con la palabra "coger" y me imagino lo que quieres decir con "re-coger". Ignacio sonrió dichoso: Frío, frío, pibita, pero me gusta tu reacción; la palabra "buscar" en cubano daría a entender que la otra parte tiene permiso para meter la nariz donde no debe, en cambio "recoger" limita la tarea a tomar sólo aquello que se le permite; es una sutileza y debemos cuidar las sutilezas en nuestros mensajes a la prensa y los gobiernos que nos apoyan.

Ignacio mantenía clavados en los míos sus irresistibles ojos de miel y no necesitaba el diccionario que yacía a mi izquierda, sino comprimir levemente mis pechos con su brazo. Además, su cara se había puesto a milímetros de la mía y yo le sentía el calor del aliento como si fuese un horno. Mantuve fija mi mirada sobre el rodillo de la Olivetti porque su rodilla volvió a pegarse contra mi muslo.

Cuando terminé la última página demoré la etapa de separar el papel carbónico, abrochar los originales y también las copias, porque iba a terminar el contradictorio placer de sentirlo tan cerca. Me puse de pie y tumbé la butaca. ¿Quién se lo entrega a Fidel?, pregunté confusa. Se lo daré a Húber y él se ocupará; muchas gracias, divina, ¡si te conociera mi vieja!... Me tomó por los hombros y los apretó como si intentase aproximarse para un beso. Yo permanecí inmóvil, dispuesta a recibirlo. El puente de vidrio que se había formado entre nuestras miradas en la prehistoria de la trepidante guagua volvió a tenderse. Sus dedos me comprimían, pero su coraje no alcanzaba. Percibí que sus labios murmuraban: Te amo, Carmela. Pero no lo dijo y se marchó con zancadas torpes.

9

Poco antes del amanecer Lucas vio llegar a Fidel Castro en una embarrada camioneta acompañado por dos mujeres, una de las cuales era Haydée Santamaría. A pocos metros estaba Ignacio reunido con dos combatientes, a quienes dejó para acercarse a saludarlo. Fidel le dio la mano pero giró su cuerpo para no permitirle ingresar en la conversación. Ignacio, algo fruncido, se rascó la barba y volvió hacia los combatientes que miraban la escena con perplejidad.

Lucas pudo oír que las mujeres imploraban al jefe que no participase. ¡No y no! ¿Qué pasaría si una bala nos deja sin el comandante del Ejército Rebelde? Tu función no consiste en arriesgarte en cualquier operativo —arguían—, sino concebir las estrategias, organizar los combates y liderar la Revolución. Fidel protestó moviendo sus brazos, largos como remos. Quería sacarse las mujeres de encima, les gritaba que su puesto estaba a la cabeza del combate, carajo.

Desde prudencial distancia los guerrilleros paraban la oreja y se expandió el asombro cuando sospecharon que venía un cambio de planes. La polémica revelaba que el jefe se quedaría en la retaguardia. En efecto, terminó por alejarse seguido de las personas que se acoplaron a las mujeres. Ignacio se apartó y, al cruzarse con Lucas, murmuró que ese despliegue fue puro teatro: Fidel había decidido no participar y, en lugar de comunicarlo, recurrió a ese montaje para que no lo considerasen un cobarde. Lucas lo miró atónito: si Ignacio desconfiaba del jefe, ¿qué podía esperarse de un miembro novato como él? No, aclaró Ignacio, no desconfío de él, te muestro sus habilidades para manipular nuestros sentimientos; es un tipo de habilidad excepcional.

Las voces se debilitaron en la selva y Lucas alcanzó a ver cómo Fidel subía de nuevo a su camioneta asmática con las mujeres que lo habían traído. Se encendieron luces y las altas ruedas giraron ciento ochenta grados hasta desaparecer.

No tuvieron tiempo para seguir charlando porque resonaron las órdenes de iniciar el ataque contra el cuartel. Treparon a los camiones destartalados, que avanzaron con prudencia por caminos estrechos sin prender los faros. Rodearon un risco. Por momentos se veían las luces de la guarnición de San Ramón y de los caseríos que la rodeaban. La marcha se hizo a paso de hombre para evitar el riesgo del abismo que terminaba en el mar. Se detuvieron cerca del objetivo. Órdenes cuchicheadas hicieron bajar a los rebeldes que, silenciosos, se distribuyeron con sus armas listas. Cada grupo sólo conocía una parte del libreto, tal como se hace cuando se filma una película. Se desplegaron en abanico hacia el cuartel.

El pelotón de Lucas debía adelantarse, pero el teniente Humberto Rodríguez, que lo dirigía, se arrojó al piso quejándose de un fuerte dolor en la rodilla. Rodó por el pasto encogido como un feto. Ignacio lo relevó y atendió la señal del obús que marcaba el comienzo de la acción. Pegó el grito de avanzar y los guerrilleros descendieron a la carrera por la cuesta empinada, clavando los tacos contra las piedras y raíces a fin de no resbalar por el suelo húmedo. Les parecía que iban a tomar el cuartel en pocos minutos, su avance se presentaba despejado.

Pero a doscientos metros de la meta fueron detenidos por la explosión de una granada de mortero que los cegó y derribó. Rafael Rivas, único miembro del pelotón con instrucción militar, advirtió qué pasaba y aulló desesperado: ¡Nos matan, coño, nos matan los nuestros! ¡El fuego es nuestro, carajo! —hizo pantalla con las manos hacia el origen de los proyectiles—: ¡Corrijan la dirección de los disparos, idiotas hijos de puta!

Su voz se disolvía en la espesura desde donde provenían los proyectiles. Los disparos silbaban junto a las orejas. Lucas creyó en ese instante que no saldrían vivos; miró el borroso perfil de Ignacio y esperó ansioso la orden que indicase adónde ir. Con su arma apuntaba hacia derecha e izquierda como si fuese lo mismo. Era el colmo del desorden y la impericia.

Se arrojó a tierra junto a sus compañeros, que trataban de verse en la oscuridad, espantados. Rafael advertía: ¡No se muevan o las granadas les volarán la cabeza!

La lluvia de obuses y de balas crecía segundo a segundo y rayaba el cielo con mortales hilos luminosos. ¿Era un juego de chicos con armas de verdad? Rivas volvió a hacer bocina: ¡Corrijan el mortero, que nos pegan a nosotros! ¡Co-rri-jan los dis-pa-ros! ¡Comemierdas!

El ejército de Batista aprovechó la confusión para incrementar su respuesta. El aire se llenó de humo y de pólvora. Fue una reacción más vigorosa de lo imaginado. Se filtró información —rechinó Ignacio—, y recibieron refuerzos. Están fuera del cuartel. ¡Nos estaban esperando, la puta madre! No podemos avanzar, nos harán trizas.

Los alaridos de Rivas a los encargados del fuego de morteros se perdían en el rebumbio que había convertido ese lugar en un infierno. Estaban en el centro del fuego, perdidos sobre una extensión de tierra desprotegida porque veían el cielo rayado de luces. Ignacio se arrastró hacia una piedra grande y puso su cabeza contra ella, como si fuese un casco. ¡Hagan lo mismo!, gritó a sus subordinados. Lucas viboreó hacia otra roca, pero antes de llegar fue alcanzado por un proyectil. Gritó de dolor y de susto. Se apretó el brazo izquierdo, donde le habían dado. ¡Estoy sangrando! Ignacio rodó su pesada piedra y en unos minutos cruzó los quince metros que lo separaban de Lucas. Unió su piedra a otras dos y, protegido por ese muro enano, le arrancó la camisa, con la cual hizo un torniquete que detuvo la hermorragia.

—No te asustés, pendejo, no es grave. En el campamento te sacarán la bala. Mové los dedos. ¡Dale, movelos! ¿Ves? Los movés, quiere decir que no te tocaron los nervios, estarás sano. Mantené la calma, ¿me escuchás? ¡Mantené la calma!

Aguardaron otros minutos eternos hasta que el mortero absurdo y las ametralladoras 50 de los rebeldes dejaron de tirar a sus propios hombres. No se podían desplazar en ninguna dirección. Preocupado por la debilidad de Lucas, Ignacio ordenó arrastrarse de costado, siempre con las piedras sobre la cabeza. Murmuraba: ¡Qué pelotuda falta de planificación! ¡Y nos aseguraron que habían organizado bien este ataque!

Lucas era arrastrado de espaldas y veía moverse el follaje que relumbraba con un extraño color morado por la luz de los obuses; ¿no había algo de idiota en toda esta guerra? Estaba metido en una *Ilíada* donde los dioses no daban explicaciones de sus caprichos. ¿Cuándo le meterán a Batista el caballo de madera? Fidel era inteligente como Odiseo e Ignacio valiente como Aquiles, pero Batista, a diferencia del viejo rey Príamo, era un mulato tramposo, más pícaro que todos los demás. Los combatientes de Sierra Maestra eran griegos llenos de entusiasmo, sí, pero tontos y destinados al sacrificio, igual que la pobre Ifigenia.

Durante la retirada a los escondites de la montaña siguieron resonando los reproches en la mente de Lucas, que no podía caminar, sino sostenido de los brazos; el izquierdo le quemaba. Su regreso en los camiones que esperaban en la espesura no tuvo inconvenientes, pero fue más lento del que necesitaba la herida de Lucas. Como de costumbre, las tropas no se atrevieron a perseguirlos al interior de la montaña.

En el campamento Ignacio llamó a los encargados de la enfermería para que se ocupasen de atender al herido. Después corrió a insultar a uno de los encargados de la ametralladora 50 que, para colmo, la había abandonado en su fuga. Entonces, más fastidiado aún, le aulló que fuese a traer el arma abandonada o sería fusilado. Habían muerto tres compañeros, entre ellos un adolescente. Húber Matos, que había participado con similar desgracia, se paseaba por el campamento con espuma en la boca. Bramó su desconsuelo: ¡A ese chico no lo fusiló el ejército! ¡Fueron nuestros propios disparos!

Lucas fue conducido al monacal puesto sanitario, donde se derrumbó sobre la camilla cubierta por la sábana más limpia del campamento. Le pusieron sobre la nariz una esponja embebida en cloroformo que lo adormeció apenas, pero alcanzó para que Húber Matos se ocupase de extraerle la bala. Previamente lo había desinfectado con agua jabonosa mezclada con gotas de lavandina que le dolió más que la incisión del bisturí y la inexperta costura de los puntos. Hubiera querido tener a Carmela cerca, quien ya había realizado varias operaciones en sus prácticas de hospital. Hizo lo posible para parecer tranquilo, ayudado por la presencia de Ignacio, que no se apartó de su oído mientras lo operaban, susurrándole chistes cordobeses que le había escuchado a Ernesto Guevara. Después lo visitó seguido durante la convalecencia. Tal vez lo entusiasmó la dignidad del muchacho o tal vez necesitaba conversar con alguien más culto que la mayoría de los combatientes; en el Ejército Rebelde no había expertos en civilizaciones antiguas o en literatura inglesa.

Durante las horas pasadas en la sedentaria enfermería con olor a éter y alcohol iodado, Ignacio le contó su lucha contra el peronismo que, tanto él como el Che, detestaban. Lucas disfrutó esas confesiones como si las relatase Tucídides. Pero Ignacio quiso darles un tono jocoso para levantar el ánimo de Lucas.

—Nos hacíamos la paja leyendo Marx, Lenin y Stalin. Y nos volvíamos a pajear insultando a Perón y su despótica señora. Los asociábamos a Mussolini, Hitler, Salazar, Franco, Somoza, Duvalier, Trujillo, toda esa mierda. Me pasaba noches conversando sobre Perón y Eva con Rosalía, la hermana de mi amigo Celso Ramírez.

—¿Quién era Rosalía?

Le explicó que ambos militaban en el Partido Comunista, un partido puritano. El comunismo es puritano, igual que la derecha. Entre los jóvenes circulaba una referencia que había hecho Lenin sobre el amor libre, comparándolo con la copa de agua. Si la copa fue bebida por otro, a vos no te dan ganas de beberla también. Qué pelotudez, ¿no? Fue decepcionante para los jóvenes que andábamos alzados, pero ¡lo había dicho Lenín! Tal vez no era cierto. O tal vez sí. Por eso nos privábamos de coger con las camaradas, eran de la familia.

Lucas sonrió, estaba ligeramente incómodo con la repentina intimidad de Ignacio.

—Papá había sido anarquista y después se hizo comunista, en consecuencia, muy puritano también, cosa que heredé en parte.

Para ilustrar cuán reprimido había sido su padre, le contó que cuando niño le preguntaba: "Papá, ¿me querés?" Y el padre, inhibido, contestaba: "Te quiero ver grande". No podía decir: "Sí, te quiero Ignacito". Le besaba el pelo y con suerte la frente. ¡Eran comunistas hipermorales que ponían freno a la libertad!

Rosalía volvió a la escena.

Sonriendo, Ignacio dijo que era una mina bárbara para esa edad y para cualquier edad, cuyos pechos y piernas perfectas lo arrastaban hacia subversivas contradicciones. Le narró que una noche iban a sufrir un allanamiento en la casa de ella. Ambos dispusieron quedarse para jugar de héroes, sólo jugar, de veras, porque Perón todavía no arrestaba sin una orden judicial. Por otra parte, a quienes buscarían los uniformados era a los padres, no a los hijos: por entonces la dictadura exhibía cierta prudencia. El resto de la familia se fue a lo de unos tíos, adonde Rosalía prometió llegar más tarde. Escucharon golpes, que no supieron si venían de la calle o del interior de la casa y se abrazaron. El abrazo los volteó sobre el sofá, a ella se le levantó la falda y del pantalón de Ignacio saltaron los botones. Rodaron y sucedió lo que nunca había imaginado posible.

Pasada la medianoche llegaron dos policías con papeles en la mano. Cuando intentaron cruzar la puerta, Ignacio empujó a uno de ellos sin saber qué hacía y Rosalía agarró el bate de Celso, con el que casi le quebró las piernas al otro. Dispararon hasta llegar sin respiración a la Costanera Sur. Allí se escondieron entre los árboles y volvieron a hacer el amor. Juraron que de esto jamás se enteraría Celso y, menos, algún miembro del Partido, porque los quemarían en la plaza pública. Qué boludos, ¿no?

10

Ignacio se acercó con su jarra de café humeante, se sentó a mi lado en la rudimentaria cocina donde algunos compañeros tomaban su desayuno. Con rostro compungido, como si estuviese por darme una noticia triste, murmuró: ¿Cómo estás, Carmela? ¿Nos encontramos al mediodía? Te invito a almorzar. Lo miré sorprendida, aún tenía niebla en los párpados. ¿Almorzar? ¿Te refieres a un restaurante de moda?, sonreí irónica. Un restaurante muy hermoso, contestó serio. Le rogué: Un minuto, me fijo en la agenda. Hubiera querido decirle: ¡Por supuesto, amor mío, es lo que estaba esperando!, pero una revolucionaria no podía darse el lujo de variar su rutina sin motivo; además, no adivinaba hacia dónde se dirigía su juego. Di vuelta las hojas de mi inexistente libreta y realicé un lento escrutinio de las horas y los días, como si no me hubiese entusiasmado su invitación: ¿Te refieres a hoy mismo?, pregunté sin reprimir un bostezo que tenía más ternura que fatiga. Sí, hoy, tesoro... Suelo almorzar en el Maxim's, lo provoqué,

¿vamos allá? Con gusto, pero no creo que lleguemos a tiempo. Entonces que sea en otro restaurante, pero bien iluminado, con grandes ventanas, muchas flores y que sirvan rápido, no me gusta esperar vaciando paneras. ¡Bárbaro!, tendrás todo eso, soy un fino galán. ¡Un fabulador!, percutí su tazón con mi uña. ¿Ah sí?, deberás disculparte.

Cuando regresé del entrenamiento fui a lavarme detrás de las carpas de lona que compartía con tres mujeres. Cerca de un robusto manglar cuyas raíces aéreas ocultaban la oficina de Húber Matos me esperaba Ignacio con su fusil y una mochila. Su felicidad al verme se parecía a la que estalla frente a un espejismo. Yo vestía mi remendado uniforme y tenía recogidos los cabellos con un rodete. Sus ojos me pincelaron de la cabeza a los pies.

—¿Vamos?

—¿Hiciste la reserva?

—Para dos, en el mejor lugar del salón.

Me dejé conducir. Iba adelante para indicar el camino y tomamos una dirección hacia donde nunca había marchado antes. ¿Nos espera una limusina?, bromeé. Ya estamos en la limusina, disfrútala, y te prometo que en menos de treinta minutos verás el más hermoso de los paisajes. Ascendimos una loma y la vegetación se tornó espesa. Es la parte más protegida, comentó, enseguida aparecerá la alfombra roja. Moví la cabeza: ¡Este porteño me gana en imaginación! Trepamos una ladera cubierta de castaños; su follaje ocultaba casi por completo el cielo. Empecé a sentir fatiga. ¡Vamos, que las cosas buenas tienen su precio!

De súbito, al dar la vuelta a un macizo rocoso vi el mar. No había más castaños ni follajes ni árboles, sino maleza de baja altura. El azul de las aguas apacibles contrastaba con el verde del acantilado. Un paisaje cuya belleza Ignacio no me dejó gozar porque dijo apurado: Aquí nos pueden descubrir los largavistas; vamos al restaurante. Dimos otra media vuelta al macizo y empezamos a ser cubiertos de nuevo por el techo de los follajes. La sorpresa fue advertir que el suelo ya no estaba tapizado por pasto silvestre, sino por florecillas rojas que retozaban su perfumada humedad. ¿Falta mucho? Ya pisamos la alfombra, dijo.

Invitó a que me sentara sobre un tronco caído. Abrió su mochila y extrajo un mantel a cuadros blanquicelestes que fijó con cuatro piedras de cuarzo, casi instaladas allí con anticipación. Por supuesto, dijo Ignacio, conseguí las mejores piedras, todas del mismo color; lo del blanco y celeste es por la bandera argentina. Extrajo una botella de vino que hizo girar en sus manos para leer la etiqueta: También el vino es argentino, te aseguro que les gana a los franceses. Yo lo contemplaba hacer. Instaló jarras, cubiertos, platos y una hogaza de pan. Demasiado para el tipo de vida que llevábamos en el campamento.

No lo tenés que comer si no te gusta, advirtió; la comida llegará enseguida; pero antes cerrá los ojos y extendé las manos. Obedecí extasiada; sentí sobre mis curiosas palmas un ramito de flores. Abrí los ojos y temblaban los pétalos de azucenas que había conseguido vaya a saber dónde. ¡Me encantan las azucenas! ¿Y cómo no te van a encantar? Tu piel es de azucena. ¡Argentino meloso!, dije tragándome una lágrima de gratitud. ¿Te gusta el restaurante? Sí, admito que es mejor que el Maxim's. Gracias, Carmela; ¿lo conocés, digo... al Maxim's? Mi rostro se nubló: Por supuesto, allí me llevaron mis padres cuando adolescente y después fui con Melchor. ¡Es necesario

conocer otras cosas para apreciar las que se tienen ahora!,
bromeó. Bueno... bueno... traté de sacudirme el estremecimiento, eres un famoso economista transformado en filósofo.
¡No, en cocinero!, y extrajo de su mochila dos sándwiches de
queso, jamón, tomate y lechuga: Son del más exquisito estilo
porteño. De postre hay una sorpresa, agregó. Introdujo su
mano en la mochila casi vacía y sacó puñados de guacamayas
cuya carne azul tiene el sabor del almizcle. Es mi homenaje a
los caribeños, dijo mirándome fijo.

El puente de vidrio tendido entre nuestras miradas era
sólido y trepidaba deseo. Yo le leía los labios que no se anima-
ban a expresarse en voz alta. Quizá nos frenaban nuestras historias, aunque ya nos habíamos ocupado de hacer averigua-
ciones hábiles. Nos reclinamos sobre el lecho de flores rojas y
nuestras manos juguetearon sobre el mantel a cuadros blancos
y celestes. Vacilábamos hacia delante y atrás como chicos
inexpertos. Los dedos de Ignacio, cuya piel era más blanca que
la mía, dieron saltos cruzados, como los caballos en el ajedrez
y luego avanzaron en la recta línea de la torre hasta dar jaque
mate. Mis dedos se estremecieron por el asalto, esperado y
temido a la vez. Quise parecer neutra.

Los índices masculinos consideraron que mi falta de respuesta era un permiso y treparon audaces sobre el dorso de mis
propios índices. A los índices se añadieron los dedos mayores
que también subieron sobre mis dedos mayores, los anulares
sobre los anulares, los meñiques sobre los meñiques y los pulgares engancharon firme a los pulgares, como anclas de transa-
tlántico. La incursión corrió por los tendones de las muñecas y
por último sus manos plenas abrazaron por completo mis
manos, abrigándolas como aves necesitadas de protección.

La minúscula lid se desplegó en silencio. Aún nos frenaba un incomprensible pudor, pero nuestras manos, sólo nuestras manos, se habían liberado de antiguas leyes, como si hubiesen dejado de obedecer a la corteza cerebral inhibidora. Nuestras manos independientes animaron a otras porciones del cuerpo que también anhelaban manifestarse: teníamos las piernas recogidas y nuestras rodillas intentaron acercarse pese a la inconveniencia de estar sentados frente a frente, con la vajilla interpuesta. El rodeo era fácil, podíamos unir nuestras cabezas, besarnos, pero nos separaba un océano virtual. Coincidíamos en nuestras ganas y nuestros frenos, ganas lógicas y frenos ilógicos. A la vez el deseo era tan grande que parecía irresistible.

Teníamos que frenar, reiniciar la conversación. Lo hicimos con carraspeos, desde la periferia al núcleo, desde las bellezas del paisaje a nuestras personas complejas, desde lo irrelevante a las entradas llenas de arcanos. ¿Le temíamos al progreso de nuestro vínculo? ¿Por qué? ¿Era un miedo que provenía de prejuicios burgueses o de obligaciones revolucionarias? ¡Rídículo!, me dije, ridículo.

Suponía que había menos para contar sobre mi vida porque era nueva en la causa revolucionaria, aunque energizada con el fervor de los conversos, como solía insistir Ignacio. Ya había utilizado el recurso de compensar mi historia breve con referencias a la de Lucas: Lucas había decidido ingresar en el Ejército Rebelde varios meses antes que yo, tuvo un riguroso entrenamiento, participó de combates difíciles, fue herido, y hasta fue salvado por Ignacio. En ese momento volví a expresarle mi reconocimiento por su comportamiento altruista en el centro de la metralla, y también a agradecerle la compañía que le hizo durante su convalecencia en la enfermería del campamento. Ignacio me rogaba que no volviese a mencionar el asunto.

Él poseía un historial más extenso porque había militado en el Partido Comunista argentino desde pequeño, sufrió persecución, agitó a sus compañeros en el colegio secundario y después en las organizaciones universitarias. Se especializó en finanzas para ayudar al establecimiento de una sociedad más equitativa. Su desempeño determinó el interés de Ernesto Guevara, como me contó la primera vez que hablamos.

En el camino de regreso evitamos enlazar las manos como si fuésemos religiosos medievales sometidos al voto de castidad. ¿Nuestros ideales revolucionarios eran una nueva religión?, le pregunté inquieta. Ignacio respondió suelto de cuerpo: No sé si para tanto, pero te aseguro que para mí los escritos marxistas son más sagrados que la Biblia para un católico. ¿Son infalibles, dictados desde el cielo?, ironicé. No fueron dictados desde el cielo, sino que son científicos y, por lo tanto, infalibles. ¿Qué opinan sobre el amor? Tardó en contestarme, su mente repasó capítulos enteros y al final dijo: Es algo que falta desarrollar, pero corresponde a la superestructura. No entiendo. La superestructura está por arriba de la estructura, que es lo esencial, como los bajos en la música polifónica; la superestructura tiene más colores y timbres, pero no podría sostenerse sin el piso firme de los bajos, de la estructura. ¿El amor depende entonces de la economía? Todo depende de la economía, Carmela. ¿También la emoción que me regalaste con este almuerzo excepcional? Sonrió agradecido: Claro, almuerzo, fuerza de trabajo, comida, producción, ¡economía! Entonces allí, sobre la alfombra de flores, predominaba la economía, comenté irónica. Te equivocás, tesoro, economía y filosofía, porque mi maestro, Carlos Marx, fue también un filósofo, el mejor filósofo de la historia, a nivel de Aristóteles.

Contrapunto
en armas

11

La misión iba a ser dirigida por Húber Matos, quien recordó a Carmela que no olvidara la libreta de apuntes con las crónicas de la Revolución.

Se movilizó gran parte de la base porque Fidel, indignado, había decidido aplicar un escarmiento a las tropas de Batista que, violando su cobarde tradición de mantenerse lejos, habían decidido matar guerrilleros en el corazón de la Sierra para demostrarle a la sociedad que el Ejército Rebelde sólo estaba compuesto por unos escasos y lastimosos gángsters. Húber realizó la selección y los instruyó sobre la táctica a emplear. Era preciso y metódico, habló a cada responsable de grupo y luego al conjunto. Impartió certeza sobre la victoria al mostrarles que había analizado cada detalle.

Antes de cargar las armas debieron proceder a una revisión minuciosa de su funcionamiento, cada uno era responsable de lo que llevaba. Divididos en tres columnas, avanzaron en camiones que quedaron estacionados a buena distancia y luego continuaron a pie, sigilosos, hasta el punto de confluencia, cerca del camino de tierra. Llegaron ocultándose bajo los follajes. Evitaban hacer ruido como si alguien los estuviese espiando; era una forma de mantener la disciplina y la concentración. Una curva ocultaba el estratégico puente, que iba a ser cruzado por un bus lleno de soldados a los que debían hundir en el fondo de la quebrada.

Las columnas arribaron con poca diferencia de tiempo y se apostaron entre los matorrales. Ignacio marchaba con la columna vecina a la de Carmela, que estaba más cerca de la ruta. Fue precisamente Carmela quien primero vio el auto que se desplazaba en sentido opuesto al que debía seguir el bus. ¿Qué hacer?, ¿detenerlo? Sí, detenerlo enseguida, ordenó Húber, y apartarlo del camino.

Dos combatientes bajaron a la ruta y le hicieron señas para que frenara. Dentro del solitario vehículo se amontonaban varias personas. El que manejaba comprendió que se trataba de guerrilleros y, trabado por el pánico, aceleró en forma suicida. Los disparos obligaron a que se detuviese en seco, envuelto en una nube de pólvora. Varios combatientes, Carmela entre ellos, lo rodearon con sus rifles. Se abrieron las puertas y estallaron gritos de: ¡Paz! ¡No disparen! ¡Estamos desarmados! Uno de los viajeros que mantenía las manos en alto reconoció a Húber quien, al advertirlo, corrió a darle un abrazo. ¿Eran amigos? Los combatientes aflojaron las armas. Sí, eran amigos y el viajero le explicó que iban hacia una localidad vecina para asistir a los funerales de un cuñado. El hombre sabía que Húber militaba en el Ejército Rebelde, pero nunca hubiera sospechado semejante encuentro. El chofer todavía temblaba. Húber preguntó a los centinelas si el bus militar estaba a suficiente distancia como para que sus amigos pudieran cruzar el puente. Está muy cerca, contestaron, el auto tenía que partir ya. ¡Váyanse a los piques! —ordenó seco—; y no comenten este episodio a nadie, ¿entienden? ¡A nadie! Aunque amenacen cortarles las bolas.

A los pocos minutos el guerrillero sentado al borde de la solitaria ruta como un guajiro adormilado por el calor se rascó las crenchas. Era la señal. Por la espesura sonaron los seguros de las armas. Carmela palpó su libreta, pero en ese momento debía poner en práctica otra tarea, la aprendida en la hondonada de tiro.

Un bus entró en la curva y desde la vegetación partió la balacera. Una de las primeras víctimas debió ser el conductor porque el vehículo se fue hacia la baranda del puente que, por ser de concreto, impidió que cayese al vacío. Desde su interior salió una réplica furiosa antes de lo esperado, como si hubieran presentido la emboscada. Los proyectiles dirigidos a la floresta no daban en el blanco debido a la multitud de árboles y matorrales, pero acabaría por alcanzar a los guerrilleros, que empezaron a retroceder hacia los escudos de troncos más anchos. El intercambio de plomo se extendió por varios minutos. Enseguida llegaron dos buses adicionales que derramaron decenas de soldados en varias direcciones y luego, para colmo, un blindado ligero se aproximaba con su cañón en ristre. Carmela miró desamparada a Húber, que se mordía los labios: ¡Carajo, tampoco esperaba esto! Ordenó la retirada sin dejar de disparar.

En la trepada hasta el sendero interior donde esperaban los camiones debían tener cuidado de no herirse entre ellos mismos, como había sucedido en el ataque al cuartel de San

Ramón. Carmela subía detrás de Húber, quien se demoraba para controlar que nadie quedase rezagado. Al verla, le dijo que avanzara más rápido. Ella se ayudaba con las manos en los sitios verticales y, al llegar a una breve meseta, se lanzó a correr. Su pie fue atrapado por un hoyo escondido en la hierba y cayó de bruces. El dolor le indicaba que se había producido un esguince y debía hacerse un vendaje compresivo antes de que se formase el edema. Transpirando hielo se arrancó la camisa y la ató con fuerza en torno al tobillo. Presentía que se había fracturado y que se iba a desmayar por el cansancio y el dolor. Pero no podía quedarse ahí, los soldados la fusilarían apenas la encontrasen. Se aferró a unas lianas para incorporarse y avanzó saltando sobre un pie. Así no llegaría a ninguna parte. Además, su transpiración profusa le anunciaba una inminente pérdida de conocimiento. Debía ocultarse entre los arbustos. Trató de introducirse bajo un espeso matorral aunque las ramas inferiores la despellejaran hasta el hueso. Casi no veía hacia dónde se esmeraba en hundirse. Nunca había imaginado que el fin de su vida iba a parecerse al de los topos.

El piso se movía rápido, extrañas imágenes giraban, vio raíces y piedras, tramos verdes y tramos grises. Su frente estaba hinchada de sangre, debía ser el esguince, sí, el sueño transfería la inflamación del tobillo a la cabeza, pero también le dolía el tobillo. Se dio cuenta de que esas imágenes invertidas no eran absurdas: la llevaban cargada en un hombro, debía ser el hombro de un soldado rumbo al paredón del fusilamiento. Golpeó la espalda del hombre: ¡Bájeme! ¡Adónde me lleva! El hombre se arrodilló con prudencia y con más prudencia la depositó en el suelo. Era Ignacio.

—¡Ignacio! —exclamó estupefacta.

—¿Cómo estás? —susurró dulce.

—Me encontraste, me salvaste...

—No fue fácil encontrarte, sólo alcancé a ver tu corpiño...
—sonrió—, me orientó, contrastaba con el verde del matorral.
¿Cómo conseguiste penetrar tan adentro? ¡Mejor que las viz-
cachas! Tenés rasguños por todas partes.

—Gracias —le apretó la mano.

—Dale tus gracias a la casualidad... Ya no quedaba casi
nadie, sólo los soldados que recorrieron un poco la zona sin
animarse a entrar demasiado, por suerte.

—Quiere decir que nuestra operación fue exitosa.

—Digamos que... —Ignacio resopló con fastidio—. Mejor
no hablar del asunto. ¿Podés caminar?

Carmela revisó su vendaje, que seguía firme.

—Trataré.

—Bien, te ayudo a pararte.

Rengueó unos pasos. Me duele menos, dijo. Entonces
rodeá mi cuello con tu brazo, solicitó Ignacio, y pisá única-
mente con la pierna sana; podemos avanzar sin urgencia, lo
peor ya ha pasado. ¿Dónde están los otros? En los camiones
que los llevan de regreso; no cabíamos todos y quedamos en
que volviese uno por los rezagados.

12

Mi vendaje con la manga de la camisa había sido oportuno y firme. El esguince no fue acompañado por una fractura, como me había hecho suponer la intensidad del dolor, y pude dejar en unos días las muletas. Decidí tomar la iniciativa que venía incubando con la fiebre del deseo.

—Debo entregarte una carta —susurré a Ignacio en el crepúsculo, cuando ya preparaban la cena.

—¿Una carta? —se peinó con los dedos su larga cabellera de bronce.

—Te la debo entregar sin testigos —me desconocía en ese revolear de mentiras.

—Bueno... vamos a un aparte. Entregámela ahora.

—Shhhh... será más tarde, cuando los compañeros se hayan dormido.

Ignacio se tironeó la dorada barbita.

—¿Tanto secreto? ¿Podés darme una pista?

—No. A las once nos reunimos en el camino del restaurante.

—Ah... el restaurante —Ignacio sonrió—. Creo que a esa hora estará cerrado, ¿o lo abrirán para nosotros? Queda lejos.

—Dije en el camino, Ignacio, en el camino.

—De mala gana estoy frenando mi curiosidad.

Me quedé leyendo en la carpa, protegida de los mosquitos. A las once partí sigilosa, consciente de que mi fisiología se había transformado en usina nuclear. Semejante excitación no me había invadido ni cuando noviaba con mi ex marido.

La noche era magnífica. Los pasos de mis borceguíes me parecieron exordios de un ataque por sorpresa. Mis manos acariciaban los árboles del camino incierto para no desviarme. Las fragancias que Ignacio me había enseñado a diferenciar ayudaban, o me hacían suponer que ayudaban a orientarme, pero me mordí los labios al darme cuenta de que la oscuridad era demasiado densa a medida que aumentaba la espesura del bosque. Me iba a perder. El olor de un animal muerto, quizás una rata de campo despedazada, me golpeó como una pared. Dispuse seguir otro poco. Volvió la fragancia, pero más débil, ¿era la altura?, ¿el cansancio?

—Carmela... —escuché el susurro.

Me llovió alegría.

—Sí, soy yo. ¿Dónde estás?

—Delante tuyo, ¿no me ves?

Apoyado sobre el tronco de un árbol pude distinguir la indefinida dentadura de Ignacio.

—¿Trajiste la carta?

Extendí mis manos hasta tocar las de él.

—Eres como los gatos, puedes ver en la oscuridad —dije.

—No, no —replicó—, ese mérito sólo corresponde a Ulises.

—¿Ver en la oscuridad?

—Tener ojos de gato.

—De los gatos con mala entraña —corregí.

—A este sendero lo hice tantas veces que me lo sé de memoria. Tus pasos, tu respiración me dijeron: ¡Ahí llega el correo! Pero no podré leer la carta, porque olvidé la linterna.

—No te preocupes, no hace falta leerla. Te la voy a decir.

La proximidad de nuestros labios no tuvo resistencia y nos unimos en un beso seguido de otro beso más largo y un tercero más largo aún, guarnecidos por el constrictor abrazo que nos mantuvo juntos en un espacio donde nada existía en torno, sino la sensación del otro cuerpo. Nos apoyamos en el tronco del castaño y seguimos besándonos y apretándonos hasta quedar extenuados.

Resbalamos lento, con ternura. El pasto transpiraba su rocío. Rodamos por los cojines de gramilla. Por instantes abría mis ojos, acostumbrados ya a la oscuridad, y pude ver estrellas entre las costuras del follaje. Las luciérnagas se entusiasmaron con nuestra fiesta y reverberaron sus chorros de luz.

Los besos pasaron a convertirse en exploradores insaciables, corrían por las sienes, los cabellos, la nuca, las orejas. Enmelaron nuestras mejillas. Ignacio prefería bucear en mi cuello y nadó por su orografía hasta decidirse a una levitación que lo depositó de nuevo en mi boca. Nuestras lenguas se enredaron. Después bajó al mentón, onduló por mi garganta y patinó ida y vuelta a lo largo del esternón que mis pechos escoltaban impacientes. Respirábamos con apuro y nuestras extremidades se extendieron con ambición imperial. Nos acariciamos a palmas llenas. Algunos avances eran interrumpidos por dudas fugaces. La excitación se había transformado en hoguera. Las llamas exigían la consumación y sentí que la Sierra temblaba.

Luego permanecimos sobre el lecho vegetal, oscuro y apacible. Nos costaba despegarnos. La transpirada piel ya no era iluminada por unas estrellas y la joyería de luciérnagas, sino por el curioso borde de la luna que atravesaba el ramaje. Todo era tan perfecto que se reactivó un latente temor. Para disimularlo, Ignacio dibujó palabras en mi frente.

—¿Escribes?

—Sí, te pregunto por la carta.

—Te la di, eran puros besos.

—Sos ocurrente.

—Pero tú sigues escribiendo —dije.

—Sí, cuento lo que acaba de suceder.

—Dímelo.

—No puedo.

—Cómo que no puedes.

—Me refiero a otra cosa.

—Me muero de curiosidad.

—Como yo antes, de curiosidad por la carta que me ibas a entregar —Ignacio dejó caer la mano.

—¿Qué te pasa ahora?

Se sentó de espaldas y frotó sus cabellos. Intuí que iba a decirme algo importante, una confesión quizá, pero la sola idea de hacerlo lo perturbó tanto que se puso de pie.

—Vistámonos. Te podés enfriar.

—¡Esto sí que es raro! —protesté—. En serio, qué te ocurre.

Ignacio sabía que a veces sus nervios lo hacían cometer estupideces. Pero no me podía explicar todavía el conflicto; en su cabeza había más espectros que en las siluetas nocturnas del bosque.

13

Fidel había dispuesto mandar una avanzada hacia el occidente de la isla para que la dispersa oposición contra Batista comenzara a reconocer su liderazgo. Consideraba agónico el capítulo de Sierra Maestra, un *ghetto* sin repercusión nacional. Se había granjeado la simpatía de mucha gente, pero no alcanzaba para efectuar la Revolución.

Lucas fue incorporado a la temeraria columna de Cienfuegos. Antes de partir recortó varias horas para despedirse de Carmela. La buscó y hablaron casi toda la noche bajo el alero de una choza, cerca de la comandancia, arropados por la fragancia del bosque. No había café ni cerveza, de manera que se conformaron con agua salpicada con alcohol medicinal que ella trajo de la enfermería y chorritos de ron que Lucas obtuvo en la carpa de Raúl Castro. Necesitaban sentirse largamente juntos antes de que empezara la riesgosa campaña. Quizá no se volverían a ver, idea que martillaba aunque la espantasen como a una avispa.

Aún se debían un intercambio de confesiones sobre los motivos profundos que los habían atado a esta rebelión. No se reducían al espíritu de aventura, ni a caprichos, ni a un adolescente motín contra la autoridad familiar. O quizá sí. Ambos odiaban la falta de libertad, la persecución de opositores, los prejuicios burgueses. Evocaron la pesadilla de Birán, la recordaban muy bien. Lucas tenía diez años y Carmela, siete. Lázaro los había ido a buscar en el Cadillac negro a la residencia de unos tíos próxima a Las Villas. En el camino de vuelta pasaron cerca de Birán, "un puntico del mapa", decía Lázaro, porque él había nacido ahí, en una casa paupérrima. Birán es un caserío —describió con excitación— sin agua ni electricidá, donde falta la alegría. Sólo hay pobreza, ganas de morirse. Uno de mis amigos se llamaba Fidel. Su papá era un gallego alto y fornío, trabajador, algo bestia, una mula que no comía para ahorrarse cada sucio centavo. Había luchado en favor de España, pero después vino a quedarse entre nosotros. La tierra valía poco, era cuestión de comprarla nomás, plantar caña y hacerse rico. Mi familia era bruta —agregó—, a ningunico se le dio por comprar tierra, por eso yo me hice chofer.

Lucas y Carmela se asombraron, porque esa frase fue dicha con rencor. El bueno de Lázaro les dio miedo.

Aceptaron recorrer el caserío, pero sin detenerse donde sus familiares "porque chorrean mugre". Antes de llegar, un niño con el rostro ensangrentado les hizo señas en medio del camino. Era un esqueleto, no tenía camisa y el pantalón estaba desgarrado. Se prendió de la ventanilla con las articulaciones despellejadas y las uñas cubiertas de barro. ¡Sálveme, por favor! ¿Qué pasa, chico?, preguntó Lázaro. El capataz... el capataz, mató a palos a mi madre. ¿¡Cómo!? ¿¡Dónde!? Ahicito, en esa plantación de caña. Por qué... ¡Sálveme, lléveme, por favor! Lázaro se negó a dejarlo subir. Lucas quiso abrirle la puerta, pero el chofer pegó un grito: ¡No lo hagas, puede ser una trampa! Trampa de qué, protestó Lucas mientras hacía fuerza para liberar la manija. En ese instante apareció un hombre con botas, pistola y un garrote, que corría hacia ellos bramando insultos. El niño intentó treparse; su sangre manchaba el borde de la carrocería. ¡Es el capataz, sálveme... por Jesusito! Lázaro dudó y esa duda alcanzó para que el capataz aferrase de los pelos al muchacho y lo arrastrase hacia el cañaveral. Escuchamos su aterrorizado llanto, que se silenció de golpe, cuando dejaron de verlo. El auto arrancó y Lázaro dijo que no tenía ganas de entrar en Birán, ¿ustedes sí? Lucas y Carmela permanecieron mudos, apretándose las manos transpiradas. Al rato Lucas saltó al cuello de Lázaro: ¡Por qué no lo dejaste subir! Lázaro lo separó con facilidad y dijo tranquilo: Porque esto pasa aquí to'os los días, ¿acaban de descubrir América?

Tan fuerte resultó el impacto, que ni siquiera se animaron a comentarlo en su casa. Ese niño tal vez ya era cadáver. Lucas había leído cosas parecidas en las novelas de Dickens, cuyo argumento le narraba a Carmela. Después de Birán empezó a leer las novelas de Zola y de Máximo Gorki. Quizás en esa adolescencia poblada de sueños empezó a incubarse la poco explicable decisión de irse a Sierra Maestra.

Por fin tuvieron que despedirse. El abrazo fue largo. Los dientes prietos dificultaban pronunciar palabras. Se dieron vuelta y marcharon en sentido contrario. Ella fue hacia su carpa y él hacia la de Camilo, donde ya se estaban reuniendo los guerrilleros que partirían hacia la fantástica conquista de Occidente.

La columna de Cienfuegos evocaba la armada Branca-
leone, un conjunto de miserables unificados por el manglar de
los delirios. Con ropas inadecuadas y un armamento incapaz
de vencer fuerzas más sofisticadas, iban a intentar lo imposible basándose en que algunas veces, aunque sea por excepción, lo imposible se haga posible. Había empezado a llover y
el jefe consideró que el mal tiempo cubriría el primer tramo de
la marcha, porque el ejército no salía en esas condiciones. Por
lo tanto cargaron las mochilas y bajaron decididos hacia el
Llano. La lluvia revoleaba sus latigazos. Lucas asoció esa
audacia con el coraje en estado puro. Le parecía que cada uno
de los integrantes de esa columna reproducía a Teseo, cuando
dispuso internarse en el laberinto de Creta provisto solamente
de una espada de bronce y el hilo que le proporcionó la inge-
niosa Ariadna. En cambio Lázaro, aunque convertido en un
digno guerrillero que tal vez ni recordaba la escena del niño
prendido a la ventanilla del Cadillac, escupía insultos, porque
salir con ese tiempo sólo serviría para cansarlos antes de iniciar las acciones.

Avanzaron bajo el agua durante cinco días, hasta encontrar refugio en el caserío de Riñas. Pese al esfuerzo que les
había demandado el avance, Camilo estaba feliz porque ese
mal tiempo, insistía, fue otra vez un aliado; gracias a él pudieron llegar tan lejos sin ser descubiertos. Pero ocho hombres
debieron retornar a la Sierra por enfermedad y agotamiento,
otros seis habían perdido los botines en el lodazal.

Lucas admiraba extrañado su propia resistencia y apreciaba la conducta del comandante. Cienfuegos no se apartaba
de sus hombres; a cada uno le brindaba estímulo y protección.
Anudaba el regimiento desde la cabeza a la cola, ida y vuelta,

incansable, con el humor pintado en su cara. Hacía preguntas, ofrecía respuestas, incluso ayudaba a los extenuados para descargar la mochila y el fusil. Los hacía reír con sus bromas. Lucas aprovechaba cada ocasión para acercársele y conversar sobre cualquier tema. No cesaba de repetir que estaba ahí, en esa epopeya, gracias a las generosas conversaciones nocturnas que habían mantenido en la hacienda de los Gutiérrez. Camilo le pedía que no mencionase más ese agradecimiento, porque lo ponía incómodo. Pero Lucas se daba cuenta de que le gustaba y era una buena forma de conseguir que el comandante le reconociera sus méritos. Al fin de cuentas, Lucas había sacrificado más vida y recursos que cualquier otro combatiente al incorporarse a este Ejército de locos.

Contaron treinta días de agua y viento hasta alcanzar el objetivo de Santa Clara, en la provincia de Las Villas. Habían cumplido una hazaña durmiendo a la intemperie, padeciendo hambre y esquivando espías. A Lucas se le disolvió la resistencia cuando decidieron carnear una yegua extraviada y comerla cruda; el pedazo de carne que llevó a su boca lo hizo vomitar bilis. "Para el hambre no existen herejías", se reprochó a sí mismo, pero no hubo caso, decidió seguir con las zanahorias y remolachas que arrancaban de las huertas.

El musculoso Horacio no se apartaba de Lucas, le regalaba otras hortalizas que robaba por su cuenta y, como los demás, le exigía que bebiese mucha agua, aunque no estuviese limpia. Lo apreciaba por haber abandonado las comodidades de su clase para unirse a esta legión de libertadores. Ambos conformaban un dúo cómico: Horacio gigante y Lucas bajo, Horacio de piel negra y pelo motoso, Lucas de piel blanca y cabello lacio, Horacio de palabra torpe y modales rudos, Lucas de expresiones educadas y modales aristocráticos, pese a sus esfuerzos por parecerse a un guajiro. Quien no les sacaba de encima su desconfiado ojo era Lázaro, cuyos recuerdos de los años en que había sido chofer de la familia Vasconcelos le producían sentimientos contradictorios.

Escampó al atardecer. El aire se llenó de la púrpura que se expandía desde los retazos de nubes carbonizadas. Se dispusieron a preparar la cena y armar carpas. Lázaro vio que Lucas y Horacio se alejaban hacia unos matorrales. ¿Iban a realizar sus necesidades? ¿Juntos? No, no era posible. Algo tramaban. Decidió seguirlos, disimulándose entre los arbustos.

Pudo verlos arrodillarse hasta desaparecer. ¿Urdían una traición? ¿Qué era ese secreto? No tenían nada en común, él era un bruto y Lucas un patroncito convertido en guerrillero. Se abrió paso entre las ramas húmedas evitando hacer ruido. Los pudo distinguir y descubrió que, en lugar de defecar, se abrazaban y besaban mientras sus manos se introducían bajo las ropas mojadas del otro. A Lázaro le tembló la mandíbula. ¡El delicado Niño Lucas es un puto comemierda! Una basura que vino a posar de héroe, de rebelde. ¡Falso! ¡Mentiroso! Avanzó en cuclillas dejándose arañar la piel. Esto era un trofeo para vengarse de viejas humillaciones. Vio que se bajaban los pantalones y tendían sobre el pasto. Se acercó hasta casi tocarlos y contempló el obsceno episodio. Olvidó la prudencia y se acercó más, con impulsos de golpear al negro con el caño de su fusil y hacerlo morir de vergüenza a Lucas. Pero Horacio era un mastodonte que le rompería la cabeza de una trompada. Las comisuras de Lázaro se blanquearon de espuma y regresó tiritando.

Al ordenar Camilo Cienfuegos la reanudación de la marcha, Lázaro hizo lo posible por mantenerse lejos de Lucas y

Horacio, imaginaba que le echaban miradas interrogantes, como si hubiesen advertido su descubrimiento. Tal vez no, tal vez sí, pero era mejor evitarlos. A los tres los enlazaba un secreto con dinamita. ¿Corría peligro? Sí, era de idiotas negarlo: Horacio o Lucas le meterían un tiro en cualquier momento para que no contase lo que había visto. ¿Qué hacer? Pensó soluciones que no se sostenían y optó por referirle a Camilo la escena con la excusa de pedirle protección.

Camilo lo escuchó perplejo. Le preguntó tres veces si era exacto lo que contaba. Tuvo rabia por Lucas, a quien apreciaba de corazón. Es un muchacho capaz y bien dispuesto, lamentó con voz arrugada, y no puedo privarme de él. Pero es un puto, insistió Lázaro, los putos son traidores, tienes que expulsarlo o fusilarlo. Mira, cerró Camilo, no debes mencionar el hecho a nadie, ¿entiendes? ¡A nadie! No es momento para distraernos con estas cosas. Lázaro retrocedió con una aguja de fuego en la garganta. ¿Cómo era posible que su comandante protegiera a un señorito metido a rebelde y no le prestase atención a su denuncia? Camilo se alejó pensando distinto: Lázaro tiene demasiado resentimiento y se alegrará si matan a Lucas; se acerca nuestra victoria, pero también la explosión de nuevos conflictos.

Dos días después se encontraron con dos grupos armados que disputaban porciones de la fragmentada oposición. Uno pertenecía al Partido Socialista Popular, nombre que encubría al viejo Partido Comunista, el otro era del Movimiento 26 de Julio. No quisieron unirse bajo el mando de Camilo, pero éste echó hacia la nuca su cabellera y abrazó a los cabecillas con efusión de hermano. Los indujo a sumergirse en charlas estratégicas. Es el mejor remedio para disminuir inquinas, dijo. La negociación, con chistes y bravuconadas, se pareció a la de truhanes en un garito, pero al final consiguió unir los tres grupos. ¡Ahora sí que la columna tenía consistencia y podía meter algo de miedo al oficialismo!

El ejército de Batista ya había recibido informes sobre esa concentración y ordenó al capitán Antonio Bom Lui que les picara la nuca hasta exterminarlos. Pero el ingenio de Camilo Cienfuegos pudo confundir al persistente Bom Lui. El capitán chino era serio y Camilo un bromista. Le hizo creer que la guerrilla había infiltrado hasta su ropero del cuartel. Para salvar la vida de sus hombres, Bom Lui decidió rendirse; era un oficial, no un irresponsable. Pero resultó ser un imbécil y tuvo ganas de suicidarse. La noticia de esta victoria se extendió con la furia de un incendio.

Mientras, el Che había podido cercar el cuartel de Santa Clara y esperaba su caída. Era posible que ocurriese pronto debido a que en el país se estaba produciendo un giro sensacional: las fuerzas armadas empezaban a dudar de su misión represora. ¿Debían sostener a un tirano?, ¿debían seguir matando opositores? Camilo ofreció su ayuda, pero el Che le aconsejó seguir hacia Matanzas, cuyo regimiento tenía cuatro mil soldados.

¿Cuatro mil soldados?, se asombró Lucas. ¿Vamos a desafiar a cuatro mil soldados? Sólo en sueños alguien podía alucinar que unos centenares de combatientes mal comidos podían conquistar un bastión semejante. El Che le había pedido un absurdo; ¿quería el fin de Camilo? Pero a Camilo no le disgustó la idea y dijo que pensaría cómo transformarla en realidad. Lucas sospechó que terminarían en una masacre.

El regimiento de Matanzas se rindió sin pelear. Nadie entendía, ni siquiera el mismo Cienfuegos. ¿A quién le importaba entender? El gobierno de Batista se había desprestigiado y los militares ya no querían sacrificarse por algo que la sociedad repudiaba. Andanadas de júbilo agitaron las filas rebeldes, protagonistas de un milagro. Era un milagro, sin duda. Camilo añadió que ese milagro ya se extendía al resto de la isla, porque llegaban noticias de que varios generales se entregaban sin resistencia. La victoria asomaba como un sol.

Cienfuegos se aplicó a la redistribución de su gente. Debía hacerse cargo de los cuarteles, sus militares y el arsenal de armas. Ahora ya no alcanzaba con empuñar rifles, había que administrar. El cambio era vertiginoso y no había tiempo para perder. Lucas le pareció el individuo indicado para la tarea central y le asignó una oficina en el extremo sur del regimiento. Lázaro tuvo ganas de asesinar a Camilo.

14

Para facilitar el avance de Cienfuegos y del Che hacia La Habana se debían realizar acciones que hicieran pensar a Batista que el grueso del Ejército Rebelde aún permanecía en los alrededores de Sierra Maestra. Correspondió a Húber Matos organizar un grupo de combatientes, entre los que figurábamos Ignacio y yo, para provocar combates cerca de la montaña. El pueblo de Jibacoa era un buen objetivo: permitiría traer víveres y hacer correr la voz de nuestra presencia en el Oriente.

Vestidos de guajiros llegamos al pueblo y entramos en la primera tienda bien provista. El dueño nos recibió feliz, pocas veces ingresaban tantos compradores juntos, pero no podía entender nuestra impaciencia por adquirir rápido los víveres e irnos a la disparada. Escuchamos la aproximación de un caballo al galope. Salí de la tienda, el caballo echaba espuma y lo montaba a pelo un niño casi desnudo que hacía enfáticas señas con las manos. ¿Usted es el jefe de la guerrilla?, preguntó a Húber con voz aflautada. Sí, qué ocurre. El ejército está aquí, acaba de llegar. ¡¿Cómo?! Sí, el ejército acaba de llegar, repitió el niño y agregó fuerte: ¡Con camiones!

Desapareció a la carrera tras el polvo de los cascos. A trescientos metros doblaba hacia nosotros una columna con *jeeps* y camiones militares. Húber regresó de un salto a la tienda y ordenó: ¡Tenemos el enemigo encima! ¡A replegarse!, ¡rápido!

Volvió a la calle y disparó su M-3 para detener a los soldados y alertar a quienes aún seguían en la tienda. El fuego fue respondido de manera brutal. Disparé también, pero creo que no daba en el blanco. Teníamos que desaparecer. Dos viejos sentados contra una tapia indicaron con el índice la alta reja que estaba a la vuelta de la manzana. Corrimos hacia allí, saltamos la valla y nos hundimos en un cañaveral. Vi a Ignacio empeñado en ayudar al compañero que no podía trepar. La balacera junto a la tienda aumentaba su fragor. Varios combatientes habrían caído bajo su inclemencia, pensé frustrada. No podíamos quedarnos ahí, donde nos alcanzarían los soldados, y tratamos de abrirnos camino entre las cañas como lagartijas, sin aire en los pulmones. Miraba ansiosa para descubrir a Ignacio, que no podía haberse quedado prendido a la reja. Divisamos un área umbrosa, que parecía lejana, inalcanzable. Jadeamos con ruido de aserradero para alcanzarla cuanto antes. Teníamos la lengua afuera y el terror pintado en la cara. Por fin nos refugiamos en la densidad del bosquecillo. Llegó Evelio con retraso; traía la buena noticia de que casi todos los que estaban en la tienda pudieron correr hasta el río y se salvaron. Todos menos uno: Orestes, el de las orejas en pantalla. Tropezó en la calle y fue capturado por el ejército, que lo asesinó allí mismo. ¡Hijos de puta!, maldijo Húber. ¿Adónde fue

Ignacio?, pregunté intranquila. También pudo cruzar el río y corrió hacia aquel otro monte. ¡Vamos a buscarlo!, pedí. Que te acompañe Evelio, dispuso Húber, nosotros seguiremos hacia Cayo Espino por el contorno del cañaveral; nos reuniremos en la tiendita El Bucanero.

Palpé mis armas y, junto a Evelio, trepé hacia el monte donde debía haberse escondido Ignacio. Desde la lejanía pude contemplar cómo los esbirros incendiaban la tiendita de Jibacoa. Columnas de humo se alzaban y revolvían contra la metálica plancha del cielo.

Buscamos a Ignacio durante horas. ¿Habrá vuelto al campamento? Dudo, replicó Evelio. Dormimos a la intemperie y antes de amanecer reiniciamos la marcha, con presentimientos tenebrosos sobre su suerte. Por fin, cuando el sol se había despegado del horizonte descubrimos la columna de Húber. Corrimos a su encuentro y Húber frunció el ceño al enterarse de que no lo habíamos encontrado. Yo no podía ocultar mi angustia. Húber trató de consolarme, pero la conversación fue cortada por el ruido de unos aviones. ¡A tenderse en tierra!, ordenó. Desde los árboles saltaron gruesas flechas negras que se lanzaron en picada contra nosotros. Nuestra esperanza era que nos confundiesen con la tierra o que pareciéramos muertos. Aguantamos con la boca pegada al pasto mientras los proyectiles rebotaban cerca y algunos hacían saltar trozos de piedras reventadas. El campo fue sembrado de balas. Cuando por fin la escuadrilla dio por terminada su tarea volamos hacia el pueblo. Suponíamos que la aviación se abstendría de ametrallarla, pero nos equivocamos. Ya lo había hecho para liquidar presuntos rebeldes. Encontramos gente que deambulaba con pavor, dedicada a recoger heridos y apagar el fuego. Espectros llenos de humo se movían y gemían en desorden. Unos chicos aterrorizados me miraron con insoportable intensidad. No supe qué hacer. Pronto me recibiría de médica, pero no había practicado esta clase de emergencias. Algunas mujeres con los hijos en brazos gritaron: ¡Vamos a la Sierra!, ¡vamos a la Sierra! Suponían que allí les iban a brindar seguridad. Yo me di golpecitos en la sien: ¿Cuál es la responsabilidad de nuestras acciones en esta tragedia?

—¿En qué piensas? —me interpeló Ulises con su mirada cítrica.

Torcí la boca, lo consideraba un asesino.

—¡Es el hambre, mujer, eso te hace pensar estupideces! Ayunamos demasiado, peor que los presos políticos. Pero no te desanimes, así son las guerras —escupió cerca de sus botines.

—¡No necesito lecciones!

—¡Claro que las necesitas! Te conmueves demasiado, no es bueno para ti ni para nadie.

Me dije: Esta bestia ni siquiera sufre por la gente que ha sido matada o herida, que se ha quedado sin vivienda, que espera ser atacada de nuevo.

—Quiero ayudarte.

—Es lo que menos esperaba de ti.

La tienda El Bucanero fue uno de los blancos más castigados. Entre sus ruinas humeaban los víveres. Pese al hambre, nos dedicamos a ayudar a las víctimas. Ese esfuerzo de samaritanos nos consumió horas en medio del horror. Algunos compañeros estaban anegados de lágrimas y otros —yo entre ellos— masculllábamos con ira si hacíamos la guerra para conseguir frutos como éstos.

También la muerte de Ignacio. Su desaparición continuó generando conjeturas variadas. Los negadores y optimistas decían que estaba marchando hacia Occidente por un sendero lateral. Los realistas imaginaban que se había transformado en un cadáver que picoteaban los cuervos.

15

Los libros de la administración en el cuartel de Matanzas eran densos, pero no ofrecían dificultad al ojo de Lucas. Permanecía concentrado en ellos cuando la puerta de su oficina se abrió bruscamente y entró Lázaro.

A Lucas le incomodó esa aparición no solicitada. Lázaro se arrellanó en una butaca y dijo que también tenía experiencia en esa mierda administrativa. Lucas levantó las cejas, ¿a qué venía eso? El ex chofer introdujo su índice en la nariz, extrajo un pedazo de moco y lo adhirió sobre el vidrio del escritorio. Fidel pidió que te ayude, chico, que te aconseje, explicó arrogante; sabe que nos conocemos desde hace mucho.

—¿Fidel dijo eso?

—Todo el mundo sabe de mi amistá con Fidel.

—Buena credencial.

—¡Muy buena!

—Pero lamento decirte que no alcanza para tareas administrativas.

—Mira chico, el Comandante me pidió que te aconseje, y ¡basta! O tal vez que te controle —agregó—. Hay traidores dando vueltas por aquí.

—¿Qué estás diciendo? —a Lucas le subió la sangre a las mejillas.

Lázaro extrajo otro moco duro y de un tincazo lo hizo rebotar en la frente de Lucas: —Me verás seguido por aquí, pendejo.

Lucas se puso de pie y señaló la puerta: ¡Fuera de aquí!

Lázaro se levantó despacio y lo miró con desdén. Apenas quedó solo, Lucas se tomó la cabeza con las manos. ¿Qué significa esto? El hombre que conocía de niño, que parecía sumiso y protector, se había convertido en un volcán de odio. Lo había recibido en la Sierra con simulada humildad, ahora lo veía claro, para demostrarle que había conseguido convertirse en alguien superior a un empleado común. Y no toleraba que ahora él, Lucas, un simple aprendiz, fuera de nuevo quien esté por arriba, a cargo de la administración del Ejército Rebelde en el cuartel. No soportaba haber sido un inferior en la escala social y lo enloquecía volver a ser un inferior en la jerarquía revolucionaria.

Al final de la tarde las oficinas que rodeaban a Lucas se vaciaron. Permaneció ensimismado en su tarea y no advirtió que la gente se marchaba. Encendió la luz de su mesa y prosiguió la revisión de los papeles que habían llegado horas antes. Cuando pidió que vinieran a retirar las carpetas revisadas se dio cuenta de que ya no quedaba nadie y le pareció que se encontraba frente a una amenaza. Trató de averiguar qué había pasado, se sintió estúpido. Llegó a la puerta que conducía al patio y de nuevo apareció Lázaro.

—Volvamos a tu oficina, que te explico —ordenó seco.

Lucas se corrió hacia atrás en forma refleja; esa reaparición lo inquietó más.

Caminaron sin decir palabra, pero Lucas advertía que Lázaro se esforzaba por parecer tranquilo. Después de entrar en el despacho lleno de sobres, cuadernos, mapas y libros de contabilidad, el indeseado huésped cerró de una patada y echó llave.

—¿Por qué haces eso?

—Oye chico, vamos a poner las cosas en su lugar en un momentico.

—No entiendo.

—Lo entiendes muy bien. A mí no me vas a rechazar porque haya sido un hombre pobre y tuve que agacharme delante de tu puta familia.

—¿Quién te rechaza?

—Tú, y tus aires de comemierda.

—Esta conversación no tiene sentido —Lucas lo miró con el mentón levantado, como si se dirigiese de verdad a un ser inferior; ¿quién era esa rata para venir a provocarlo?—. ¡Márchate de aquí!

—¿Marcharme? Yo hice que la gente se fuera para que nos quedemos solos y arreglemos nuestras cuentas, "Niño Lucas"...

—¿Tú hiciste partir a la gente? ¿Con qué autoridad?

—¿Sigues siendo tan huevón para no aceptar que soy casi un hermano de Fidel?

—Eso no tiene relación con lo que dices.

—No te lo voy a explicar de nuevo, te haces el sordo. Y eres un arrogante de mierda.

Lucas miró en derredor para capturar alguna idea. Alguna tenía que estar revoloteando a su alrededor como un pájaro, así le había sucedido en los exámenes de la universidad y en las trampas que el ejército tendía en el Llano. ¿Qué hacía este sujeto ahí? ¿Cómo sacárselo de encima? Lucas no estaba armado, en cambio Lázaro calzaba una pistola en el cinturón.

—Mira, los putos caen mal a la Revolución —le disparó con desprecio—. Peor si además de putos son unos señoritos.

Lucas palideció, tocó sus costados en busca del arma que no tenía y miró el dormido teléfono. Lázaro mostró sus cínicos dientes mientras decía: No te molestes en llamar, maricón, ¿qué vas a contarles? ¿Las veces que te tiró Horacio?

La boca de Lucas quedó seca.

El ex chofer se inclinó hacia delante, levantó el tubo del teléfono y lo tendió provocativo: Vamos, putito de mierda, cuenta tus cochinadas; ¿a quién le contarás primero? ¿A Camilo, al Che, a Húber? No hace falta que sudes hielo ni que te desmayes. No te desmayas cuando Horacio te la mete, ¿no?

Los ojos de Lucas echaban llamas, sufría una demoledora combinación de rabia e impotencia. Clavó sus uñas en los apoyabrazos de su sillón para frenar el deseo de saltarle encima, como un tigre herido. Por fin, carraspeando, tartamudeó: Qué... qué quieres.

—¿Qué quiero? Primero trátame como debes, soy un revolucionario convencío, no un oportunista como tú. Nací en Birán y soy un hermano de Fidel. Tengo autoridá. Soy macho, no puto. Tú no vales un carajo frente a mí. Así que vamos a poner las cosas en su sitio, ya te dije. Vamos a terminar con las injusticias de clase... Comienza por sacarte la ropa, no eres digno de vestir el uniforme revolucionario. Soy buenazo, pedazo de comemierda, porque la puerta está cerrada y esta oficina no tiene ventanas que permitan ver lo que te voy a hacer.

De súbito un rayo atravesó la estancia y Lucas saltó al cuello del intruso. Rugió como un león herido mientras intentaba estrangularlo. Rodaron al piso y se golpearon contra los muebles. La cólera evaporó en Lucas toda noción de riesgo; no pensaba en las consecuencias que podría tener un asesinato en su oficina. Se dieron rodillazos mientras la piel de Lázaro se tornaba azul. Lucas ajustaba con todas sus fuerzas el torniquete en torno al barbado cuello y le miraba con furia los ojos desorbitados. Lázaro giró con sus últimas energías, desenfundó su pistola y le puso el caño entre los ojos. Lucas tardó unos segundos en advertir que había perdido la batalla. Aflojó la horca sin retirar sus manos.

—¡Te hago papilla, comemierda!... ¡si no me sueltas! —susurró la garganta estragada.

Lucas no se resignaba a una rendición. Entonces Lázaro quitó el seguro del arma.

Lo soltó de a poco. Estaba tan empapado como si hubiese caminado bajo la lluvia. Se apartó lento, disconforme y rabioso, seguido por el cañón de la pistola.

—La puta madre que te parió... —rechinó Lázaro mientras con la izquierda se masajeaba la tráquea—. Eres un maricón asqueroso... Ahora te voy a hacer lo que te has ganao. ¡Sácate el uniforme que no mereces, putito, o te perforo el coco!

Con la torpeza de quienes son arrastrados al patíbulo, Lucas simuló obedecer. Pero bastó un parpadeo de Lázaro para que le aferrara con ambas manos la pistola mientras le aplicaba un rodillazo en los testículos. Le quitó el arma y, agitado, ordenó que se marchase. La falta de seguro posibilitaba que una mínima presión sobre el gatillo terminase con la vida del provocador. Lázaro estaba descompuesto, con el cuello dolorido y un nudo en el bajo vientre. Sus ojos echaban fuego. La renovada humillación lo hacía trepidar. El señorito no soltaba la pistola y lo obligaba a marcharse. Con la camisa desabotonada y fuera de los pantalones, sudado, partió dando tumbos.

Camilo invitó a almorzar a treinta compañeros. Era una reunión con los más confiables. Pretendía hacer un análisis sobre la situación dentro y fuera del cuartel. Estaba de buen humor y aseguró que su optimismo iba a ser justificado en forma rápida, porque se expandía el desmoronamiento de la dictadura. ¡El régimen se cae solo, compañeros! Apenas sirvieron la comida pidió que empezaran a hablar. Cada uno trató de ser breve. Camilo ingería algunos bocados y depositaba los cubiertos para escuchar atento los informes sobre control de prisioneros, ordenamiento de las armas, reservas de alimentos y estado de la enfermería. Cuando le llegó el turno, Lucas acomodó las planillas que había amontonado sobre el mantel y describió el cuadro de los recursos. Antes de terminar fue interrumpido por una voz agresiva que exigió la repetición de los últimos datos. Lucas los volvió a ofrecer. La misma voz pidió que los dijera de nuevo. Lucas se dirigió al hombre que lo interrumpía.

—¿Qué es lo que no entiendes, Lázaro?

—Yo entiendo todo eso muy bien.

—Entonces.

—Quiero que a esos números los mastiquen el comandante y demás compañeros.

—...

—Para que se den cuenta —agregó— de tu traición, señorito comemierda.

—¡Qué carajo dices! —saltó Lucas.

—Eres un infiltrado de Batista —lo apuntó con el índice.

—¡Te voy a hacer tragar la lengua, hijo de mil putas! —Lucas empujó ruidoso la silla hacia atrás y corrió hacia Lázaro con las manos en ristre.

Estallaron gritos y los comensales se pusieron de pie, varios de ellos se abalanzaron sobre Lucas para detener su carrera.

—¡Es un traidor! —vociferó Lázaro parándose también—. ¡Y además es un puto! ¡Es un puto comemierda!

Entre varios hombres contuvieron a Lucas y otros se ocuparon de frenar a Lázaro.

—¡Lo vi hacerse culiar! ¡Es un puto! ¡Un traidor hijo é puta!

Camilo ordenó que sacaran a Lucas, arrastrado por siete combatientes. Después se dirigió a Lázaro, a quien otro grupo de hombres le enganchaban los brazos y trababan las piernas.

—¡Cállate, irresponsable! —reprochó con chispas en los ojos y los dientes.

—Pero...

—¡Cállate he dicho! —el comandante alzó la mano para pegarle—. No es forma de dirimir problemas internos.

—Yo lo vi...

—¡Cállate, idiota, o te mando al calabozo!

Lázaro se desinfló y Camilo ordenó que lo soltaran, pero sin bajar su amenazante mano. Lázaro se acomodó la ropa y miró el piso.

—Que cada uno vuelva a su trabajo —ordenó Camilo—. Acabó la reunión.

Lucas estaba seguro de que varios interpretarían la denuncia de Lázaro al pie de la letra, no como un insulto. Ahora enfrentaba la amenaza de ser visto como un inmoral y perder el respeto de sus compañeros. Camilo parecía el único que no se escandalizaba por el tema. Sin embargo, le importaba impedir este tipo de crisis y convocó esa misma tarde a Lucas. Se sentaron solos en su despacho.

—Mira —arrancó sin preámbulos—, no me interesa qué haces con tus asuntos personales.

Lucas se movió incómodo.

—En cambio aprecio tu inteligencia y, sobre todo, tu devoción revolucionaria.

—Gracias.

—Por eso he decidido enviarte con una avanzadilla hacia la capital, así preparas el terreno para mi avance, que lanzaré en pocos días, y te alejas de quienes buscan provocarte en este cuartel.

—¿Quién dirigirá la columna?

—Tú, chico. Sólo te encargo elegir bien a los que te acompañarán. Si todo va bien, entrarás a La Habana conmigo en el día de la victoria. ¿De acuerdo? Escucha mis instrucciones.

Lucas se concentró en el plan. Luego ambos se pusieron de pie.

—Ahora ve a organizarte y te lanzas después de la medianoche.

Se miraron fijo. De súbito cayeron uno sobre el otro en un abrazo fraternal.

En la primitiva cabezota del gigantesco Horacio daba vueltas la rabia que le había producido la delación de Lázaro. Su piel de pantera se dilataba hasta el estallido. Buscó al infame en diversas partes del cuartel, pero los sitios no resultaban adecuados para desplegar la acción que exigían sus puños. Atravesó pasillos, arsenales llenos y arsenales huecos, campos de tiro, canchas de fútbol, canchas de básquet, dormitorios, oficinas, comedores, depósitos y enfermería. Ya Lucas había partido y no lo podría disuadir de vengarse en debida forma. Vio a su objetivo, pero no se acercó; quería tenerlo a su entera disposición en el punto exacto. No le bastaría perforarle la espalda de un tiro, rechinaba Horacio, esa basura tenía que sufrir.

Lo siguió hasta un bosquecillo próximo a la muralla, parecido a los que existían en Sierra Maestra. Lázaro se quedó paralizado al ver a Horacio quien, rápido como un lince, le arrebató el arma.

—¿Cómo estás, hijo'e puta?

—¡Respeto! —exclamó Lázaro levantando el mentón—. Respeto.

—Respeto al que lo merece.

—No tengo ganas de pelear contigo —replicó mientras procuraba alejarse.

—Y yo sí tengo ganas de pelear contigo, me muero de ganas, ¡fíjate la diferencia!

—Ve a pelear con otro, entonces.

—No, pedazo de comemierda. No quiero pelear con otro. Quiero cortarte las bolas y hacértelas masticar.

Lázaro se puso blanco. Midió el tamaño del contrincante y se sintió una cucaracha antes de ser aplastada por un taco. Pensó: este animal está celoso.

—No vamos a pelear entre hombres —lo halagó para desactivarle la furia.

—Antes vas a demostrar si eres hombre.

Y le descargó un puñetazo sobre la mejilla derecha. Los pájaros alzaron vuelo. La luz fue ocultada por una nube roja. Lázaro trastabilló, pero se sostuvo abrazándose a un árbol.

—Qué te pasa Horacio... —balbuceó—. Te van a castigar por esta agresión.

—¿Castigar?

—Soy amigo de Fidel, soy su hermano... Mejor te serenas.

—¡Eres un embustero, carajo! —gritó mientras le hundía profundamente el puño en la órbita izquierda, que explotó con una mezcla de sangre y gelatina.

Lázaro cayó inerte y Horacio sentía ardor en las pegoteadas articulaciones de su puño. Era posible que le hubiese fracturado la nariz y la frente, y que además le haya reventado el ojo. Debía alejarse del lugar. Había hecho justicia y alguien lo encontraría vivo o muerto, mejor si muerto.

16

Llegaba fin de año y sentíamos hormigueos, algo fantástico iba a suceder. El estallido se produjo en la madrugada del 1° de enero de 1959, cuando se expandió la relampagueante noticia de que el tirano había fugado y que el poder había sido transferido a una Junta Militar. Enseguida, desde Santiago de Cuba, Húber Matos emitió un comunicado que aseguraba la continuación de la lucha. Yo estuve de acuerdo, no había que dar tregua en ese instante: la Junta Militar era una maniobra para bloquear el nacimiento de la democracia. Más tarde expliqué a los que se preguntaban el sentido de continuar los combates: todos los militares no se rendirán, porque muchos fueron cómplices del monstruo.

Camilo Cienfuegos marchó hasta los deshilachados suburbios de La Habana, donde se reunió con la avanzadilla de Lucas. La multitud que los seguía en bullicioso cortejo parecía una alfombra multicolor. En pocas semanas se había esfumado la tendencia de los combatientes a huir de los soldados, ahora sólo pensaban cómo recibir a los desertores del dictador y a los campesinos y obreros que se les acercaban con paquetes de comida.

El fragor aumentaba hora tras hora. Autos viejos y no tan viejos, camiones, jeeps y hasta carros tirados por hombres se acercaban con gritos y bocinazos. Algunos hombres y mujeres se habían puesto el brazalete del M-26, otros agitaban banderas o se quitaban las camisas para revolearlas en el aire.

Húber publicó un generoso alto al fuego ante el vuelco de los acontecimientos políticos para que las tropas del ejército pudieran sumarse a las fuerzas rebeldes. Fidel, antes de abandonar la Sierra, también hizo público su rechazo a la Junta Militar y manifestó que desconocía autoridad al magistrado Carlos Manuel Piedra, instalado en forma arbitraria como presidente de la República. Con movimientos hábiles se convertía en el árbitro del anárquico proceso.

En el camino a La Habana se reunieron Fidel, Húber y Raúl Castro. El jefe explicó su táctica: viajaría por tierra hasta la capital con los blindados que ya había conseguido Húber. Las guarniciones del camino le agregarían más tanques, quería mostrar mucho poder para desalentar las competencias. Hizo una pausa y se produjo un inesperado instante dramático. Apoyó su mano sobre la rodilla de Húber: Tengo que transmitirles algo más, dijo solemne, si a mí me sucediera cualquier cosa en el trayecto... si soy eliminado físicamente, si me hacen un atentado y me matan, tú Húber, y tú, Raúl, se encargarán de dirigir la Revolución.

Ambos lo miraron incómodos y no supieron qué comentar. Les reitero, agregó Fidel con autoridad metálica, si me sucede algo, ustedes y sólo ustedes quedarán al frente de nuestra Revolución, con todas las responsabilidades. Quiero que esto quede bien claro.

Después Húber me pidió que lo anotase en las crónicas.

Camilo Cienfuegos, por su parte, explicó que la fiesta podría agriarse si no se apoderaban enseguida de la sede del Estado Mayor, en la capital. Lucas me confesó días más tarde que en ese momento había quedado perplejo y objetó la idea: ¡Allí hay cerca de diez mil soldados!

—Sí, y además nos esperan armados detrás de sus altas murallas —sonrió Camilo.

—Son como los soldados de Troya. No van a entregarse. ¿Les meterás un caballo de madera? ¿O nos resignaremos a que salgan y nos limpien como el polvo de la vereda?

—Los militares han dejado de confiar en sus mandos —lo palmeó Camilo en el hombro—. Se rendirán. Ya no se trata de batallas materiales, sino psicológicas.

—¿Otro milagro?

—Toda nuestra Revolución es un milagro, ya lo dije varias veces. ¿Supones que tiene lógica?

Pocas horas después el Estado Mayor, informado del derrumbe que se producía en varias guarniciones del país, se rindió sin presentar resistencia. Cuba se ofrendaba como un cordero a los pies de Fidel Castro.

El 8 de enero de 1959 se produjo la entrada triunfal del Ejército Rebelde en La Habana. Sólo había transcurrido una semana desde la fuga de Batista. Cuba trepidaba fiesta. Una congestionada caravana de camiones y de tanques venía desde el Oriente, cada vez más numerosa y bullanguera.

Camilo Cienfuegos irradiaba vitalidad. La gente, al identificar su estampa, petardeaba vítores. Él tendía sus largas manos hacia las manos infinitas que buscaban rozarle los hombros, el sombrero campesino de ala ancha, los cabellos desordenados. Fidel, desde una camioneta descubierta le hizo señas para que se instalase a su lado. Martillaban los aplausos cuando Cienfuegos dio un salto de acróbata y se instaló a la derecha del jefe máximo, quien ya tenía a Húber Matos a su izquierda. La confluencia de los líderes era una postal que bombeaba los corazones. Los tres saludaban al gentío que reclamaba alguna prenda, como si fuesen deportistas famosos. Anhelaban un contacto físico, aunque fuese con los recalentados hierros de la camioneta. El desfile tenía que frenar cada cuatro o cinco minutos para que los comandantes pudieran devolver atenciones a las olas que ansiaban alcanzarlos. Eran el centro de una bacanal.

Lucas se encaramó a la parte posterior de la camioneta, ayudado por Camilo. Después, me contó que había tenido la ilusoria sensación de trepar al espléndido carro que usaban los emperadores romanos al volver de sus campañas. Adelante no había un motor, sino corceles enjaezados con pedrería y arneses de plata. En sus oídos retumbaban párrafos en griego y latín; sobre las cabezas de los comandantes resplandecían las guirnaldas y flameaba la púrpura. Los escoltaban águilas, lanzas y escudos donde reverberaba feliz el sol de la victoria.

Fidel aferró el brazo de Húber Matos y le habló a la oreja. Lucas alcanzó a atrapar unas palabras que se referían a su miedo de ser baleado. Húber le contestó que él se ocuparía de vigilar la multitud, que tenía buenos ojos. Fidel negó con la cabeza y Lucas se dio cuenta de que pese a las sonrisas que prodigaba a la gente, se había puesto pálido. Se aproximó más y pudo escuchar que Fidel agregaba: Me atacarán a la entrada de la ciudad, porque los edificios son altos y hay gente armada en las terrazas; ¿te acuerdas de Sandino? En ese instante Lucas me vio, abriéndome paso a diez metros de la camioneta. Yo agitaba mis brazos por encima de las cabezas y le gritaba sin que él oyese, como en las películas mudas. Lucas pegó un brinco hacia mí y nos abrazamos dando vueltas como en un frenético vals.

La caravana tardó horas en completar un trayecto que habitualmente dura menos que fumar un cigarrillo. La algarabía alzaba su volumen minuto a minuto. Llegó un momento en que la densidad de la multitud se había hecho tan compacta que los vehículos no pudieron seguir. Pero al menos estaban frente al palacio presidencial. El enjambre de personas zumbaba, se extendía hacia las calles laterales y parecía ascender por la fachada de los edificios hasta desbordar en los balcones y los techos. No había cubano que permaneciera dentro de su hogar, o su negocio, o en las cafeterías, o en las aulas, o en los talleres.

Fidel bajó de la camioneta con esfuerzo para caminar hasta el palacio. Lucas y yo nos instalamos detrás de Húber, quien no sacaba su mano del arma que colgaba del cinturón mientras miraba con intensidad a los probables francotiradores. Bañado en sudor, Fidel no pudo ganar ni tres metros y decidió regresar a la camioneta, donde ordenó avanzar, pese a las dificultades. Rugieron los motores, sonaron las bocinas, hubo empujones severos y, con lentitud extrema, arrancaron. Llevó otra hora arribar al Campamento Militar de Columbia, convertido ahora en el punto de destino.

Frente al polígono gigantesco ya se había compactado otra masa de público, que iba a ser penetrada por la imperiosa lanza de vehículos. En los escalones de cemento unos combatientes trataban de despejar sitio para los comandantes. Fidel advirtió que era mejor una tribuna de madera, ubicada en lo alto, y ordenó que le abriesen camino hacia allí.

Empezaron los discursos. Pero, ¿a quién podían interesar esos oradores desconocidos y oportunistas? Con Lucas nos mantuvimos pegados y mirábamos felices. Habíamos llegado sanos y salvos hasta ese momento histórico. Habíamos tenido el coraje de romper con nuestro medio y jugarnos por el ideal que ahora celebraba toda la nación. Sin embargo, en ambos viboreaba una recoleta amargura: Yo seguía angustiada por la suerte de Ignacio y Lucas no lograba borrar del todo la humillación sufrida en el cuartel de Matanzas, como me relató después.

Contrapunto
victorioso

17

Húber Matos me ordenó acompañarlo a Camagüey en un avión de la fuerza aérea como ayudante de campo. Él debía asumir el control de ese lugar estratégico por decisión personal de Fidel, quien en pocos días logró un dominio incuestionable sobre todas las dependencias del gobierno y las Fuerzas Armadas con el título de primer ministro. Designó presidente a Manuel Urrutia, un abogado prestigioso, honesto y manipulable.

Húber fue acompañado por una dotación de mil hombres, cegadora cifra en comparación con el número exiguo de combatientes que había manejado en toda su vida. Yo me senté a su lado con una opresión permanente por la ausencia de Ignacio, pero a la vez experimentaba extrañeza al integrar el poderoso núcleo de la nueva conducción del país.

Antes de partir conversé horas con Lucas, como lo habíamos hecho al dejar Sierra Maestra. Nos debíamos un intercambio enorme de noticias. Necesitábamos compartir la masa de experiencias que atravesaron nuestro cuerpo y nuestro corazón en ese período tan intenso. No sólo nos ligaba la misma sangre, sino haber sido protagonistas de una campaña irrepetible, arrastrados por caminos que a menudo eran paralelos, pero encaminados hacia la misma meta. Nos confesamos intimidades, yo le conté mi anudamiento con Ignacio. Enseguida Lucas me refirió la amistad que había labrado con él. Por fin, venciendo el pudor, dijo sentirse obligado de confesarme su descubrimiento, que lo tenía escondido o reprimido. Con voz áspera, incómoda, me dijo que era... homosexual.

Quedé muda. ¿Era eso posible? ¿Mi hermano? Lo miré interrogante y le apreté las muñecas, revuelta por palabras que no me salían. También Lucas empezó a tartamudear, afectado por mi reacción. Quiso abrazarme, pero yo me aparté, asqueada. No podía resignarme. Sabía que, con esfuerzo, podría aceptar la homosexualidad en otros, no en Lucas. Él trató de hacerme comprender que sus razones no dependían de la voluntad. Me puse a llorar, sensibilizada por la desaparición de Ignacio, el desfile triunfal y el hecho de haber llegado vivos al fin de la guerra. Para mí, su homosexualidad era una desgracia. Más adelante pensé que quizás ese factor operó como la palanca de su tirria a la discriminación de los diferentes que lo encaminó hacia el Ejército Rebelde.

El viaje a Camagüey me permitió tomar distancia de Lucas y el dolor que me producía su revelada tendencia. En el avión militar se distrajo mi memoria, llevándome a recordar estos pájaros metálicos que había visto desde tierra, cuando nos disparaban sin preocuparse por dar en el blanco e incendiaban aldeas paupérrimas. Por la ventanilla contemplé una zigzagueante línea de playas que separaban el mar azul del jade amarronado de la costa.

En el aeropuerto nos recibieron mujeres gritonas, armadas y vestidas con el uniforme verde olivo que en pocos días había adquirido la jerarquía de traje revolucionario. Abracé a varias de ellas, convertidas en las bulliciosas compañeras de la democracia naciente. Recorrimos el tramo que llevaba al cuartel en vehículos provistos con radios de comunicación. En las calles había mucha gente armada, que lucía sus desafiantes equipos. Ese espectáculo, empero, disgustó a Húber. Las armas se convertirán en un problema, dijo.

El campamento de Camagüey era un vasto complejo rodeado por muros. Húber se reunió con el comandante para recibir el mando formal. Luego explicó que no quería ofender a los locales y pidió que yo transmitiese a nuestra gente la orden de actuar con prudencia. No debían apurarse los desplazamientos, si no eran imprescindibles; nada podía causar peor efecto que proceder como una invasión extranjera. El estilo respetuoso de Húber gustó a los soldados que temían represalias de los nuevos dueños del poder, en cambio irritó a los combatientes ansiosos por atornillarse a los mandos oficiales. Así me lo transmitieron varios guerrilleros. Yo no esperé instrucciones de Húber para tratarlos de arribistas con mi lenguaje más duro. En apariencia los calmé, pero advertí algunas miradas de odio. Me enteré de que uno dijo por lo bajo: Nos manosea como a los sirvientes que tuvo en la casa de su padre.

Hacia el mediodía me mandaron llamar de la comandancia. La luz cenital blanqueaba el sendero caliente. Caminé frente a guardias adormilados y trepé escaleras hasta el despacho central. Húber no solía necesitarme a esa hora. La puerta estaba entornada y la abrí despacio, haciendo gemir los herrumbrados goznes. Vi a Húber y a otro hombre sentado de espaldas. Se me heló la sangre, creí haber chocado contra la pared. Ignacio giró. Vestía pantalón claro y una camisa beige de una elegancia olvidada. Corrió hacia mí con las manos extendidas, apretó mis hombros y me besó las mejillas. Nos estrechamos en un largo abrazo, pero Húber parecía divertido con nuestra inhibición, que habría percibido hasta un ciego.

—¡Qué te ha pasado! —fueron mis primeras y ahogadas palabras, con más reproche que alegría, como una madre que recupera un hijo dado por muerto—. ¡Dónde anduviste!

Me acariciaron sus ojos color de miel, irritantemente hermosos. Las palabras se le amontonaron en la lengua, pero no las podía soltar. Yo me sentí vacilar y busqué sentarme. Lo contemplaba sin pestañar, como si en su rostro forzadamente tranquilo pudiera leer las crípticas explicaciones que tardaba en darme.

—Me hirieron, Carmela. Tuve la suerte de ser rescatado por unos campesinos que me pasaron de una choza a otra para que no me descubriese el ejército. Nunca les agradeceré bastante. Me aplicaron sus auxilios rudimentarios, vos sabés, mezcla de yuyos y supersticiones, que terminaron por aumentar la infección de mi herida. Por suerte llegué a La Habana.

—La Habana...

—Sí. Y me perdí la entrada triunfal.

—Pero... pero, ¿cómo no te comunicaste con nosotros? Ahora apareces en Camagüey.

—Solicité venir.

—¡Con esa ropa!

—Vuelvo a la normalidad. Soy de nuevo un economista.

—Supongo que regresarás a La Habana —intervino Húber—. Te van a necesitar en el gobierno.

—Es posible.

Húber le asignó un dormitorio, adonde fue a descansar del viaje. Yo bebí café y me alejé sin agregar comentarios. Todo había sido breve y seco. Estaba feliz y enojada. Sentía amargura en medio del júbilo. Ignacio no era Melchor, pero había resucitado la cara traicionera de mi olvidado marido sobre los ojos color de miel. Estaba confundida, lastimada. Primero recibí el golpe de Lucas, ahora el de Ignacio. ¿Por qué lo consideraba un golpe y no una bendición? ¿Ya no lo quería?

Horas más tarde Ignacio apareció en mi oficina. Preguntó si podíamos conversar. ¿Éramos de nuevo dos desconocidos?

—Entra —contesté hostil. Me soliviantaban mis propias contradicciones: tanto me había angustiado por él, tanto lo había extrañado, tanto deseaba verlo reaparecer, y ahora me asfixiaba un vértigo de sospechas.

Él me sonreía con falsa serenidad. Era evidente su esfuerzo por simularla. Yo no pude contener mi deseo de tirarle algunas piedras: Estuviste mal, debiste enviar algún mensaje, nadie mejor que tú sabe cómo mandar mensajes clandestinos, eres un experto.

—¿De modo que me extrañaste?

—¡Te rompería la cabeza!

—Dejá de criticarme, pibita. Yo también te extrañé y lo que más deseaba era abrazarte, besarte. Te extrañé muchísimo.

—¿Ah, sí? No te creo. En cambio yo sí te extrañé de verdad. Me reuní con Lucas en el día de la victoria y, te aseguro, no lo pude disfrutar pensando que te devoraban los cuervos.

—¡Exagerada!

—Pero, ¿qué te pasó? ¡Habla de una vez! No explicas con claridad. ¿Perdiste el conocimiento?

—Sí.

Su resistencia a explayarse me sacaba de quicio. Le descargué pregunta tras pregunta e Ignacio empezó a contestar, pero percibí dudas, dolor. No me decía toda la verdad. En mi garganta empezaron a resbalar lágrimas que no dejaría aparecer en mis ojos porque Ignacio no lo merecía. Había un enigma, un tortuoso enigma. ¿Habría desertado? ¿Habría intentado pasarse a las filas batistianas y luego, al producirse el giro político se arrepintió? En ese caso merecía el fusilamiento, me dije mordiéndome los labios. ¿Podía ser tan execrable? Evoqué la noche en el bosque, cuando hicimos el amor por primera vez. También allí ocurrió algo inexplicable. Mejor dicho: algo que él se negaba a explicar. Se repetía la escena, otra vez lo mismo.

No pude dormir. Di vueltas recordando escenas. Una y otra vez recordaba el piso que se movía rápido y giraba, con raíces y piedras que saltaban del verde al gris; mi cabeza estaba hinchada de la sangre que atribuía al esguince; al fin pude comprender que me transportaban sobre un hombro al paredón del fusilamiento; el hombro, sin embargo, era de Ignacio, que me había descubierto desvanecida bajo un matorral. Nuestro idilio es un matorral espinoso, me dije al despertar transpirada. O un idilio que desemboca en un tifón.

18

Asomaba el amanecer y Carmela llegó pálida de insomnio a la reunión del comando. Las armas son un peligro, repetía Húber mientras leía los partes sobre su proliferación incesante. ¿No escuchaste tiros en la noche? Carmela había estado hundida en la gruta de las pesadillas: No, no los escuché. ¿No? se asombró Húber. Carmela se sentó en medio de cuatro oficiales y empezó a tomar notas. Los combates contra la dictadura se estaban convirtiendo en la tormenta de la Revolución en marcha. Hasta hacía poco era un peligro ser rebelde, dijo Húber, ahora es un peligro ser batistiano, aunque no haya pruebas de delito alguno. Ordenó redactar un decreto que prohibía portar armas sin autorización. El regreso a la democracia también significa disciplina, murmuró entre dientes. También quiere decir armonía, por lo cual tenemos que estimular la fraternidad de rebeldes y soldados. Somos parte de la misma nación, debemos ayudarnos.

—Oye Carmela —se dirigió a ella solamente—, esas crueldades cometidas por la dictadura han generado rencor y muchos cubanos exigirán justicia implacable, pero —preguntó calzándose los anteojos— ¿qué es justicia implacable? ¿Lo sabes?

Los cuatro oficiales la miraron. Carmela no necesitó pensar mucho: justicia implacable es una forma encubierta del sadismo, no es justicia.

En la ciudad de Santiago de Cuba habían comenzado los fusilamientos. ¡Demasiado rápido!, se indignó Húber mientras recibía nuevos informes sobre juicios que no daban tiempo para la defensa. ¡Los juicios sumarios son propios de la dictaduras, no de nuestro movimiento! —dio un puñetazo sobre los papeles amontonados en su escritorio. Carmela consideró su deber serenarlo: No van a matar inocentes. ¿Por qué no?, replicó enrojecido. Porque esto es diferente, no es como en las tiranías.

Carmela se inclinó sobre sus apuntes ante la falta de un argumento más convincente. En el fondo la preocupaba que la Revolución llegase a cometer injusticias, pero no compartía el extremado disgusto de Húber. No debía olvidar que era un jefe revolucionario y tenía que ser riguroso. Si fusilan, es porque deben hacerlo, agregó Carmela por lo bajo. Húber se quitó las gafas y explicó: Tú serás médica y harás cosas terribles en el quirófano, pero en base a un buen diagnóstico; el juicio sumario, en cambio, es un diagnóstico apresurado.

Días más tarde lo vio descompuesto de rabia porque habían ejecutado a setenta personas en una jornada. ¡Setenta! ¡Qué es esto, Carmela!, gritó con los puños alzados, dispuesto a pegar al primero que lo contradijese. Ella lo contempló atónita y no quiso escribir sobre estos informes, eran desproporcionados. Para calmar a Húber murmuró que aún no disponían de datos suficientes, que no debían cuestionar con ligereza a los demás comandantes. Húber siguió aullando. Ella se acercó al escritorio y le leyó unos renglones del último parte. Le rogó que se fijara bien, porque ahí decía que los procedimientos tenían lugar bajo la directa supervisión de Raúl Castro. Los ojos de Húber ardieron como carbones y susurró con voz arrugada: Mira, hija, hablé con Raúl.

Una nube descendió sobre su rostro.

—Hablé con Raúl —repitió—; hablé con Raúl sobre los fusilamientos y, ¿sabes qué me contestó? —inspiró hondo—; me contestó que a esos juicios los quería manejar personalmente y que yo no me metiera. En otras palabras, me escupió: ¡Dedícate a lo tuyo, Húber!

Carmela quedó muda mientras pensaba que era ridículo desconfiar nada menos que de Raúl, esta vez Húber pifiaba. Húber agregó: Ahora pienso que Fidel me puso al mando de la provincia de Camagüey para dejar a su hermano con el control absoluto de Oriente.

Carmela le suplicó que disminuyese su ira. ¿Acaso Fidel y Raúl quieren hacer en Oriente un exterminio?

Más tarde se encontró con Ignacio en un patio lateral al edificio de la comandancia. Había cambiado su camisa y pantalón elegantes por ropa de fajina, volvía a parecerse al digno combatiente que conoció en la Sierra. Le empezó a golpear el corazón con solo verlo. Pero él no merecía su taquicardia, se dijo. Hola, piba, necesitamos hablar otra vez, resonó la voz argentina, falsamente inocente. Sí, contestó ella, necesitamos hablar o, mejor dicho, ¡tú necesitas hablar!

Sus pasos no se detuvieron, sino que enfilaron en dirección contraria. ¿Cuándo? No sé, no sé. Esperame Carmela, ¿por qué tanto apuro? Entonces ella frenó de golpe y le apuntó a los ojos: ¿De qué quieres hablar? Estás enojada... trocito de diamante; no te entiendo. ¿Qué no entiendes?, ¿debo felicitarte por tu habilidad de mentiroso? Ignacio se dobló algo, como si hubiese recibido un golpe en el estómago. Eres tan hábil, añadió ella, que hasta convenciste a Húber de tus embustes. ¿Qué embustes?, ¿no creés que me han herido, que estuve internado? No te creo ni una palabra.

Se expandía la noticia de los fusilamientos, en algunos generaba alegría y en otros terror. Sólo en cuatro días se habían ejecutado doscientos militares y civiles acusados de crímenes. Ese ritmo no iba a disminuir, porque las denuncias crecían con la vitalidad de la mala hierba y los tribunales no podían examinar los casos con prudencia. En la fortaleza de La Cabaña, bajo el mando del Che, se decía que el paredón no daba abasto y que el muro tenía más sangre que ladrillos. Ignacio merecería ser fusilado, murmuró Carmela mientras hacía bollos con papeles viejos, fusilado por mentiroso y traidor.

La prensa difundía el malestar internacional que generaban las ejecuciones. Algunos columnistas, pese a la simpatía que expresaban por Fidel Castro, comparaban lo que sucedía en Cuba con el estilo stalinista. Fidel, irritado, convocó a un acto masivo en La Habana. Sólo habían transcurrido trece días de la toma del poder. Carmela prendió la radio para escuchar su mensaje, porque estaba segura de que condenaría los excesos para que no se manchara su imagen. Pero Fidel, lejos de inclinarse hacia la moderación, exigió que se aplicase la pena de muerte a todos los culpables de crímenes políticos.

"¡No es el tiempo de la ambigüedad ni de la complacencia, estamos en medio de una Revolución!" Al día siguiente, en el Palacio de los Deportes fue juzgado un reconocido asesino de la dictadura. Asistieron periodistas nacionales y extranjeros, rodeados por las llamas de un público que desbordaba las tribunas, amenazaba con los puños, aullaba en contra de los criminales y exigía: "¡Paredón! ¡Paredón!" Ciertos periodistas fueron deslumbrados por la mágica conjunción de pueblo y líder, pero otros escribieron que el juicio era un espectáculo maniqueísta donde jueces asustados debían acatar las exigencias de una muchedumbre fuera de sí. Carmela entendió que el asesino no merecía clemencia y que su ejecución serviría de escarmiento contra futuras tentaciones totalitarias.

19

Me apoyé sobre el marco de la ventana y miré hacia el patio donde los soldados se movían como insectos en torno a dos camiones de cuyos vientres salían fusiles y ametralladoras en forma incesante. Luego desplacé mi foco hacia el arco de piedra que conducía al patio siguiente. Bajo la azulina sombra de ese arco había desaparecido Ignacio esa mañana. Nuestros últimos dos encuentros fueron diferentes, porque Ignacio había mostrado un cambio: sus bellos ojos de miel estaban cubiertos de tristeza. No me atreví a reanudar el agresivo interrogatorio y sólo conversamos sobre los fusilamientos. A Ignacio, igual que a Húber, le inquietaba el apuro de los juicios. ¡No van a matar inocentes! —dije yo, necesitada de convecerme a mí misma—, ¿adónde fue a morir tu fe revolucionaria? Ignacio movió la cabeza y pareció querer contarme algo, pero tragó la noticia, lo pude advertir por los movimientos de su garganta. Mira, agregué nerviosa, se cuentan historias fantásticas, no olvides que la Revolución asusta viejos intereses y se la quiere desprestigiar.

Ojalá tengas razón, respondió cabizbajo, sos una conversa y los conversos…, interrumpió la frase para no ofenderme. Se fue sin decir adónde, yo no quise hacerle más preguntas.

Regresó a los dos días. Me di cuenta de que me evitaba. Como no soportaba tanto misterio, increpé a Húber cuando estuvo solo: ¿Qué pasa con Ignacio? El comandante levantó las cejas, corrió hacia un lado de la mesa los papeles que se amontonaban en su superficie y dijo: Siéntate. Yo pensé: por la cara que ha puesto, va a desembuchar algo grave. Hubo un asesinato en las tropas de Camilo, murmuró pesaroso; el asesino alega haber procedido en legítima defensa. Hizo una pausa y se pasó los dedos por la cabellera tratando de encontrar la mejor forma de seguir. Yo reflexioné: Es lamentable, pero no un hecho excepcional en medio de tantas muertes. Húber tardaba en continuar. ¿Y?, me impacienté. Húber siguió: Pues bien, m'hija, Ignacio fue a brindar su ayuda y tomó un avión a La Habana. ¿Por qué Ignacio?, ¿es acaso abogado? Nada de eso, replicó mirándome con extraña pesadumbre. ¿Entonces? El asesinado es un amigo de Lucas. Comprimí los apoyabrazos de la butaca, un cimbronazo movió la oficina: ¿Un amigo de Lucas? ¿Quién? Húber tamborileó sus dedos: Horacio. ¿Horacio, el gigante de Horacio? Sí, el mismo. ¿Y por qué lo mataron? Ya te dije, en legítima defensa, parece que Horacio andaba provocando.

Me brotaron sentimientos opuestos: Horacio había sido la pareja secreta de Lucas, como el mismo Lucas, avergonzado, me confesó antes de despedirnos. Sentía lástima y alivio, era una relación que me arañaba el alma. ¿Conozco al asesino? Sí…, dudó Húber. Entonces por favor, cuéntame. Húber jugó con sus anteojos: Es Lázaro, dijo. ¡¿Qué?!… ¿Recuerdas que a

Lázaro le vaciaron el ojo de un puñetazo y casi se muere? Sí, fue horrible, pero eso pasó hace tiempo. Quien le vació el ojo fue nada menos que Horacio. No sabía... Nadie sabía, porque Lázaro evitó denunciarlo por miedo a que él lo matara; pero supongo que Horacio quedó pensando que el resentido de Lázaro lo iba a denunciar en algún momento, y por eso decidió eliminarlo antes de que hablase. Terrible. Horacio se le acercó blandiendo un cuchillo y Lázaro asegura en su descargo que no tuvo más remedio que dispararle al corazón.

Me levanté inestable. Di unos pasos para reducir la tensión de mi espalda. Alguien golpeó la puerta y Húber dijo: Enseguida, estoy ocupado. Lo miré agradecida por regalarme unos minutos adicionales. Regresé a mi butaca y resollé: ¿Qué novedades trajo Ignacio?

Húber se levantó entonces e hizo señas de que yo permaneciera en mi lugar. Fue hasta la puerta, recibió del guardia unos papeles y le pidió que llamase a Ignacio enseguida. ¿Qué novedades trajo?, volví a preguntarle cuando se reinstaló en su sillón. Malas, respondió. ¿Por qué malas? ¿Van a sancionar a Lázaro? No, no van a sancionar a Lázaro, pero quiero que te enteres en forma directa. Me ocultas algo, Húber. Hasta ahora no te oculté nada, sólo falta la última parte; por favor, tomemos un café y distendámonos. ¡Me ocultas cosas importantes, Húber! El comandante se levantó y fue hacia el ángulo donde había una bandeja con vasos, tazas, cucharitas y una cafetera eléctrica. Sirvió para ambos.

La carpeta desbordada de papeles que volcó Ignacio sobre la mesa apenas entró desenfrenó mi inquietud. Se sentó cerca de mí e interrogó a Húber con párpados afligidos: ¿Le has contado todo? ¿Qué me tenía que haber contado?, pregunté molesta.

141

Húber dijo: Le conté sobre el asesinato de Horacio, nada más. Ignacio contrajo la frente: Me dejaste la peor parte. Yo le puse la mano sobre el hombro, le hundí la mirada y hablé con dureza: No quiero rodeos, ¿entiendes, Ignacio? Pibita: no es fácil lo que debo informar. ¡Déjate de argentinadas y habla claro, por favor!

Decidí viajar a La Habana..., se interrumpió. ¡Sigue hablando!, grité. Decidí viajar a La Habana, continuó, porque sabía que Horacio..., nueva pausa, era amigo de Lucas, y que Lázaro en su defensa no sólo denunció las agresiones de Horacio, que le vació la órbita, sino la complicidad de Lucas. ¿Complicidad de Lucas? Por eso decidí viajar, Carmela. ¡No entiendo un carajo!, protesté. Cálmate, pidió Húber. ¡Cómo voy a calmarme si no terminan de contarme la verdad!

—La verdad —Ignacio me apretó los brazos— es que... es que viajé para sacar a Lucas de su prisión en La Cabaña.

Quedé petrificada, redondos los ojos. ¿Dices que Lucas está prisionero en La Cabaña?

Ignacio trató de aguar la historia. Se rascó su desordenada cabellera rubia. Antes de ir a la fortaleza, dijo, preferí mirarla desde lejos, desde El Morro. Había llegado de noche y no sabía si era bueno entrevistar al Che en esa hora. La Cabaña parecía una media luna adherida a la ciudad, blanqueada por antorchas que me hacían guiños feos. No parecía una cárcel. Imagínate: tenía que armar un buen argumento, el Che conoce mis virtudes y mis debilidades, no es un hombre fácil para hacerle cambiar las ideas.

—¡Déjate de poesía y de rodeos! —protesté.

—Al Che le gusta la poesía, precisamente —siguió Ignacio—. Pero que le guste la poesía no significa flexibilidad. Es un revolucionario sin matices.

—¡Qué tiene que ver Lucas en esto! ¿Es un crimen haber sido amigo de Horacio? En la Sierra todos fuimos amigos de todos.

Ignacio se cubrió la cara con las manos para calcular el efecto de cada palabra. Las declaraciones de Lázaro, explicó, fueron cruzadas con las de Lucas. Pero, ¡por qué involucran a Lucas!, rugí indignada. Porque el irresponsable de Horacio agredió a Lázaro a causa de la amistad que tenía con Lucas, contestó Ignacio, y esa amistad, como denunció Lázaro, era más que una amistad. Ignacio y Húber me contemplaban con pena, lo cual aumentaba mi desesperación. ¡Ocurre que Lázaro es un resentido, grité, y odia a Lucas, a mí, a mi familia, porque era nuestro chofer!

Lo admito, concedió Ignacio, pero el Che tiene alergia a los homosexuales, y perdoná que lo diga así. Su alergia es tan grande que no le importa si el homosexual es verdadero o imaginado, si tiene relaciones o las fantasea. Los considera anormales, enfermos. ¡Su alergia es el asma!, corregí mientras me daba cuenta de que tanto Ignacio como Húber trataban de entregarme la noticia con una cucharadita de azúcar; yo, sin embargo, no podía dejar de defender a mi hermano. ¿Qué importancia tenía señalar que el Che sufría de asma? ¿De esa forma intentaba negar que también sufría de fobias y que una de las más virulentas era la homosexualidad? Me incorporé y fui hacia la pared sur, donde colgaba un mapa de Cuba; simulé contemplarlo para que no viesen mis lágrimas. Me soné la nariz e interpelé a Ignacio: ¿Qué traes en esa carpeta?

—La información que he recogido.

—¿Hablaste con el Che?

—Fui para eso.

—Gracias. De veras, muchas gracias. ¿Qué te dijo?

—No lo fusilará...

Salté hacia Ignacio y lo estreché en un abrazo tembloroso.

—¿Cómo... cómo se le ocurriría fusilar al ángel de Lucas? —agregué con la voz truncada—. Ha sido un valiente compañero de nuestra Revolución, un noble y sacrificado compañero.

—Por eso prometió no fusilarlo.

—¿Y lo dejará salir?

—No por ahora.

—Eres amigo del Che.

—Sí, soy su amigo. Por eso me atendió y logré sacarle esa promesa. Te aseguro que no fue fácil.

—Pero... ¿en serio que lo iba a fusilar? —lo abracé de nuevo y ya no frené mi llanto.

20

Húber se encerró a conversar con Camilo Cienfuegos. Llevaba en la mano un trepidante número del periódico *Verde Olivo*. Por favor, le dijo imperioso, lee estas páginas. Quería convencerlo de que la corriente stalinista ganaba terreno en franjas decisivas de la Revolución. Ninguno de los dos era anticomunista, pero no les gustaba el comunismo soviético, porque había demostrado ser incompatible con la democracia. Los artículos del periódico lo expresaban sin elipsis.

—Mira esta otra nota —se exaltó Húber—. ¡Es inadmisible! Tú, Camilo, eres el jefe del Estado Mayor y estás rodeado por elementos comunistas muy agresivos. Ellos no tienen miedo de decirte cosas en la cara, pegarte en los huevos.

Camilo leía con agitación creciente. Húber agregó: Este periódico es pura propaganda comunista.

—¿Qué quieres que te diga? —Camilo hacía rechinar sus muelas—. Tendré que averiguar. Deben contar con el apoyo de mi hermano Osmani, o de Raúl, o del Che. Son comunistas duros, lo sabemos; ¿no han querido convencernos en la Sierra?

Húber decidió plantear sus temores a Fidel, aunque Fidel se mostraba ambiguo para mantener la unidad de sus lugartenientes. Antes de ir a hablar lo discutió con Carmela. Ella quería evitar que Húber molestara al jefe máximo, porque temía que derivase en una mala voluntad hacia Lucas y no ordenara al Che que lo liberase. Le dijo que aún no contaba con suficientes pruebas para jugarse.

—Hemos hecho la Revolución con fines transparentes —dijo Húber a Castro en el más amable tono posible, sin atender las súplicas de Carmela—. La gente grita "fidelismo sí, comunismo no". Tú conoces la diferencia y la encarnas. Fidelismo significa democracia y libertad con justicia social, en cambio comunismo significa justicia social sin democracia ni libertad. ¿Es claro? El pueblo no quiere comunismo, sino fidelismo. Pero en nuestras tropas crece una tendencia contraria, comunista, opuesta a la democracia. Distorsionará tu liderazgo, quieren imponer otro programa, Fidel.

Castro sonrió: No temas, Húber, pero háblalo con Camilo, él es el jefe del Estado Mayor, el responsable de las tropas.

—¡Si acabo de hablar con Camilo! Está más perplejo y alterado que yo.

Fidel se frotó la nariz; después hizo un gesto que quitaba importancia al asunto.

—Bah, entonces ¡son cosas infantiles de Raúl, o del Che o de Osmani!

—¡Tú eres el jefe! —se encrespó Húber—. No son cosas infantiles, son graves. Hay que ponerle barreras a la desviación.

—Está bien, está bien, me encargaré.

Fidel se levantó cansado, el asunto lo fastidiaba. Era evidente que no sabía cómo disolver la tensión que empezaba a dividir su círculo de leales. Húber comenzó a sospechar que Fidel ya tenía resuelta su elección pero aún no lo quería manifestar. Seguro que se volcaría hacia el fidelismo, porque era su nombre y su originalidad. Ojalá que no se demore.

De todas formas, Húber salió frustrado. Le pidió a Carmela que cerrase la puerta para contarle la entrevista, y que la registrase en sus crónicas.

—Tenías razón —se derrumbó exhausto—, no debí hablar con Fidel. No sirvió de nada, el tema lo excede. Pero creo que estamos en vísperas de una enorme desgracia si él no se define. Los revolucionarios somos humanos, al fin de cuentas.

Ella lo miró interrogante.

—¿Sabes qué ocurre? —prosiguió—. Raúl siente una profunda aversión por Camilo. Bueno, quizá la aversión sea mutua. Pero Raúl ha desarrollado celos terribles contra Camilo, porque le envidia la popularidad, el encanto, el buen humor. Raúl es hosco y resentido. Al único que no puede envidiar es a Fidel, por supuesto, porque está por arriba de su alcance. Pero tiene la esperanza de voltear a Camilo. Esta situación no es nueva, se arrastra desde la Sierra, desde el mismo día en que yo aterricé con las armas de Costa Rica y él se quedó rezagado en el nivel de subjefe. Se puso loco. Y más loco todavía cuando Fidel entró a La Habana con Camilo a su izquierda y yo a su derecha. Raúl no fue protagonista de la marcha triunfal, ¿te acuerdas? Su orgullo no tolera ni perdona, agravado por el hecho de que considera a Camilo un estúpido en materia política.

—También te odia a ti, entonces.

—No me cabe duda.

Más tarde Húber telefoneó al Che Guevara. ¡Siempre me hablás sobre ese pibe de mierda!, gritó el otro extremo de la línea, ¿no tenés cosas más interesantes? Sí, muchas, respondió Húber inspirando hondo. Bueno, entonces hablemos de esas cosas; a propósito, me han llegado quejas de que no atendés a los comunistas de Camagüey; ¿tenés algo contra ellos? Nada en especial, respondió Húber, sólo que me gustaría verlos más tranquilos. No sé qué me estás insinuando, es buena gente; te aviso que la semana próxima irá a visitarte Carlos Rafael Rodríguez, el mejor jefe que ha tenido el Partido Comunista de Cuba hasta ahora, así que atendelo bien. Siempre atiendo bien a las visitas. Gracias, Húber, por lo menos hacelo en retribución a la paciencia que tengo con el mariconcito de Lucas.

21

En la comandancia de Camagüey buscamos los espacios donde podíamos conversar tranquilos. Volvimos a aproximarnos, y nos reímos al darnos cuenta de que repetíamos los rodeos de una arcaica y absurda timidez. Es la pulsión a la repetición, decía Ignacio basándose en sus lecturas de Freud. Pero el contacto físico nos abrió recuerdos. No obstante, Ignacio aplicaba un cedazo que consideraba protector, para no lastimarme, confesó más adelante. Pese a que era poco creíble, seguía sosteniendo la misma versión débil de su ausencia. Decidí resignarme a dejarla pasar por el momento, debido al amor que le tenía, y debido a la gratitud por su nobleza de salir disparando para ayudar a Lucas. Yo me criticaba por ser inconsistente. En materia de afectos, pedir consistencia a veces es pedir imposibles.

Me parecía que junto a él debía recordar los momentos gratos. Apoyada en su hombro, le escuchaba la respiración y el latido de las arterias. Le acariciaba el dorso velludo de la mano y evocaba la alfombra roja en el peñasco recoleto de la Sierra, donde me regaló la fantasía del Maxim's. Hablábamos de política para mantener la confianza en el movedizo proceso que vivíamos, pese a las críticas que asomaban como pequeñas víboras. Tienta abandonar la Revolución, dijo él, porque el diablo siempre mete la cola. ¿Crees en Dios?, pregunté, ya que había mencionado al diablo. No en Dios, contestó, aunque discuto con Él como si existiera; en cambio creo en el diablo. ¿Cómo es eso? Mira, las revoluciones son un caldo de cultivo para el diablo. ¿Porque se cometen errores? Claro: ¿fue necesaria la guillotina en la Revolución francesa? ¿fueron necesarias las salvajes purgas de la Revolución bolchevique? Tal vez sí, tal vez no, carecemos de pruebas en contrario. Yo no me horrorizaba con los fusilamientos como Húber, confesé avergonzada, porque creía en la justicia de los tribunales revolucionarios, pero ahora... Sí, cuando a uno le toca alguien cercano es diferente, ¿no? Me tapé la cara con las manos. El Che no va a faltar a su palabra, volvió a consolarme Ignacio, seguro que Lucas no será llevado al paredón. ¡Pero no me alcanza con eso, merece la libertad! Ya lo sé. ¡No es un delincuente, no es un contrarrevolucionario! ¿Ves?, el diablo mete la cola.

Por otra parte aumentaba la agitación comunista, que estimulaba la toma de fábricas y produjo una parálisis en el puerto de Nuevitas, por donde se exportaba el azúcar. Los comunistas quieren poner la Revolución sobre los seguros rieles del marxismo-leninismo, me aseveró Ignacio, no temás. ¿Pero Fidel?... Fidel terminará manifestándose comunista, me dijo el Che. No lo creo, mira lo que acaba de publicar el periódico *Revolución*, dije buscando el ejemplar en la pila que se amontonaba en un ángulo del sofá. Ah, sí, el discurso que pronunció el 8 de mayo, pero no le dés importancia. Cómo que no le dé importancia, fíjate qué dijo Fidel, y empecé a leer en voz alta: "Yo no sé de qué forma hablar... ¿Es que alguien puede pensar que encubrimos oscuros designios? ¿Es que alguien puede afirmar que hemos mentido alguna vez al pueblo? ¿Es que alguien puede pensar que somos hipócritas? Entonces, cuando decimos que nuestra Revolución no es comunista, ¿por qué ese empeño en acusarnos de lo que no somos? Si nuestras ideas fuesen comunistas, ¡lo diríamos aquí!". Yo le creo al Che, insistió Ignacio, no a ese periódico ni a ese discurso. ¿Fidel miente entonces? En política se miente, pibita. Pero Ignacio, ¡si se instala el comunismo no tendremos democracia! Te equivocas, no tendremos una democracia burguesa, sino una democracia popular, superior.

Los comerciantes ganaderos denunciaron expropiaciones y dejaron de comprar ganado, le referí otra noche. No se puede contar con ellos, replicó Ignacio con rabia, sus intereses les impiden darse cuenta de que vamos hacia otro tipo de sociedad. ¿Sabías que se presentaron varios militares con grandes camiones en una empresa norteamericana de ganado y se llevaron toda la maquinaria?, insistí con mi crítica. ¿Y qué?, reaccionó abriendo los brazos, ¿no han rapiñado bastante a Cuba? ¿Vas a tenerles lástima? Encogí los hombros, agotada: Puede que tengas razón, pero no me va a gustar que les quiten a mis padres todo lo que tienen. Vivimos en un proceso, mi flor de alelí; hay cosas que duelen y cosas que alegran; debemos mirar hacia el futuro, donde reinarán la igualdad y la abundancia. Ojalá fuera cierto. Claro que sí, agregó con ojos inspirados, tus padres tendrán de todo, como el resto de los habitantes; ésa es la gran diferencia con el día de hoy, porque ahora el resto tiene poco o nada.

Me abrazó fuerte y susurró a la oreja: En la Sierra te dije que habías hecho tu camino de Damasco, que te convertiste a la fe de la Revolución; esa fe exige entrega, sufrimiento; vos has demostrado ser capaz de sufrimiento. ¿No de entrega? pregunté con un mohín provocativo. Entrega parcial, contestó mientras aplicaba tiernos mordiscos a mi oreja. Me enrollé de placer y alcancé a exclamar: Por ahora no veo el futuro, sino una neurosis que divide a la sociedad entre revolucionarios y contrarrevolucionarios llenos de odio. La neurosis la voy a tener yo si no te hago el amor ahora mismo.

En medio de la noche me despertaba con las protestas de Húber repicando en las sienes; tenía el deber de volcarlas en las crónicas de la Revolución aunque sonaban inconvenientes. Escuchaba la respiración serena de Ignacio. Nuestras bocas estaban casi juntas y el aliento amargo evocaba los animales de un zoológico. Seguro que las pesadillas me hacían respirar por la boca. Me pasaba la lengua por las encías y acariciaba el pecho desnudo de Ignacio, que se elevaba y descendía lento, como si remara en un estanque. Dormía profundo, sin alarmas por el progresivo vuelco hacia el comunismo, él deseaba que ese régimen soñado por Marx y Lenin se instalase cuanto antes para terminar con el doble discurso. Miré su perfil angulado, la leve desviación de su nariz y soplé el mechón de cabellos rubios que le cubría la frente. Este hombre se ha metido en mi vida para siempre. Nuestras ligaduras se consolidan, son cuerdas casi irrompibles, pensé. Lo besé en la mejilla y me dije que quizás el vuelco al comunismo no sería malo.

22

A los siete meses de la toma del poder, Húber Matos no resistió más y decidió presentar su renuncia. Me quedé de una pieza y mis reflejos apuntaron a disuadirlo de semejante determinación. Le dije que teníamos el privilegio de contar con un hombre como Fidel, que sabía adónde nos llevaba. No, Carmela, retrucaba Húber, la Revolución resbala hacia la dictadura. ¡No puedes decir eso! Mira, tal vez sea una dictadura diferente a las que conocemos, pero será una dictadura; se trata de una redonda traición a nuestros ideales.

A su renuncia le agregó una carta personal al primer ministro. Me la dio para leer. En respetuoso tono le explicaba que no quería ser un obstáculo para su jefatura. Opinaba que todos los que habían tenido la franqueza de denunciar el problema comunista debían irse también. Si se quiere que la Revolución triunfe, diga el primer ministro adónde vamos, que se oigan menos chismes e intrigas y que no se tache de conjurado al que con honradez plantea estas cosas. "Aunque tú silencies mi nombre cuando hablas de los que han luchado y luchan junto a ti, lo cierto es que he hecho por Cuba todo lo que he podido. Estuve al frente de una de las columnas del Ejército Rebelde que más combates libró. He organizado la provincia de Camagüey como me mandaste y estoy satisfecho del resultado. Si después de todo esto me tienes por un ambicioso y se insinúa que estoy conspirando, hay razones para irse o lamentarse por no haber sido uno de los compañeros que cayeron en combate. Quiero que accedas a esta solicitud cuanto antes y me permitas regresar a mi casa en condición de civil, sin que mis hijos tengan que enterarse después, en la calle, de que su padre es un desertor. Deseándote todo género de éxitos en tus afanes revolucionarios, queda como siempre tu compañero, Húber Matos."

Antes de recibir respuesta se cumplió el aniversario del asalto al cuartel Moncada y el gobierno procedió a realizar una fiesta. Reunió un millón de campesinos en la capital, ordenados en compactos contingentes de trabajadores rurales con machetes atados a la cintura. Los habían hecho desfilar por varias provincias antes de llegar a La Habana y en la capital se instó a que las familias con residencias espaciosas ofrecieran sus habitaciones, pasillos y jardines como albergue. Mis padres accedieron de mala gana a la caótica hospitalidad.

Húber no supo si debía viajar a La Habana; su renuncia lo había instalado al borde del abismo. Le dije que su ausencia daría lugar a una interpretación retorcida. Tienes razón, dijo, y tomó un avión. Llegó a tiempo para escuchar al ex presidente mexicano, Lázaro Cárdenas, quien contó que la revolución en su país también debió soportar leyendas negras. Insistió que Cuba vivía un proceso parecido; aunque las medidas fuesen radicales, no se las debía tomar como medidas comunistas. Fidel abrazó a Cárdenas en la alta tribuna y cientos de miles vocearon con paroxismo.

Cuando Fidel vio a Matos, sonrió feliz.

—¡Hombre! La verdad es que te echaba de menos. Mañana nos reunimos en mi apartamento.

Después Húber me detalló su reunión con Fidel, custodiado por los incontables miembros de la guardia personal. Fidel le dio un abrazo y lo llevó a un rincón de la sala. Le ofreció una caja de cigarros gigantes. Húber reconocía que este grande hombre lo mimaba, y ello le causaba emoción. Desde la Sierra no sólo admiraba a Fidel, sino que lo sentía una suerte de padre o hermano mayor; sus arbitrariedades eran fáciles de perdonar.

Mira chico, disparó mientras lanzaba una cinta de humo desde el mullido sofá, no voy a aceptar tu renuncia. Te he explicado mis razones, imploró Húber. No son nuevas y ya te dije que mi hermano, el Che y Osmani coquetean con el comunismo, pero no es mi caso, en absoluto. Perdona, Fidel, pero no advierto que les pongas límites, balbuceó Húber en tono amable. Tengo todo el gobierno en un puño, por lo tanto quédate tranquilo. Es lo que intento, pero debo reconocer que no estoy tranquilo. ¿No confías en mí?

Húber me contó que se movía sin saber qué posición adoptar mientras Fidel proseguía en tono calmo: Te aseguro que no hay crisis entre nosotros dos; en consecuencia, debes seguir al frente de tus funciones. Me pones en un callejón sin salida, protestó Húber. De ninguna forma: si dentro de un tiempo —lo miró fijo moviendo su largo índice— adviertes que las cosas no se encaminan como deben, estarás en tu derecho de irte; pero verás que no pasará nada; si todavía quisieras abandonarme en ese momento, nos sentaremos a conversar y nos despediremos como hermanos, ¿está bien?

Se separaron con otro abrazo y Húber después se reunió con sus amigos del M-26, a quienes les llegó el escandaloso rumor de la renúncia. Húber, animado por las palabras de Fidel, les aconsejó que no rompiesen con la Revolución y trataran de mantenerse adentro para influir en la salud de su curso.

Esa misma tarde, mientras revisábamos los problemas de riego en Camagüey, se presentó en su despacho uno de los ayudantes de Camilo, el capitán Lázaro Soltura, muy preocupado por las noticias que traía. Quiso hablar a solas, pero Húber insistió en que yo permaneciera en el lugar. Comentó en voz baja que se había detectado un movimiento contrarrevolucionario en Camagüey y había que detener bastante gente, cuya lista podía proporcionarle enseguida. Húber debía ordenar el fusilamiento inmediato de los sospechosos, antes de que la sublevación pasara a mayores. ¿Fusilar sospechosos?, ¿qué sospechosos?, se alarmó el comandante. Tengo la lista, dijo mientras sacaba de su bolsillo un sobre arrugado. Húber no lo quiso recibir: ¡Imposible!, replicó iracundo, Camilo no puede haber impartido semejante orden; si no tiene inconveniente, capitán, llamaré a Camilo por teléfono para que confirme lo que usted acaba de transmitir.

Soltura se encogió como una pasa y tartajeó que no convenía hacer esas cosas, porque pondrían en guardia al enemigo. Húber cruzó una fugaz mirada conmigo y captamos en el acto que era una jugada de Raúl para hacerle perder su limpieza en materia de fusilamientos. Húber ordenó al capitán que volviera a su base. El hombre se levantó con torpeza y partió rápido.

Vamos mal, suspiró Húber, por este camino se aleja la democracia. Su idea fija me hacía sentir incómoda, tironeada por sogas opuestas. Ignacio insistía que las verdades científicas del marxismo eran las únicas que podían conducir a una sociedad superior. Me trataba de hacer ver que Húber estaba equivocado porque no tenía suficiente formación teórica y lo maniataban arcaicos prejuicios burgueses.

Enrojecido de fiebre Húber se puso a escribir el borrador de otra carta-renuncia que elevaría a Fidel y Camilo. Me aseguró que lo sublevaba ser protagonista de una traición. No había luchado por otra dictadura. Antes de mandarla convocó a los oficiales. Los reunió en su despacho y de pie tras su escritorio leyó el texto con solemnidad. La emoción me hizo temblar las rodillas. Cuando terminó hubo un silencio tenso hasta que uno de los oficiales pidió permiso para hablar: Si tú renuncias, nos vamos contigo.

Húber apoyó despacio los papeles sobre su mesa, junto a los anteojos, y los contempló. Se aclaró la garganta para decir: Aguanten otro poco; después procedan según su conciencia.

Los saludó uno por uno.

Luego me dijo que mandase su renuncia por vía reglamentaria a Fidel y Camilo. Cuatro horas más tarde llegó la respuesta de Fidel: Está bien, puedes irte, no pasará nada; yo me encargo de enviar el relevo.

Húber respiró aliviado. Pero volvió a frotarse el rostro y necesitó retractarse: Mira, creo que esa contestación tan seca revela enojo; Fidel ha tratado de disimular, pero se viene una tormenta. Por las dudas, Carmela, manda a mi esposa una copia de la renuncia.

157

23

A la una de la mañana Camilo lo llamó por teléfono. Por su forzado tono, Húber sospechó que Fidel lo había obligado a hablarle y era posible que se encontrase a su lado supervisando la conversación. Nada más incómodo podía sucederle.

—Oye, Húber, ¿podrías venir a La Habana ahora mismo?

—Camilo, tú sabes que me retiraron la avioneta que tenía.

—Bueno... ¿cuándo podrías?

—En la mañana, en el primer vuelo de Cubana.

Camilo hablaba entrecortado, con pausas para escuchar las instrucciones de otra persona que no podía ser sino Fidel. Cortaron con la promesa de que Húber viajaría en el tempranero avión de línea.

Tres horas más tarde lo despertó el capitán Francisco Cabrera para informarle avergonzado que el primer ministro le había pedido que lo relevase y se hiciera cargo del distrito inmediatamente. Está bien, Francisco, toma el relevo. El capitán no cortaba: Hay más, prende la radio. Qué pasa. Las estaciones nos están acusando. ¿Cómo?, ¿también a ti?, se extrañó

Húber. También, nos llaman traidores, arengan a la gente que salga a la calle y venga por nosotros. Pero, ¿no te pidió Fidel que tomes el mando? Él mismo, pero ahora no entiendo nada. Húber prendió la radio y comprobó que la ofensiva era incendiaria, grave. Se vistió, fue a su despacho y empezó a dar vueltas. Mandó llamar a Carmela e Ignacio. Balbuceó: Carmela... me doy cuenta ahora... buscan que les dé una respuesta armada. ¿Cómo dices? Sí, buscan eso, una respuesta armada. No te capto. Sí, una respuesta armada para caerme encima y acusarme de criminal, para hacer trizas mi nombre.

En ese instante le avisaron que deseaba verlo con urgencia el médico Miguelino Socarrás. Húber lo conocía. La llegada del profesional a esa temprana hora daba un mal pálpito. Ingresó nervioso. Húber contempló a sus colaboradores, que empezaron a retirarse comprensivos. Socarrás se aclaró la garganta y sonó la nariz, recorrió la oficina con sus gruesas gafas de carey y se sentó en el borde de una silla. Arrugando los labios dijo: Comandante, creo que le queda poca vida. Húber se puso duro. Tengo un avión con el piloto esperando a sólo quince minutos de aquí. Húber seguía sin contestar. Vámonos, imploró, yo lo acompaño, las provocaciones de las radios anticipan una tragedia.

Húber se levantó para dar vueltas y al cabo de un minuto se detuvo frente al médico, le puso la mano en un hombro y dijo con apagado orgullo que no iba a convertirse en un desertor. Usted defiende principios, pero de nada servirán, lamentó Socarrás. Éste es el instante decisivo de toda mi vida, doctor. En unas horas lo arrastrarán por las calles, comandante, y su honor será masticado por los perros. Tal vez mi conducta salve al país, reflexionó Húber.

Un emisario llegó con la lengua afuera e informó agitado que las tropas de la policía y de seguridad del aeropuerto habían recibido órdenes de provocar un enfrentamiento. ¿Ves?, dijo Húber a Carmela, se confirma lo que sospechaba. Llamó de nuevo a sus capitanes y les ordenó con energía que no contestasen a ningún proyectil.

La agudeza política de Fidel tomaba un camino deslumbrante: resolvió que fuese el mismo Camilo, aliado de Húber, quien procediera a su arresto. Esa maniobra le permitiría eliminar de una sola vez a las dos figuras que complicaban su plan. Ignacio trató de explicar a Húber que el comunismo no era el fin del mundo, sino el mejor de los mundos, el que la humanidad soñaba desde el tiempo de los profetas. Húber lo miró con ojos nublados: No, Ignacio, los profetas querían justicia, pero con libertad, no justicia con dictadura.

Las tropas de Camagüey seguían leales a Húber Matos. Quien viniese a detenerlo provocaría una balacera, con lo cual se conseguiría el efecto que Húber pretendía evitar a toda costa. Caería Camilo por las balas de Húber, y éste sería condenado por haber matado a Camilo. Ni Shakespeare hubiera urdido una trama mejor.

Cuando se difundió que Camilo Cienfuegos había aterrizado con veinte hombres provistos de bazukas y fusiles automáticos para arrestar a Matos, brotaron forúnculos de cólera en las barracas de la comandancia. Camilo ingresó en el campamento montado en un jeep, sin presentir el riesgo que corría su vida. Al llegar a los aposentos del comandante pidió que sus hombres armados aguardasen afuera. Húber lo esperó en la puerta, como se hace ante la llegada de un amigo. Se contemplaron vacilantes. Se estrecharon la mano y subieron al segundo piso para conversar a solas. Camilo, con ronca dificultad, le pidió disculpas por venir a arrestarlo, era una tarea de mierda. Agregó: Comprende que esto me oprime el pecho; Fidel se equivoca y procede mal. Hizo silencio, se rascó la barba y añadió: Me ha tocado esta porquería de misión, me siento abochornado; ¿qué puedo hacer? ¡Dime!

Al rato Camilo se paró y desperezó los brazos, acalambrado por el largo viaje y la tensión: ¡Es una locura! ¿Qué hacemos entonces?, preguntó Húber. Camilo lo miró desolado: Tenemos un jefe desde el principio y nunca se nos ocurrió cambiarlo; yo no puedo desobedecer; francamente, no puedo. Entonces me vas a arrestar, dijo Húber. Camilo levantó los párpados oscurecidos por el dolor: No tengo otra alternativa. Bien, entonces vamos a la comandancia y procede como te mandaron. Sí, necesito terminar con esta mierda cuanto antes. Lo abrazó con un estremecimiento.

Caminaron hacia la comandancia seguidos por hombres armados. Entraron en el despacho y se sentaron. Era una escena onírica, una refinada sofisticación de la tortura. Cienfuegos ordenó llamar a los oficiales. En pocos minutos la sala se llenó de hombres graves. Camilo se puso de pie y exigió en tono cansado que le entregasen sus armas mientras Húber parecía distraído mirando el techo. Los capitanes respondieron que no estaban de acuerdo con el arresto. Ése no es el tema, replicó Camilo, estoy ordenando que me entreguen las armas. Húber hizo señas para que obedecieran. Los oficiales cambiaron miradas iracundas y, con resignada lentitud, vaciaron sus cartucheras.

La radio informaba que Fidel en persona había llegado al aeropuerto de Camagüey. Apenas pisó tierra asió un micrófono y dijo que había que movilizarse "contra la conspiración de Húber Matos". Aseguró que en el campamento militar había empezado una sedición. Enseguida se puso a la cabeza de la fogosa multitud que lo esperaba con banderas y carteles y avanzaron hacia el campamento militar. Los oficiales concentrados en el despacho comentaron inquietos que su gente iba a dispararles, aunque hubieran recibido órdenes en contrario del mismo Húber y aunque esa jauría estuviese liderada por el primer ministro.

Fidel penetró a tranco largo en el cuartel, seguido por una multitud de cuatro mil personas que ladraban feroces. Entró en el edificio de la comandancia golpeando los tacos y rodeado por su numerosa guardia personal. Reunió a los capitanes de la plana mayor en el primer piso, mientras Húber permanecía arrestado en el segundo. Los enfrentó con rostro severo y, en tono muy exaltado, sin darles tiempo para acomodarse, afirmó que Húber era un traidor ligado a una conspiración antirrevolucionaria pagada por Trujillo y asesorada por los gusanos de Miami.

—¿Todo eso? —ironizó un oficial.

—Muéstrenos las pruebas —pidió otro con la audacia que permitía su rostro historiado de cicatrices.

—Yo las tengo —contestó altivo.

—¿Por qué no las presenta, entonces?

En lugar de responder insistió en su avalancha de injurias. Su actitud molestó a los capitanes, que convirtieron la escena en la más incómoda que enfrentaba Castro desde que había tomado el poder. Uno de ellos se refirió a la desviación comunista. Fidel calificó de absurda esa acusación y, desenfrenado, les apuntó con su índice: ¡Ustedes... ustedes váyanse con los contrarrevolucionarios, váyanse con esos malditos, que yo me voy con el pueblo!

—Pero comandante, nos extraña mucho —replicó otro oficial retorciéndose los dedos— que llame pueblo a esa turba que lo acompaña dando aullidos. ¿Llama en serio pueblo a esa gente?

Fidel decidió retirarse bruscamente. Subió al segundo piso y pasó como bólido cerca de Húber y Camilo, abrió la doble puerta que daba al balcón para saludar al gentío que se había concentrado para despedazar al traidor. Su presencia incrementó el odio y las banderas empezaron a tremolar.

Contrapunto
obligatorio

24

Avanzada la noche escuché un aleteo contra la ventana. No era hora para que los pájaros estuviesen despiertos. Abrí los ojos y advertí polvo de tiza en el aire. No lograba conectarme con ese sitio. La ventana era grande y estaba encuadrada por un cortinado azul. A mi lado yacía Ignacio, que me contemplaba con dulzura. Me desperecé y él me atrajo hacia su cuerpo. Lo abracé también, efusiva con la sensación familiar de sus brazos, sus piernas, sus hombros, en esta nueva casa. Nos besamos. Su barba rubia me hacía las cosquillas de siempre, y él decía que mi piel seguía manteniendo la lisura de los pétalos. Jugamos con las caricias, rodamos, casi caímos al suelo y soltamos risotadas. Flotábamos en un océano plácido, en el que nos sumergíamos y volvíamos a sacar la cabeza. Con los dedos repasábamos los detalles de nuestras ondulaciones. Ignacio recorría mis vértebras hasta llegar a la cintura y entonces me hacía rotar, yo arriba, él abajo. Lo miraba en las sombras como una escultura viva que soportaba mi peso sin alterar el ritmo de la respiración. Me inclinaba para besarlo y girábamos de nuevo, yo abajo y él arriba. Hubiéramos querido en ese momento que las aguas amistosas de ese lecho durasen para siempre.

Sentíamos amor, el amor que se sueña en la adolescencia, enardece en la juventud y consolida en la madurez. Yo entendía que Ignacio había llegado a mi tuétano afectivo y que mi enamoramiento era el más fuerte del que tenía memoria, al margen de ideologías o proyectos. Pero, ¿qué pasaba con él? Creo que el miedo de que yo fuese dañada le hacía mantener un innecesario secreto.

Ignacio me había confesado, sin dar detalles, que cabalgó varias historias de amor. Ahora, aseguraba, había llegado al último puerto. Para que no lo acusara de argentino hiperbólico aclaró: Por lo menos el puerto donde me quedaré más tiempo, mucho tiempo. Yo murmuré el viejo chiste: Sí, el amor es eterno... mientras existe. No me entendés, agregó tenso, he decidido revelarte algo que antes no me animaba. Te escucho. Mirá, no es fácil. ¿Por qué antes no te animabas y ahora sí? Porque, porque ahora estoy seguro de lo mucho que te quiero. Te llevó meses darte cuenta, ¿verdad?, sonreí. A los dos nos llevó tiempo, no seas agresiva. Bueno, soy toda oídos. Me cuesta hablar, temo ahuyentarte. ¿Ahuyentarme? De qué se trata, ¿asesinaste a tu padre? No, pero te aseguro que haría cualquier cosa para que me tengas confianza. Te tengo confianza. Necesito más confianza, porque es un presupuesto del amor. Tienes mi amor y mi confianza, Ignacio... parcial; si ahora largas el chorro, eres sincero y revelas el famoso secreto que tanto has guardado, supongo que mi confianza crecerá. Gracias, dijo enrulándome el cabello. Mira chico, agregué, te aseguro que prefiero cualquier horror al horror de perder la confianza.

Entonces Ignacio sacó la cabeza por encima del océano, inspiró y dijo lo que yo intuía. Estaba casado.

Casado con Irene, que vivía en La Habana. Se amaron y respetaron, aunque el respeto se quebraba a menudo por la infidelidad de él. Se querían a pesar de los reproches y los arañazos que ella le aplicaba donde podía, pero luego desembocaban en reencuentros febriles. Renovaban promesas que Ignacio no supo honrar. La peor crisis se produjo cuando se enamoró de una mujer que había pertenecido a Fidel. Yo la había escuchado nombrar y tuve un sobresalto. Me acarició las mejillas y contó que ese nuevo romance no sólo fue motivo de serios disgustos personales, sino de peleas políticas. Los tres, Irene, Ignacio y Fidel, intentaron ponerle sordina a la relación con esta nueva pieza del embrollo. La situación no podía resolverse fácil porque esa mujer estaba también enamorada de Ignacio y, al mismo tiempo, no quería separarse de Fidel, pero Fidel no la quería ver ni en foto. Se llama Julia, dijo Ignacio, y vino a visitarme.

—¿Aquí? ¿En La Habana?

—Sí, aquí, pero se ha ido ya.

—Entonces...

—Le pedí que se fuera, su familia es de Oriente —se frotó la curvatura de su nariz—. Le pedí que se fuera porque entre nosotros se había interpuesto una cuña que no voy a remover; esa cuña sos vos, Carmela. Y Fidel no la quiere.

Le acerqué la mirada. En la penumbra sus ojos brillaron con la fosforescencia de los tigres.

—¡No me mientas!

—No miento. Estoy atrapado por vos.

—¡Casado y embustero! ¿Ella te atendió cuando estuviste herido?

—No, con Julia se acabó, en serio. Fue Irene, mi esposa o no sé cómo llamarla, mi ex esposa.

—Será tu ex esposa cuando te divorcies.

—Es lo que decidimos.

—¡En buena hora!

—Irene se ocupó de llamar médicos de absoluta confianza, que no me delatarían a Batista. Me inundaron de antibióticos para combatir un principio de gangrena. Desde su cama...

—¿Su cama?

—Bueno, la que había sido nuestra cama... escuché la algarabía de la entrada triunfal. Estaba débil no sólo de cuerpo, sino de espíritu. No pude salir. Esa mujer me producía una extrañeza dolorosa. Con ella, si hubiera tenido fuerzas, no habría podido hacer el amor, era un espectro asociado a otra época. Su bondad la convertía en una persona desconocida. Me dedicaba la atención que se brinda a un amigo con el que hay barreras, no al esposo con el que solía regañar defraudada. Tal vez porque no se sentía mi esposa pudo ser tan buena conmigo. Los vínculos amorosos tienen esas cosas raras.

Tan raras como nuestro compromiso con la Revolución, pensé. Entonces lo pellizqué hostil: ¿Imaginabas que durante tu ausencia la pasé muy bien con Húber?

—Qué querés decir.

—Eso... lo que entendiste.

Ignacio apoyó su cabeza entre las manos.

El Che había decidido liberar a Lucas. Pero fijó una condición: que abandonase el país, no quería que su mal ejemplo contagiase a los cubanos. En una llamada telefónica bastante lacónica avisó a Ignacio que mi padre debía comprarle un pasaje de ida a México para dentro de cuarenta y ocho horas. Autorizaba que lo despidiésemos en el aeropuerto. Ignacio tartamudeó su retaceada gratitud y quiso decirle que nos dejase estar con él más tiempo, pero el Che cortó. Ignacio apoyó el irritado auricular y giró lento para no ver mi aflicción. Luego me tomó de los hombros y besó las mejillas ardiendo cólera. ¡Es muy duro!, protesté. Lo deja irse, intentó consolarme, y Lucas reconstruirá su vida. ¡Lejos de nosotros, echado de Cuba!

Preferimos no seguir con el tema y fuimos a la casa de mis padres.

Ambos se habían convertido en furiosos anticastristas. La detención de Lucas fue la gota que faltaba para que viesen en la Revolución una obra de Lucifer. Decían que el gobierno estaba en manos de fascinerosos sin moral, ¿no era repugnante lo que le habían hecho a Húber Matos? ¿Ignacio no tenía vergüenza de vivir en un departamento quitado a gente que huyó de Cuba? Don Calixto Marcial Gutiérrez ya había sido despojado de dos tercios de su fortuna y se preparaba para abandonar el país. ¿Qué haces junto a estos asesinos y ladrones?, se encrespaba mi madre. Papá rogaba que bajásemos la voz, porque la mucama nos podría denunciar. Les dije que no perdiésemos el tiempo con discusiones ideológicas, porque traía una noticia importante. ¿Te alejas de esta basura?, se entusiasmó mamá. No, vengo a contarles que Lucas va a ser liberado. Ambos abrieron la boca. Enseguida me abrazaron. ¡Cuándo!, ¡cuándo! Mañana sale de la prisión, pero… Me pusieron la cara encima: ¡Pero qué! Pero deberá abandonar Cuba. Tras unos segundos de sorpresa, mamá empezó a llorar apretándome el brazo con tanta rabia que me hizo doler. Mejor..., balbuceó papá, mejor. ¿Por qué mejor? Porque aquí no hay futuro.

Ignacio trató de comunicarse de nuevo con el Che para solicitarle que la despedida no fuese en un angustiante cuarto del aeropuerto, que le permitiese a Lucas regresar por una hora a la casa de nuestros padres. No obtuvo respuesta, era evidente que el Che había llegado al límite de su concesión. A la hora indicada fuimos al encuentro de Lucas; papá tenía en su bolsillo el ticket para México. Mamá no cesaba de llorar, había querido armar cinco maletas con todos los efectos personales de Lucas, pero a Ignacio le hicieron saber que solamente lo autorizaban a viajar con la ropa puesta y un pequeño bolso. Entonces mamá llenó a reventar un bolso que en el auto abrazaba sobre su regazo como si fuese un bebé. Adentro empujó fotos, medallas, algunos libros, discos, un gorrito que conservaba desde pequeño, tres de las mejores camisas, un alfiler de corbata coronado por un rubí que nunca usaba, pañuelos bordados... y una larga carta.

Ignacio y yo vestimos el uniforme verde olivo para abrir puertas. En el aeropuerto nos esperaba un oficial de La Cabaña, que nos hizo la venia y condujo al cuarto que era, como había anticipado Ignacio, vacío y angustiante. Adentro ya había soldados, además de los que se habían instalado en la puerta. Parecía el operativo para despachar a un delincuente peligroso.

Dábamos vueltas mientras esperábamos. Cada minuto que pasaba reducía el lapso del encuentro, porque el avión cumpliría con su horario. Mamá no se desprendía del bolso y mojaba un pañuelo tras otro. Escuché que los parlantes anunciaban el embarque de los pasajeros. Me mordí las uñas, hábito que había abandonado en mi adolescencia: ¡Esto es una cochinada!, murmuré. Debe haber sucedido algo, replicó Ignacio sin convicción. El chirrido de una frenada llegó hasta nosotros y los guardias se tensaron. El oficial que nos había esperado salió para ver qué pasaba y retornó con la noticia: Están aquí.

Me puse al lado de mamá para contenerla. Papá había palidecido y no cesaba de abrochar y desabrochar un botón de su camisa. Ignacio permanecía detrás, como si sintiese culpa por haber logrado una liberación tan mezquina. Se abrió la puerta de golpe, ingresaron otros dos guardias y por fin apareció Lucas con un gastado traje sport. Mamá saltó hacia él como una fiera y lo abrazó convulsa. Él me miró por sobre el hombro de ella, sus ojeras profundas revelaban el vasto sufrimiento. Se desprendió de mamá con dulzura, sin soltarle un brazo, y se estrechó con papá, quien empezó a ser sacudido por un sollozo sin lágrimas, las mandíbulas contraídas de impotencia. Ignacio se mordía los labios y yo aguardé con la máxima paciencia que mis padres se aflojasen un poco para abrazarlo también. Lucas susurró: Pensé tanto en ti, Carmela.

Los guardias formaban un círculo de acero como si estuviesen atentos al estallido de una fuga. El oficial de La Cabaña se acercó a Lucas y le dijo: No queda tiempo, debe embarcar. ¡Pero me acaban de traer, carajo!, gritó. Van a retirar la escalerilla, explicó apenado. Lucas, que lo miraba con llamaradas de odio, disminuyó su fuego al advertir que ese oficial se solidarizaba con su dolor. Apretó los labios y me dio otro abrazo: Debemos comunicarnos todo el tiempo, hermanita. Sí, sí, avísanos apenas llegues dónde estarás.

Otro oficial ingresó con ruido de tacos y ordenó que el prisionero —el canalla dijo "prisionero"— debía ser llevado a la carrera hasta el avión. Lo empujaron y Lucas estuvo a punto de darles puñetazos, pero lo rodearon y nos mandó otro beso por encima de las cabezas, nada resignado, con resistencias inútiles. Fue empujado hacia la pista y su última mirada emitía más tristeza aún. Quisimos acompañarlo, pero el oficial de La Cabaña, pese a su buena voluntad, aclaró que tenía órdenes de que el contacto personal sólo tuviese lugar en esta habitación. ¡Quiero verlo partir!, rogó entonces papá. Lo harán desde fuera del edificio, se le ocurrió, yo los acompaño.

Moví la cabeza para ordenar mi caos, era difícil creer que nosotros habíamos contribuido a instalar este sistema. Salimos atropellándonos, mamá delante, como si contemplar el despegue fuese darle otro abrazo. Nos condujeron hasta una alejada verja de alambre tejido, que permitía observar a mucha distancia el carreteo de la nave. Tuve la fantasía de que Lucas había logrado desprenderse de los guardias y se escondió en algún recoveco. Ignacio abrazó mis hombros, su fortaleza estaba quebrada y no podía hablar. Nuestros ojos quedaron besando el cielo, en cuyas desmembradas nubes se introdujo el avión de la libertad y de la ofensa.

25

Carmela se incorporó a los trabajos voluntarios. Entendía que aún le faltaba terminar de ajustar su visión del mundo para liberarse de los prejuicios vinculados a la democracia formal y las libertades de elite. Húber había sido condenado a veinte años de prisión y ella debía sacarse de encima la influencia negativa que él pudo haber ejercido sobre sus ideas. Húber no quiso aceptar la existencia de una vanguardia lúcida, como señaló Lenin, y esa vanguardia, encabezada por Fidel, era la única que podía conducir la Revolución por el camino correcto. Alternó los trabajos voluntarios con su entrenamiento en la Facultad de Medicina.

Conoció por primera vez las plantaciones de algodón, esas míticas extensiones donde habían dejado sus canciones y sus vidas los negros, indígenas y guajiros. Al algodón sólo lo había visto en su casa y en las farmacias. Desde la madrugada sonaban himnos revolucionarios que arrancaban de la modorra. Había parlantes en casi todas las esquinas que convocaban "¡A trabajar por un futuro mejor!" Vestía ásperas ropas y botas duras. A menudo sus movimientos eran acompañados por una danza de cucarachas que corrían como rayos. Ella trataba de aplastarlas y, cada vez que lo lograba, el crujido del cascarón le producía un asco triunfal. Luego buscaba dónde limpiarse la suela. Era una vida distinta, con hombres y mujeres provistos de un nuevo ideal. Muchos simpatizantes llegaban del exterior para sumarse a esta vibrante etapa.

Del algodón pasó a la cosecha de tomates. Al cabo de las tres primeras semanas escuchó que había problemas con el transporte, por eso el espectáculo de cajas llenas alineadas junto al camino que se pudrían al sol. Los jefes, no obstante, felicitaron a los trabajadores por haber cosechado más tomates de los que se podían trasladar: ¡Nos ha ido muy bien, somos el orgullo de la Revolución! ¡Pero es una pena que se pierdan tantas toneladas!, protestó un voluntario de Colombia con manchas amarillas en su cabello de carbón. Y bueno, chico, el transporte que nos dejó el hijo'e puta de Batista no alcanza. Carmela pensó que el colombiano tenía razón y eso de seguir echándole la culpa de todo a Batista no era correcto, pero se abstuvo de formular críticas, podía interpretarse como que no le servía la reeducación.

Dejaron las plantaciones de tomate y fueron a cortar caña, la tradicional producción de la isla. Hasta el Che se había incorporado a esta tarea. Era un trabajo más exigente, porque había que saber manejar el machete y mantener flexible la espalda para no terminar con lumbago. Aprendió a descansar enrollándose sobre el suelo astillado mientras chupaba el jugo dulce de un trozo de caña. Cuando empezó a sentirse hábil para este trabajo, la pasaron a otro más urgente, la siembra de arroz. Terminada la siembra fue provista de una guataca para remover tierra seca en otra parte. Sudó extrayendo de raíz las malas hierbas de los surcos. Después echó fertilizantes.

También sembró café caturra, y un campesino que se secaba la frente con el antebrazo le dijo: El café que usted siembra no se va a dar aquí, no es tierra buena para el café. Carmela lo escuchó asombrada, segura de que ese hombre desdentado decía la verdad, pero los jefes no querían escuchar a los campesinos, porque eran unos ignorantes que aún no entendían la Revolución. Al buen hombre le preguntó cuánto ganaba y era menos de lo que le pagaban a Carmela por ser voluntaria. El campesino se animó a preguntarle: ¿Tanto le gusta el campo? Creo que sería más útil como maestra... Carmela no se molestó y le explicó que de esa forma demostraba su espíritu revolucionario. La boca del hombre se abrió en una ancha sonrisa negra: También vienen voluntarios que son médicos, ¿por qué no trabajan en los hospitales y nos dejan los campos a nosotros? Carmela no se dio por vencida e intentó explicarle que marchaban hacia una sociedad igualitaria, verdaderamente justa, donde el trabajo físico no debía considerarse inferior al intelectual; el campo y la ciudad debían ser iguales; un maestro y un médico no son superiores a ustedes, los campesinos. El viejo encogió los hombros: Muy bonito, pero dígame: ¿yo soy igual a los comandantes? ¿Por qué no soy yo el que manda? Carmela abrió grandes los ojos y no supo qué contestar.

Al cabo de unos meses trascendió que aquel arrugado anciano había estado en lo cierto, porque las siembras de café caturra resultaron estériles y en esa agotada tierra se erigieron en cambio improductivas cortinas rompevientos. ¿Puede que sea falible la vanguardia lúcida?, preguntó Carmela a Ignacio en voz baja.

—La vanguardia lúcida está compuesta por hombres, no por dioses. Tiene en su favor que sabe adónde quiere ir y cómo debe ir. Eso no significa que no aparezcan piedras en el camino. Ahí es donde hay que poner la creatividad y la investigación.

Faltar al trabajo voluntario era tan grave como una traición política. Por eso había que pagar cada ausencia con horas extras. Una mañana Carmela faltó por una infección intestinal que la tuvo en el baño durante horas. Deshidratada y enclenque, debió aplicarse a compensar ese tiempo. La reeducación incluía no dejarse vencer por las debilidades del cuerpo, a menudo imaginarias.

Los campos eran visitados por oficiales uniformados, con una pistola en la cintura. Su presencia exaltaba los ánimos, porque eran el símbolo de la Revolución, del poder en manos del pueblo, una gloriosa novedad que por fin se había instalado en América latina. Llegaban en autos, observaban, preguntaban, evaluaban. E impartían órdenes. Pero un día mandaban hacer una cosa y al día siguiente otra. La Revolución es la Revolución y tiene sus reglas específicas, a menudo misteriosas para los profanos, como son misteriosas las leyes de la física para quienes no saben física; claro como el agua, ¿no?, dijo Ignacio.

En los dos primeros años de la Revolución no faltaron alimentos, por suerte. El llamado Cinturón de La Habana era trabajado por la laboriosa comunidad china que proveía frutas y hortalizas en cantidad. Los supermercados seguían abarrotados de mercadería, como durante la dictadura. Pero al cabo de ese tiempo, cuando a Carmela se le terminó el período de la reeducación, las cosas enpezaron a sufrir un giro. La planificación socialista y las reformas audaces iban a tener un resultado multiplicador, se esperaba, que no fue exactamente así. Se quería convertir en oro las piedras y en comida los campos secos, como en la alquimia, pero se encogían las fruterías, menguaban las hortalizas, languidecía el ganado, faltaba la leche y bajaba la producción de tradicionales fortalezas como el azúcar, el café y el algodón. El trabajo voluntario, incluso el provisto por extranjeros, no había sido una bendición. El Jefe Máximo insistía que no estaba permitido retroceder: la planificación socialista y las reformas audaces producirían un fabuloso despegue. El Che Guevara prometió en la Conferencia de Punta del Este que en diez años la economía cubana alcanzaría la de los Estados Unidos. Al reformismo burgués de Kennedy opuso la revolución popular de Fidel.

Ante los fracasos, Fidel acusó a los expertos agrícolas de mal asesoramiento. Les reprochó el uso de datos herméticos para ocultar su escaso profesionalismo. Uno de los asesores fue el francés René Dumont, quien partió enojado y después escribió un libro que fue prohibido en Cuba. Refutaba a Fidel y denunciaba que las barbaridades se habían impuesto desde la cúpula, contra la opinión de los expertos. Carmela e Ignacio tuvieron noticias de ese libro a través de amigos franceses, pero estaban seguros de que Dumont no pudo hacer otra cosa, envenenado de rencor.

26

Me invitaron a trabajar en el Ministerio de Relaciones Exteriores. Se trataba de otra postergación del pleno ejercicio de mi carrera, pero era una distinción de pocos meses que me serviría para diluir la mancha que significaba haber estado tan cerca de Húber Matos. Mi apego a la Revolución recibía una recompensa. Lucas había llegado bien a México, adonde papá le había girado dinero y tenía posibilidades de reiniciar su profesión. Ignacio se desempañaba como asesor económico.

Cuba era aún la fiesta más alocada del mundo, más intensa que la famosa liberación de París. La Revolución bolchevique había sido agrietada por el informe secreto de Khruschev sobre los crímenes de Stalin. En cambio, el fresco aire que imponía Fidel daba a la Revolución cubana un aliento nuevo que se extendía al mundo. Los dictadores de América latina debían preparar sus maletas y los intelectuales más destacados de los cinco continentes nos aplaudían con fervor, nos hacían visitas, nos estudiaban.

Los fusilamientos disminuyeron, aunque circulaba la palabra "purga", lo mismo que el vampiresco grito "¡paredón! ¡paredón!" Ignacio me aconsejó: No cedas ante esos prejuicios, porque encantan a los burgueses. Es cierto que fusilar asquea, pero la Revolución tenía que decidir su triunfo o su sepelio. No era un jueguito inocente. El miedo a los fusilamientos predomina en las clases decadentes, que no entienden el apotegma de Marx, más luminoso que un diamante: "La violencia es la partera de la historia". Revolución sin violencia no es revolución. Y también había que aceptar las purgas, aunque doliesen. Los funcionarios aparecían y desaparecían, menos el sol del indiscutible Máximo Líder, al que amaban hasta las gaviotas y los mosquitos, como decía una canción popular.

Al terminar mi primer ciclo de trabajo voluntario ya era médica y avanzaba en mi especialización de neurocirujana. Fue entonces cuando Raúl Roa, ministro de Relaciones Exteriores, me dio la sorpresa de convocarme. Yo sabía tres idiomas y tuve una buena educación humanista, pero no me consideraba preparada para ese ministerio. No te preocupes, dijo Roa, has cumplido tareas más difíciles.

Me designaron jefa de Despacho, más de lo que esperaba. A las tres semanas me fue añadida la responsabilidad de jefa de Agitación y Propaganda de la Asociación de Jóvenes Rebeldes (AJR) del mismo ministerio.

—Jefa... ¿de qué? —pregunté con susto.

Roa explicó sonriendo que tan sólo de Agitación y Propaganda con los que trabajaban en el ministerio. Debía organizar mitines relámpago en las calles y cafeterías, congregar gente y meterles bajo la piel, con megáfono y también de viva voz, las nuevas ideas. No contaba con un manual para inspirarme y tenía que imaginar la escena adonde llevaría la columna de jóvenes. Recorrí pasillos y oficinas, recluté mi tropa y la arrastré como una víbora que invadía la calle mientras sus escamas disparaban aullidos y banderas, entorpecían el tránsito y suscitaban la inmediata atracción de curiosos. Entonces yo chillaba consignas y exigía que la gente chillase con nosotros una vez y otra vez, así, otra vez, y otra vez, hasta que nuestros gritos salvajes en favor de la Revolución retumbaban como cañonazos de cuadra en cuadra.

Mi escritorio estaba cerca del despacho ministerial y servía de paso obligado para quienes se entrevistaban con Raúl Roa. Buen número de butacas confortables, las mismas que se habían usado en los años de Batista, invitaban a que durante la espera se desarrollasen conversaciones jugosas y hasta confidenciales. Entre los que se desempeñaban para ayudarme en la redacción de resoluciones, había quienes tenían la misión de realizar un sigiloso espionaje del que yo no tuve noticias al principio. El espionaje es tan antiguo como la prostitución, sólo que más secreto. Los espías no parecían espías: como el resto de los funcionarios, reían y tomaban café, caminaban de aquí para allá, fotocopiaban y escribían con inocente corrección mientras mantenían levantado el hocico.

Una mañana, al llegar a mi escritorio de roble deposité el portafolio en un ángulo y apoyé mis manos sobre el vidrio que cubría la superficie. Desde abajo del vidrio me saludaron las fotos de mis padres, de Ignacio, Lucas y algunos compañeros de la guerrilla. Les sonreí y me dispuse a iniciar la tarea. Raúl Roa arribó a las ocho y media y se encerró veloz. Traía más apuro que de costumbre, cosa que percibió el mayordomo de pelo ensortijado, porque casi cayó al tropezar con la pata de

183

una silla, pero gracias a su agilidad de tigre recuperó el equilibrio y evitó arrojar al piso la bandeja de plata donde llevaba la cafetera humeante, tazas, una jarra de agua, vasos y un paquete de cigarros. Roa esperaba a una persona importante.

Quince minutos después irrumpieron dos soldados con sus armas en ristre. Permanecieron junto a la puerta y en un minuto se apartaron para dejar pasar a quien los seguía. Era nada menos que el comandante Ernesto "Che" Guevara. Yo lo detestaba desde el fondo de mi corazón, aunque no me atrevía a manifestarlo; ahora tenía más poder que varios generales juntos. Vestía uniforme verde olivo, por supuesto, pero su camisa flotaba por encima de los pantalones y la clásica boina negra recogía sus largos cabellos. Lo envolvía un extraño olor a metal, quizás a pólvora. Sus botines sonaban sobre el piso de madera con insolencia. Evité mirarlo. Le vaciló el paso al pasar cerca de mi escritorio. Levanté la cabeza y vi que los carbones de sus ojos me pincelaron el cuello, el pecho y las caderas, pero no me saludó. Ingresó en el salón del ministro sin pedir que lo anunciaran, acompañado por un hombre rubicundo que vestía traje y corbata.

Cuando desapareció estallaron contenidas expresiones de alegría entre mis compañeros. Esa visita era un regalo adicional a la permanente fiesta de la Revolución. Los soldados que hacían guardia junto a la puerta sonrieron también, pero sin ablandar su postura ni desprenderse del arma. La colisión de mi mirada con la del Che me produjo una frívola y corta resurrección de vengativos impulsos. Estuve tentada de provocarlo como mujer, para que sintiera remordimiento por su crueldad con Lucas. Imaginé que me dirigía al toilet para mirarme en el espejo y corregir el maquillaje que no tenía. Era un súbito desequilibrio de mi fe revolucionaria. Qué vergüenza, me dije. El hombre nuevo no actúa de esta forma. Celebré que en mi portafolio no hubiese lápiz labial ni polvera y ni siquiera un peine; la reeducación funcionaba.

Desde la central telefónica del ministerio llegaban llamadas continuas. Mi filtro, desde el primer día, consistía en un cordial embuste: "Momentico, veré si está" y consultaba con Raúl para enterarme si aceptaba responder. Cuando mi jefe decía "no", anotaba el mensaje. En ese momento me pareció necesario proteger la reunión que se efectuaba a puertas cerradas entre el ministro y uno de los comandantes más encumbrados de la Revolución. Casi media hora más tarde se abrió el despacho y apareció de nuevo el Che seguido por el ministro. Caminaron de prisa y no saludaron a nadie, excepto el rubicundo acompañante, que iba fijándose en las compañeras más bonitas para saludarlas con la mano y una complacida sonrisa.

Supe que ese acompañante se llamaba Aleksander Alekseyev, corresponsal de la agencia de noticias soviética TASS, un tío simpático que se lucía en los cócteles. Ignacio entonces me contó un secreto: Aleksander Alekseyev fue quien había informado hacía tiempo a Moscú que Cuba marchaba en forma resuelta hacia el socialismo marxista y que el doble discurso de Fidel era una estratagema transitoria para evitar la fuga de capitales, los levantamientos castrenses o las acciones armadas del exterior. ¿Entendés ahora por qué te aseguraba que el rumbo ya estaba fijado desde hacía rato? Después supe que en esa reunión se analizó la inminente visita del ministro soviético Mikoyan y su propósito reservado, que iba a cambiar la historia del continente.

27

Carmela amaba la lectura e Ignacio insistía que estudiase a fondo las obras del marxismo-leninismo, una excitante brújula que develaba el rumbo del universo.

La incorporaron a la Federación de Mujeres Cubanas y el carnet que recibió fueron considerados otra condecoración. Completó en el ministerio el curso de Instrucción Revolucionaria, donde lució un rápido aprendizaje. También aprendió a marchar como miliciana, el busto alto, la mirada desafiante y los músculos tensos. En la Sierra había desarmado FAL, pero ahora se las tenía que ver con ametralladoras checas. Se hacía tiempo para concurrir algunas noches a las prácticas de Protocolo, necesarias para su trato con embajadores, pero le resultaron cómicas por su rigidez obsesiva. Lo bueno era que ciertos compañeros usaban barbas y medias rojas, poco diplomáticas, pero adecuadas al desenfado del nuevo espíritu. Y, lo más importante, por las tardes trabajaba en el hospital y ayudaba en intervenciones neuroquirúrgicas. El doctor Eneas

Sarmiento advirtió su aplicación y destreza, por lo cual decidió permitirle avanzar más rápido. Antes de lo que ella hubiese sospechado, la autorizó a realizar craneotomías y a operar traumatizados. El ministro Raúl Roa pudo reemplazarla en el ministerio y la despidió con sincera gratitud, de modo que Carmela pudo desde entonces dedicar la jornada completa a su vocación, sin dispersiones.

Ignacio, mientras, fue instalado por Ernesto Guevara en el Departamento de Industrialización del INRA (Instituto Nacional de Reforma Agraria). Cuando más tarde el Che fue ascendido a presidente del Banco Central, Ignacio lo siguió. Pese a ese vínculo de recíproca confianza profesional y revolucionaria, la herida que produjo su dureza con Lucas no pudo cicatrizar.

Ignacio disentía con los intelectuales que elogiaban la resistencia de Castro al Partido Socialista Popular (comunista). Para los intelectuales, Fidel representaba un socialismo revolucionario que no repetiría los errores de la senil Unión Soviética. También le molestó que el poeta Carlos María Gutiérrez, premiado por un librito irrelevante, hubiese tenido el tupé de insultar a Pablo Neruda acusándolo de ser un oportunista del aparato soviético, primero con Stalin, y ahora con Khruschev.

—¿Te das cuenta? Estos nuevos socialistas de mierda quieren asesinar a los viejos. Están locos.

Neruda había viajado a Cuba y escribió su vibrante poema *Canción de gesta*. Pero en Cuba manifestó que le disgustaba cuando los procesos se cerraban en torno a un líder. Lo abandonaron en un hotel de La Habana. Carlos Franqui, director de la revista *Lunes de Revolución*, donde publicaban firmas como la de Roberto Fernández Retamar, Heberto Padilla y Guillermo Cabrera Infante, intervino escandalizado: ¡Es Pablo Neruda! Consiguió que Fidel lo recibiera, pero como un favor. También lo recibió el Che de mala gana en su oficina del Banco después de la medianoche. Más tarde se hizo correr la voz de que al famoso poeta sólo le interesaba el whisky. Una carta pública lo acusaba de revisionista miope, incapaz de entender el modelo guerrillero de Cuba. También se enumeraban sus claudicaciones, entre las cuales figuraba un viaje a Nueva York invitado por Arthur Miller, presidente del Pen Club Internacional.

—Esto va a traer cola —intuyó Ignacio.

Franqui era un comunista manifiesto y había dirigido Radio Rebelde desde Sierra Maestra, pero en una recepción a Valentina Tereshkova, Raúl Castro lo insultó en público. Pese a su heroico historial decidió marcharse del país. Su deserción fue objeto de nuevos insultos por parte de Raúl. Guillermo Cabrera Infante, que había sido enviado a Bélgica como Consejero de la Embajada, avisó que no regresaría a Cuba mientras la gobernase Fidel.

—¡Es el colmo!

Se produjeron divisiones entre los escritores del boom, porque empezaron a cuestionar el escándolo de enterrar a Húber Matos por dos décadas en una cárcel. Matos había sido considerado una pieza noble y decisiva del triunfo revolucionario. Castro los calificó de intelectuales rastreros y que prefería un puñado de cabezas inteligentes a una tonelada de gusanos inservibles.

Atracó en el puerto de La Habana el buque *Bratsk*, de bandera soviética, que iba a marcar el inicio de una esplén-

189

dida etapa. Su capitán, Yuri, invitó a un almuerzo multitudinario que incluyó a Ignacio y Carmela. Era un acontecimiento histórico, porque ese barco comenzaría el traslado de azúcar a granel hacia la URSS. Yuri ofreció brindis con champán y caviar. Se informó que pronto llegarían técnicos y militares soviéticos para multiplicar los logros cubanos.

Carmela leyó en revistas europeas que los filósofos franceses estaban embobados con la Revolución y, entre otras manifestaciones, pretendían que el fascinante Althusser les explicase por dónde pasaba el protagonismo original de los cubanos, tanto en la teoría como la práctica. Régis Debray escribía su libro exegético *Revolución en la Revolución* y aseguraba que se había desencadenado algo que no habían previsto los grandes genios.

—Me tranquiliza que estés feliz —la abrazó Ignacio mientras saboreaban esas novedades—. Somos de veras protagonistas de una epopeya prodigiosa, como decíamos en la Sierra. Verás que lo padecido será como el dolor de una parturienta, que después se olvida, y hasta celebra.

Les llegó un sobre que contenía dos libros. Los volúmenes primorosamente encuadernados eran ejemplares de *La Ilíada* y *La Odisea*. En el primero estaba escrita una dedicatoria: "Los amo de todo corazón y los recuerdo con dos lágrimas y una sonrisa". En el segundo la dedicatoria era breve: "La lucha de Odiseo no termina en Itaca". Las firmaba Lucas.

28

El doctor Eneas Sarmiento me avisó que sería entrevistada. Supuse que tendría relación con el simposio sobre tumores cerebrales que realizaba la cátedra de Cirugía. Me equivoqué de lado a lado. Eran tres hombronas, mujeres del Partido, que llamábamos con desdén "El Trío del Embullo". Su trabajo consistía en analizar a cada funcionario del Estado y decidir si podía ingresar en el Partido. Nunca había visto antes a esas compañeras, que se presentaron sin ablandar su arrogancia. Me condujeron a una reunión con varios médicos que ya se habían sentado en hemiciclo para escuchar. Tuve ganas de preguntarle al doctor Sarmiento si era una entrevista o un interrogatorio de la Inquisición.

La mayor del trío levantó su mandíbula y dijo que habían revisado mi expediente, pero antes quería tener una clara información sobre las causas que me habían llevado a dejar de pertenecer a la Federación de Mujeres Cubanas, habiendo tenido yo el privilegio de recibir uno de los primeros carnets.

La miré con enojo, mi adhesión revolucionaria se había fortificado desde entonces. No merecía esta pregunta. Me acaricié el rodete para enfriar las ideas y decidí correr el riesgo de abrumarlas. Dije que la Federación estaba bien inspirada, pero me impresionó en forma negativa.

Parpadearon.

Conté que mi madre había subido por primera vez en su vida a un camión de ganado para hacer trabajo voluntario. Tenía que buscar ropitas para los niños de Matanzas. En eso vio a dirigentas de la Federación, mujeres como ustedes, pero en cómodos automóviles y no en un camión. No le pareció igualitario, y a mí tampoco.

El trío tomó nota.

Agregué: La Federación está organizada de tal modo que se dice "esposa de", para lucir autoridad. Yo no quiero nombrarme como "esposa de", porque tengo mi propio nombre y apellido. ¿Van a subsanar ese defecto algún día?

No respondieron.

—Fíjense que yo trabajé en el Ministerio de Relaciones Exteriores y allí la FMC nos daba trabajo de costura y otras tareas parecidas. Quizá los que no están enterados se asombren —recorrí con la mirada el hemiciclo de médicos—, pero ese trabajo era una pérdida de tiempo, una dispersión, un disparate, ¡hacer costuras donde se planifica la política cubana ante el mundo! Yo sé que en el socialismo no deben existir diferencias entre el trabajo intelectual y el manual, pero en algunos casos puede generar un grave perjuicio.

Tras un silencio de sepulcro, sólo violado por los arañazos de sus lapiceras sobre el expediente, preguntaron por qué no había integrado los Comités de Defensa de la Revolución.

Esa pregunta terminó por sacarme del frágil equilibrio y contesté: No me gusta vigilar ni ser vigilada; eso es fascismo. Pero —simulé ablandarme— tengan en cuenta que participé en la campaña de alfabetización realizada por el Comité de mi cuadra. De manera que colaboré, sin formar parte de las listas que ustedes tienen.

Consultaron entre sí la pregunta siguiente. La mujer de la derecha adelantó su cabeza como si necesitase pegar sus palabras a mi rostro: ¿Has sostenido una relación amorosa "especial", quiero decir inaceptable para la moral socialista?

Cerré los puños. Percibí la incomodidad de mis colegas y yo hundí mis pupilas en las del doctor Sarmiento, que las cerró avergonzado. Nadie ignoraba que vivía con Ignacio. Ese trío de brujas se extralimitaba.

Las juezas conversaron en voz baja sin importarles el tiempo que quitaban a los médicos sentados en la sala como inútiles testigos. Una se puso de pie con la apostura de un verdugo. Irradiaba hostilidad: Teniendo en cuenta tu pasado revolucionario, desteñido por las desafortunadas e insolentes expresiones que lanzaste delante de estos médicos, quedas en el rubro de "cantera", es decir, en observación.

29

Leían en sendos sillones bajo la lámpara de pie instalada en el medio. Llovía y las cortinas de agua borraron los edificios que se veían desde la ventana. La humedad parecía atravesar las paredes y traía el aroma caliente que brotaba del pavimento mojado. Ignacio acostumbraba descansar sus pies sobre un taburete forrado en pana bordó y Carmela usaba un antiguo atril de música para no tener que mantener en el aire su pesado volumen de neuropatología. Una botella fresca con jugo de mango les hacía compañía. Carmela dejó de leer y miró a Ignacio hasta que éste giró la cabeza.

—¿Qué pasa, mi amor?

Ella tardó en hablar.

—¿Me querés? —preguntó Ignacio, sorprendido por la fijeza de sus ojos.

—Sí.

—¿Por eso me mirás de esa forma? ¿Para estar segura?

—No precisamente.

—¿Entonces?

—No me hablás de tu esposa.

—Qué esposa. Irene no es más mi esposa.

—Bueno, tu ex esposa.

—¿Qué querés que diga?

—Por qué le fuiste tan infiel, si la amabas.

Se rascó la nuca y bajó un pie. Se sirvió de la botella otro vaso de jugo.

—Es verdad que la amaba y es verdad que le fui infiel —murmuró cabizbajo.

—¿Lo repetirás conmigo?

Bebió un largo sorbo mientras ordenaba las ideas.

—Heráclito...

—No me vengas con citas.

—Heráclito, al decir que nunca nos bañamos en el mismo río, señalaba que el río cambia, pero también quería decir que cambiamos nosotros. Lo podría haber formulado de otra manera: que nadie es igual cuando baja de nuevo al río. ¿Qué te quiero decir? Que no sé, pibita, porque odio mentirte.

—A tu esposa le mentías.

—Odio mentirte a vos. He cambiado. Heráclito.

—No sabes si me serás infiel, entonces.

—¿A qué se debe esto? Parece cómico, ¿tenés algún motivo para...?

—No por ahora, pero imagino que puedo llegar a tenerlos.

—¡Es ridículo! Yo te amo y no se me cruza cambiarte.

—Me agrada que lo digas.

Ignacio le acarició la mano y contempló sus uñas bien cortadas, sin pintura; era la mano que se desplazaba ágil, como un ave milagrosa, por las circunvoluciones del cerebro de sus pacientes. La acercó a sus labios y le besó el dorso y la muñeca. Después se levantó, corrió despacio los fuertes hombros del atril que sostenían una montaña de papel impreso y se arrojó sobre Carmela. Ella pegó una exclamación asustada, se puede quebrar el sillón, cuidado, pero él le desparramó caricias en el cuello, las mejillas, y prendió sus labios a sus labios. Carmela, con cierta lentitud, inquieta por esta forma de cerrar la charla, le acarició los cabellos, la espalda y accedió a deslizar sus ágiles dedos por los botones de la camisa que desprendió con habilidad de cirujana. La incómoda posición en el sillón, donde él debía quebrar su espina vertebral, terminó con una cabriola que los arrojó al piso, cerca de la botella a punto de volcarse. Rieron de su travesura, pero no cesaron de soplarse palabras en la oreja mientras se pintaban caricias. Carmela, pese a sus temores de que Ignacio pudiera repetir las infidelidades de un Melchor prehistórico, se dejó llevar por la excitación que empezaba a soplar impulsos de fuelle. Ambos sabían que no sólo compartían la piel, sino que ingresaban juntos en los sueños.

No obstante, era Carmela quien sentía la necesidad de probar, aunque con reservas, el extraño sabor que gozan los infieles. Quizá no había terminado de procesar las frustraciones con Melchor o se sentía en desventaja frente a Ignacio. No le resultaría fácil ser infiel, porque no quería poner en riesgo su vínculo. ¿Era sólo la curiosidad de una entomóloga? ¿Deseaba examinar ese bicho llamado infidelidad, más abundante que las cucarachas? ¿Sólo pretendía una noción de los estremecimientos que genera la compañía diferente y más o menos clandestina? ¿Quería jugar a lo evitado, quizás porque tuvo un casamiento precoz y también fue precoz su carrera revolucionaria?

Trató de mirar detalles de los hombres. Les miraba los labios gruesos, o finos, o desdeñosos, o secos, o húmedos, y procuraba adivinar cómo serían sus besos. Miraba las manos, porque cada una es diferente, tanto por la forma como por sus movimientos. Las manos son animalitos traviesos, le había dicho Ignacio, y tenía razón. Algunas se exhiben desnudas, otras con anillos, algunas están cubiertas por un suave vello, otras son lampiñas, algunas están ripiosas por las venas, otras cubiertas de manchas. Algunas, al saludar, aprietan con decisión y otras vacilan, algunas expresan alegría y otras tristeza, algunas son huidizas y otras son osadas. Sin mirar el rostro, sólo por sus manos, Carmela podría diferenciar al generoso del egoísta, al flexible del severo, al franco del esquivo. Pensó que la gente había aprendido a interpretar la cara, el cuello y los hombros mejor que las manos. Y se privaba de ese espejo tan preciso. También miró a Ignacio con atención. Y la satisfacía advertir que sus labios eran sensuales, sus hombros flexibles y sus manos cálidamente vigorosas. Le pareció que no debía privarse de las fantasías que, lejos de perturbar su amor, lo podrían consolidar.

Ignacio la llamó por teléfono al hospital y dijo que tenían que hablar, pero no en casa. ¿Por qué? Quiero decírtelo mirándote a los ojos, mi pequeña percanta; ¿nos encontramos en el bar Astoria? ¡Tanguero fanfarrón! Te espero, pibita, no demores.

Cuando se sentaron, Carmela le contó que había visto a Irene.

—¡Cuándo! ¡Dónde!

—Es lo que menos importa. Se acercó a saludarme con cordialidad. Sólo puedo asegurarte que tú tienes una diabólica buena suerte con las mujeres que eliges.

—¿Te agradó?

—Mucho. Y no entiendo cómo pudiste ser con ella un hijo de puta.

—¿Qué te contó?

—Nada importante.

—Curioso...

—Bueno, ¿a qué se debe esta reunión antirrutina?

—Lo has dicho: antirrutina. No sucede a diario —le acarició las manos por sobre la mesa y la contempló con sus penetrantes ojos color miel, tratando de reconstruir el puente de vidrio caliente—. Quiero decirte que te amo, Carmela.

Ella arrugó el entrecejo, sonrió.

—¿No lo sabías? —preguntó Ignacio.

—Sí, sólo que me emociona tu idea de construir este escenario en un café para que las palabras suenen mejor.

—Más verdaderas —introdujo su mano en el bolsillo y le pidió que cerrase los ojos.

Carmela esperaba que sacara el capullo de una flor, la imaginó amarilla.

—Podés mirar —autorizó Ignacio.

Sobre su palma brillaban dos anillos dorados.

—Quiero que nos casemos.

Carmela contrajo los párpados. Dijo: Haces tantos esfuerzos para que se me borren las fijaciones burguesas y ahora me vienes con esta proposición tan, tan burgesa.

—Al matrimonio no lo inventó la burguesía.

—Por lo menos lo consolidó.

—Mirá, te sugiero que respecto de nuestra intimidad, dejemos a un lado la ideología.

—Las duras normas.

—Todas las normas —Ignacio se levantó, rodeó la mesa con elegante suspenso y la empezó a besar. Ella sentada, él inclinado, estuvieron a punto de provocar la caída de los platos y las copas.

Rieron.

—Ahora te desnudo y hacemos el amor delante de todos. ¡Basta de normas!

—A que no te animas.

Solo apasionado

30

Quiero y necesito abrazar a Carmela, sentir que está a mi lado. Esta tarde me recibirá Alfonsín gracias a la gestión de su canciller Caputo, al que logré estremecer con nuestros padecimientos. Si Alfonsín acepta formularle a Fidel otro pedido directo, entonces el permiso de emigración llegará a manos de Carmela en cuestión de horas.

Cuando hace años le propuse casarnos, yo disfrutaba de una casa que había sido expropiada a un comerciante francés. Mi calidad de técnico extranjero mimado por el gobierno brindaba muchas ventajas que había aceptado con algo de incomodidad, pero no me parecían injustas: habíamos luchado por la Revolución desde sus comienzos y, pese a implacables garrotazos, decidimos mantener nuestro compromiso con Fidel.

Optamos celebrar la boda, que debía ser diferente a la que protagonizó Carmela durante la dictadura. No habría iglesia (¡Dios me libre!), ni vestido de bodas con larga cola y velo constelado de estrellas, ni ropa suntuosa, ni protocolo burgués. Ambos éramos revolucionarios marxistas, gérmenes del hombre nuevo.

La ceremonia y la consiguiente celebración tuvieron lugar en mi casa. Habíamos acopiado bandejas con canapés preparados por Carmela y sus amigas del hospital. Yo me ocupé de las bebidas, que en esa noche de calor iban a correr como un atropellado río de montaña. Entre los asistentes, además de familiares, amigos y altos funcionarios, se encontraba el robusto Aleksander Alekseyev, ya convertido en el embajador de la URSS, quien tuvo la generosidad de hacernos llegar por la mañana una caja llena de caviar. Asistió también el embajador de China enfundado en su solemne estilo Mao con un botón rojo en el cuello. El acta matrimonial fue redactada por un notario parlanchín, quien tuvo la ocurrencia de invitar a todos los presentes para que firmasen en calidad de testigos. Uno tras otro, gastando bromas, estamparon su firma, hasta convertir la hoja apergaminada en un promiscuo lecho de rúbricas. Alzamos las copas y brindamos con la exclamación "¡Patria o muerte!". Luego cantamos *La Internacional*.

Abrazos tropicales no necesitaron demasiado tiempo para desencadenar el chisporroteo de la música caribeña. El cha-cha-chá estaba de moda como irrefutable expresión folclórica de Cuba. Nadie dejó de taconear. Arrastrados a una competencia de ondulaciones, los invitados se mantuvieron alegres toda la noche. Pocos quedaron en blusas y camisas y varios tuvieron que cambiarse la camiseta empapada por otras que yo tenía en el guardarropa. El vecindario aguantó la tortura de la música estridente, porque a mi casa la protegían policías armados.

No hubo luna de miel. Para nosotros la luna de miel era permanecer en Cuba. Nos excitaba la certeza de que se iba a transformar en la joya mejor cotizada del mundo. Millones de trabajadores exultantes labrábamos un desarrollo asombroso, soñado. Tan grande era nuestra convicción que las heridas abiertas en la Sierra y en los años siguientes ya se disolvían en las brumas del olvido. Pero algunos que venían de países socialistas, incluso de la Unión Soviética, nos advertían que abriésemos los ojos porque se estaban echando a perder los objetivos iniciales. Incómodos, les hacíamos burla, separábamos nuestros párpados con los dedos para gritarles: ¡Fíjense, tenemos los ojos bien abiertos! ¡Vemos con los ojos y la nariz y el tacto! ¡El proceso no puede marchar mejor, pese a la guerra que nos hacen los imperialistas! Cuando insistían, Carmela o yo les reprochábamos: ¿Saben que es muy triste el papel de traidores que están haciendo? Entonces se ponían pálidos y dejaban de hablar.

Un checo llamado Horalec nos hacía reír con su español grotesco: ¿Qué les parece si vamos a tomar un café en mi bollo? Pronunciaba "bollo" en lugar de bohío, el timbiriche de la playa. Tenía un pelo rojo fresa y el espeso bigote también rojo lo asemejaba a un Stalin teñido. Me asustó cuando, tras ingerir varias raciones de vodka, dijo muy serio que debíamos rebelarnos contra la vergonzosa libreta de racionamiento, un recurso que sólo cabía en tiempos de guerra. Agregó: Verán que después no se la sacarán de encima nunca, se convertirá en una presencia normal y cómoda para una administración ineficaz. Semejante acusación me cayó horrible y le recriminé que pensaba como un vulgar capitalista. No uses ese argumento, repondió tras disimular su eructo, ya no me convence. Pero mi estimado Horalec, seguía yo enfático, ¿no te das cuenta de que con la libreta de racionamiento se involucra a todo el pueblo en la construcción del socialismo? ¿Haciéndolo sufrir?, sonrió triste. ¡Exacto, amigo mío! ¡El sufrimiento nos mantuvo sobre brasas en la Sierra y el sufrimiento nos mantiene sobre brasas en este proceso revolucionario! Horalec me miró fatigado: ¿Sabes?, en Praga ya estamos hartos de sufrir, nos gustaría que el régimen fuera un poquito más tierno.

Los rusos nos confundían con heterogéneas opiniones sobre la guerra de Vietnam. Algunas nos dejaban helados, porque decían que esa guerra no era sólo culpa de los Estados Unidos, sino de la agresividad norvietnamita, que había conseguido involucrar a China y que no cesaba de suplicar mayor presencia a la URSS. ¡Es un argumento absurdo!, protestaba yo y nos trenzábamos en una polémica de horas. Me desagradaba que dejasen filtrar su desencanto con el sistema ellos, que con el socialismo habían alcanzado objetivos colosales en el terreno armamentístico y espacial. Pero replicaban que no se debía al sistema socialista, porque lo mismo —a veces más— lograba el capitalismo, ¿dónde está la gran diferencia en nuestro favor? Me dejaban atónito. Cuando se emborrachaban algunos daban miedo, porque llegaban a decir que vivíamos en el auto-engaño. El attaché de prensa soviético hundió su índice en mi pecho y exclamó con un aliento a vodka que derrumbaba paredes: ¡Tovarish, ustedes hober eligido la ruta oquivocada!

En un esquema simplista diría que Carmela era revolucionaria por pasión, y yo por razones intelectuales. Ella era una fanática emocional y yo un luchador armado de teorías. Una, sin embargo, me pidió leer *Granma* en voz alta, porque no entendía los procedimientos del Ministerio de Recuperación de Bienes Malversados. Actúa con prepotencia, no de acuerdo a leyes que respetan derechos, dijo. Yo repliqué: ¿Qué leyes? ¿las capitalistas?, ¿las que protegen al explotador y al ladrón? No todos los propietarios de Cuba son ladrones, rechazó. Querida, repliqué, ¿no te hice leer y releer las páginas de Marx destinadas a la plusvalía? Me cuesta aceptar que toda riqueza es producto de la plusvalía, no sé, algo no encaja. Mirá, antes de Marx, ya Proudhon aseguró que la propiedad es un robo. ¿Pero Proudhon no era un socialista utópico, por lo tanto un delirante? Los utópicos deliraban, claro, pero en el fondo de cualquier delirio existen granos de verdad.

Por la noche, un largo año y medio después, el checo Horalec llamó a casa. Su respiración estaba agitada, no podía expresarse en castellano. Alcanzó a decirnos que los tanques soviéticos habían entrado en Praga. ¡Adiós la pri... mavera!, exclamó antes de quebrarse y cortar. Carmela me miró con un signo de interrogación. Dubcek nos había caído bien, nos había caído bien eso de construir un socialismo con rostro humano. ¿Por qué Khruschev, nada menos que el mayor crítico de Stalin, procedía como hubiera procedido el mismo Stalin? La Primavera de Praga había comenzado a arder como una nueva antorcha de la izquierda democrática en el mundo. Pero los tanques soviéticos ingresaron con furia, como si debiesen arrasar un bastión enemigo. Encendimos la radio para escuchar las noticias que llegaban con parquedad de telegrama. Decían que el primer ministro cubano se había reunido con su gente de confianza para analizar la situación. Le dije a Carmela: Ahora Fidel pondrá las cosas en su sitio, verás. ¿Qué me quieres decir? Que su inteligencia política volverá a deslumbrarnos. ¿Cuál supones que será su posición? No puedo decírtelo con exactitud, pero estoy seguro de que nos sorprenderá, y hasta sorprenderá al mismo Khruschev. Carmela me puso la mano en el cuello y me miró con ojos húmedos: Yo también espero lo mismo, aunque me acuerdo del pobre Húber Matos y de sus prevenciones.

En unas horas llegó el cimbronazo.

Fidel aprobaba la invasión soviética a Checoslovaquia. ¡Esto es lo que merecen los traidores!, machacó. El narigón Dubcek, secretario general del Partido Comunista checo y líder de su herética Primavera, era un felón que en buena hora fue arrancado de su oficina. Pero Khruschev, aunque bruto, no era el frío Stalin y evitó su fusilamiento. Grave error, cuánta debilidad. Lo envió a una cabaña en las montañas para que trabaje de guardabosques.

Carmela me exigía explicaciones. Esto activaba sus conflictivos recuerdos sobre la destitución y el encarcelamiento de Húber. Se supone que nuestra Revolución es más joven y diferente a la Revolución rusa. Yo la escuchaba incómodo y revolvía en el altillo de mis cuerpos doctrinarios los esquemas políticos que frecuenté toda la vida; para consolarla dije que nuestro Comandante es tan hábil que ha utilizado esta inesperada oportunidad para reconciliarse con la URSS. Pero actúa como Stalin, retrucó ella. No es para tanto, respondí. Después nos enteramos de que Fidel había dicho que los checos tenían bien merecida esta reprimenda soviética porque, en contraste con los cubanos, no sabían pelear ni defenderse. Confieso que esa desafortunada reflexión me cayó como una piedra: el sufrido y culto pueblo checo no merecía semejante puñalada.

Fidel consiguió su propósito, pero con un alto precio: los intelectuales que lo apoyaban empezaron a tratarlo con menos obsecuencia. Esa actitud desató la ira de Fidel, porque en la profundidad de su alma no les tenía confianza. Empezó a decir que eran pequeñoburgueses ensoberbecidos, ajenos a la auténtica producción de la riqueza. Les había brindado una atención que no merecían. Y para asestarles una lección, ordenó poner límites al irritante poeta Heberto Padilla.

Desde México llegó una larga carta de los padres de Carmela, que habían optado por reunirse con Lucas en ese país, el único de América que mantenía relaciones normales con Cuba. Don Emilio perdió todo su patrimonio en La Habana, pero había acumulado un pequeño capital en el exterior, con el que podía vivir modestamente. Ya no estaba en condiciones de proseguir con su profesión de abogado, aunque conocía a varios importantes colegas deseosos de brindarle ayuda. En cambio Lucas se destacó enseguida como economista y también decidió impulsar organizaciones que defendían los derechos de las minorías indígenas; era evidente que no se había apagado su fuego reivindicador pese a las frustraciones padecidas. Carmela les contestaba sin hacer referencia a los tópicos que podrían comprometer el flujo de las cartas.

Para consolidar su fanatismo, que empezaba a vacilar, denunció a Melchor Gutiérrez, parte de cuyo patrimonio había conseguido eludir la guadaña expropiadora del gobierno. Carmela se enteró de esta irregularidad gracias a la infidencia de un colega en el hospital. Le hubiera gustado que le dijesen a su ex marido, infatuado e inservible gozador de mujeres, que ella se había encargado de aplicarle este justo castigo por sus delitos pasados y presentes. Sintió que esta severa acción la volvía a comprometer con el campo revolucionario. Dijo que estaba satisfecha de haberle dado el gusto a su viejo rencor. Hasta yo quedé sorprendido.

31

En el tormentoso año 1968 fui designado coordinador responsable del Plan Azucarero, cuyo objetivo era alcanzar una espectacular zafra de diez millones de toneladas de azúcar dos años más tarde. No podía aspirar a una distinción más importante, porque me ponía por encima de los ministros y me transformaba en el conductor de lo que sería el más resonante éxito de la Revolución. Carmela, curiosamente, presintió que la distinción venía con carga negativa, aunque se resistía a explicarme su escondido miedo.

Por las radios y en las manifestaciones callejeras las gargantas empezaron a repicar: ¡*Los diez millones van, / que van, que van*! A la madrugada, al mediodía, a la tarde y a la noche: ¡*Los diez millones van, / que van, que van*! Se convirtió en el núcleo de conversaciones y discursos. El número diez se asociaba a los millones, a las toneladas, a que van que van, y al trabajo voluntario o forzoso.

Después de explicar su idea y comprometer a los organismos del Estado, Fidel consultó a los técnicos que aún quedaban en Cuba, muchos con gran experiencia, yo entre ellos. Esas consultas eran una distinción y un peligro, porque resultaban extenuantes. Habíamos aprendido a exponer ante el Comandante con elipsis. Para expresar una objeción debíamos enmascararla de tal forma que pareciera una confirmación de lo que él pensaba. Oponerse a sus hipótesis era como insultarle la madre. La mayoría de los técnicos confesaba tras bambalinas que se quería mandar a mudar. Esa mañana, con prudencia, se vertieron algunas gotas amargas. Pese a tantos éxitos, aún (acentuábamos el "aún"como si fuese un dulce), aún no se había conseguido que las centrales azucareras tuvieran un buen mantenimiento: faltaban piezas que bloqueaban la fluidez del proceso socialista. Además, las máquinas soviéticas no cortaban bien las cañas (culpa de los soviéticos, por supuesto, no de los cubanos). A medida que avanzaba el análisis, estimulados por la benigna atención de Fidel, algunos emitieron juicios sobre la gestión económica que, desde los tiempos del Che (asesinado en Bolivia el año pasado), no daba pie con bola. El primer ministro pidió que nos expresáramos con franqueza con respecto a los diez millones. Todos menos tres, yo entre éstos, confesaron que la industria azucarera estaba tan moribunda que los diez millones no se podrían alcanzar nunca.

Fidel contrajo los labios y levantó la sesión bruscamente. Por la tarde todos los técnicos estaban despedidos, menos los tres que nos habíamos callado. De ellos, yo fui investido con el omnipotente diploma de coordinador responsable del Plan Azucarero. La decisión fue rápida, porque se refería al objetivo cardinal del Jefe Máximo.

Me apliqué a la transformación de una utopía en realidad. Quería lograr que el proyecto voluntarista de Fidel fuese claramente viable. Analicé balances y proyecciones, puse a prueba censos y estadísticas, sometí mis resultados a la revisión rigurosa de varios colegas, recomencé los análisis desde cero cuatro veces. Pero chocaba de nariz contra la roca de las evidencias. Por empeño que aplicase a columnas, planillas, informes y pronósticos, no se llegaría a los diez millones en 1970. No. Estábamos lejos. Con suerte se alcanzarían los ocho.

Me atacó un insomnio tenaz y Carmela recetaba un hipnótico tras otro con creciente preocupación. Mi rostro tenía los colores del cadáver y por momentos no encontraba forma de expresarme. Ella no sabía qué hacer para aliviarme, hasta me arrastraba al sexo sin que ninguno de los dos tuviese ganas de verdad. Discutí con técnicos lúcidos, quienes se deprimían al no poder ofrecerme pistas para alcanzar la meta soñada, ni siquiera aumentando hasta la locura el trabajo voluntario. Cuando me exigieron que expusiera ante el Buró político del Partido presidido por Fidel en persona, caí en pánico. Carmela me suspendió la medicación para que no comprometiera mi claridad mental. Ya no estaba el Che para defenderme. Tampoco podía seguir enmascarando las conclusiones adversas ni decir que faltaban evaluaciones, o que tal vez conseguiríamos los instrumentos necesarios para transformar el maravilloso objetivo en una realidad feliz. Me preguntarán: La zafra de los diez millones de toneladas anunciada por el Comandante y cantada con fiebre por toda la nación, ¿es posible o no? ¡Al grano! Podría responder que sí, pero... y los peros causarían la cólera del Buró. Me exigirán que sea preciso. Entonces mostraría mis cuadernos y carpetas llenas de cálculos y, simulando que hablaban las carpetas, no yo, diría con la nariz pegada al pecho: La zafra no puede llegar a los diez millones de ninguna forma, apenas a los ocho.

Llegué a cometer la imprudencia de telefonear a Lucas, cosa que hacíamos muy de vez en cuando para intercambiar sólo informaciones inocentes. Aunque mi nivel de técnico extranjero me otorgaba privilegios en materia de comunicación, nunca ponía sangre en los dientes de los tiburones que se dedican a escuchar llamadas ajenas. Pero esta vez me parecía distinto, porque Lucas era un economista bien informado, talentoso, y su consejo tal vez podía encenderme una milagrosa luz. Hablamos por más de dos horas. Yo le comunicaba los datos en código hermético y él contestaba con elipsis, pero al cabo de diez minutos nos entendimos a la perfección, como niños que logran inventar un eficiente lenguaje exclusivo. Calculó y propuso varias alternativas que luego él mismo desechaba. Al final coincidió conmigo en que estaba en un callejón sin salida. Sus frases de cierre fueron destinadas a las bellezas de México que, dijo apenado, Carmela y yo deberíamos disfrutar cuanto antes.

Ocurrió como lo había supuesto. Salí de la reunión con el Buró político atontado por el zumbido de los ventiladores que habían girado sobre mi cabeza. El Comandante y todos los miembros de esa instancia suprema guardaron un silencio mortal ante mi melancólico diagnóstico.

En casa me acosté para relajarme.

Esa noche invité a Carmela al hotel Habana Riviera. Necesitaba tomar una copa en un sitio ruidoso, parecido a las confiterías de Buenos Aires, aunque nada era en realidad parecido a las confiterías de Buenos Aires, porque el hotel desbordaba frivolidad hollywoodense, como se estilaba en los tiempos de Batista. El primer ministro tenía oficinas en los últimos tres pisos de este hotel: 18, 19 y 20. La estructura luminosa sobresalía frente al Malecón, donde las olas no cesaban de reventar sus golpes de espuma.

Ingresamos en el cabaret vasto y misterioso, al que habían concurrido Ernest Hemingway y Frank Sinatra. En los primeros años de la Revolución ese cabaret siguió funcionando para los dirigentes que querían tomarse un recreo. Pero se decidió mantenerlo cerrado los días laborales. Otra cosa era el fin de semana. Por suerte ya no predominan los ricos. Esa joya de la elite había pasado a ser un espacio popular. Sin embargo, los cubanos se ponían la mejor ropa para entrar, lo cual no me agradaba, porque era una prueba de que no habían olvidado la etapa consumista anterior. La sala que antes se destinaba al juego había sido transformada en un salón danzante, en el que vibraban los ritmos cubanos por sobre los gringos. Se evitaba el rock asociado al imperialismo y sus hábitos degenerados. En el amplio bar se daban cita corresponsales extranjeros, diplomáticos, políticos y escritores.

Los checos y los rusos que se habían constituido en nuestra columna vertebral ideológica, económica y militar hablaban fuerte en sus estridentes lenguas, sin confraternizar entre ellos ni con los cubanos, y se agrupaban en espacios distintos, lo cual tampoco me gustaba porque ponía en evidencia que la fraternidad socialista aún tenía eslabones flojos. Por otra parte, cuando el vodka superaba el umbral crítico, algunos confesaban que querían sentirse menos controlados. Bebimos unas copitas de ron, charlamos con un checo y un ruso sobre cosas sin importancia y regresamos con cierto alivio en el alma.

32

Pese a mi rango y la amistad que me había unido al Che, nuestro hogar era sobrio. Se cortaba a menudo la electricidad y la mayoría de las veces la luz no regresaba hasta el día siguiente. Decían que la electricidad no alcanzaba para todo el mundo y, por solidaridad revolucionaria, debía ser provista primero a las zonas con hospitales. Encendíamos velas por doquier, como si iluminásemos santos de una iglesia, era lo único que le faltaba a mi ateísmo. Sin embargo, los apagones también castigaban las zonas con hospitales. A menudo la gente salía frustrada de los cines porque en medio de la función se cortaba la corriente. Las cocinas de los restaurantes se paralizaban y había que comer frío o quedarse manoseando los cubiertos. Faltaban los productos de limpieza y en algunos momentos no se conseguía un jabón. Tampoco pasta dentífrica ni desodorante, lo cual era más fácil de despreciar porque los exaltaba el consumismo capitalista. Desapareció el papel higiénico: las revistas y los diarios se guardaban con esmero junto al inodoro. Faltaba café, nada menos que en Cuba. La leche estaba racionada pese al programa lácteo que Fidel había inventado y promocionado, y que prometía convertirnos en uno de los más grandiosos productores de leche del planeta. Hasta las cucarachas que merodeaban en cocinas públicas y hogareñas estaban mareadas de hambre. Mordiéndome los labios recordaba la profecía del Che: en pocos años íbamos a superar la economía de Estados Unidos.

Lo íbamos a conseguir con la zafra de los diez millones, había prometido Fidel.

Esa zafra me tenía loco.

Al llegar a casa descubrí en el oscuro balcón la sombra de Carmela, que me esperaba con un vaso de agua azucarada rociada con gotas de alcohol medicinal. Le hice señas para que bajase y fuéramos a dar una vuelta en mi auto ruso. Necesitaba respirar. Descendió con los vasos y partimos. Las ventanillas bajas dejaban que el aire húmedo refrescase nuestras cabezas. Aceleré por las calles del barrio, que abandoné rumbo a otros sitios de la ciudad. Comprobé nuevamente, con reprimida bronca, que mientras varias manzanas yacían a oscuras, ciertas viviendas estaban iluminadas por generadores eléctricos propios. Llegamos a las áreas residenciales de Miramar y Cubanacán, donde se sucedían mansiones con piscina, todas iluminadas. En la puerta estacionaban automóviles de lujo, inclusive Alfa Romeos. A veces Carmela, a veces yo, conocíamos los nombres de esos privilegiados que hasta gozaban de servicio doméstico. Nos costaba expresar el desagrado que producía esa falta de ecuanimidad, porque criticarlos significaba pasar al reaccionario distrito de los que critican la Revolución. No obstante, a ciertos funcionarios y comandantes ya se los empezaba a calificar como los *Gorditos*, porque comían en los mejores restaurantes, salían de viaje al exterior y disfrutaban viviendas lujosas.

Pero no teníamos derecho a quejarnos porque éramos más papistas que el Papa. Aunque pudimos adquirir una tarjeta para comprar en Riomar, adonde sólo iban diplomáticos y asesores extranjeros, nos ateníamos a la Libreta de Racionamiento como cualquier hijo de vecino. Ansiábamos construir un mundo mejor por la vía del voluntarismo. Ahora pienso que el voluntarismo debería asociarse a la omnipotencia y, también, a la crueldad. O a la estupidez. Pero en esa época todavía dibujábamos según el deseo, indiferentes a las evidencias que escupían algunos amigos del Este cuando estaban borrachos. Nos dábamos manija para convencernos de que la Revolución tendría un desarrollo glorioso y que todas las injusticias serían superadas.

33

Mi oficina estaba en el palacio presidencial y con frecuencia me cruzaba con el presidente Osvaldo Dorticós. No me parecía inteligente, más bien un componedor amigable. Supo articular sus tareas de protocolo con las directivas del Jefe Máximo. Pero después de mi dramática reunión con el Buró político, Dorticós empezó a esquivarme, al extremo de no responder a mi saludo. Me afectó, era hiriente e inmerecido. Mi secretaria me avisó que yo había sido excluido de la lista de invitados a la tribuna de la Plaza de la Revolución. ¿Estás segura? Sí, además, Ignacio, además, dijo asustada, ha trascendido que quisiste impugnar la autoridad del Comandante. ¿Qué dices? Es lo que escuché, Ignacio. ¡Repítelo! Que has querido impugnar al Comandante y que... que eres un traidor. Me rasqué los cabellos y fui a tomar un vaso de agua. No podía ser cierto. ¿Me harían seguir el absurdo camino de Húber Matos?

Los funcionarios que solían aparecer en mi oficina para charlar o recabar información dejaron de visitarme. De golpe me había convertido en un leproso al que se deseaba mantener lejos, como en la Edad Media. A lo largo de varios días no me llegaron explicaciones, ni sanción, ni consejos. Todo debía ser un colosal equívoco, lo iban a corregir. Pero en la nueva realidad sentí que estaba completamente solo.

Una mañana encontré revueltos mis archivos. Trabajé a máquina forzada para quemar las horas. Cuando regresé a la tarde en nuestro departamento vi a Carmela desfigurada. Nunca, desde que la descubrí en una guagua hacía años, imaginé que su rostro podía adquirir tanta amargura. ¿Qué te pasa? Vinieron, dijo con los ojos hinchados por el dolor, a instalar cables y arreglar el teléfono... ¡vinieron a intervenirlo, Igancio, a intervenirlo!

Me senté en un sillón con la cabeza hundida en las manos. ¡Qué es esto!, protestaba Carmela, a la que no conté aún lo que había pasado en mi oficina. Se metieron aquí sin pedir permiso, siguió, como si fuese un allanamiento, no quisieron decir nada ni entiendo nada. Le pedí que se calmase y reflexionáramos sobre el efecto que había producido mi informe ante el Buró político. Quedé encerrado en un callejón sin salida, dije, si mentía ante esa instancia merecería la muerte; y si decía la verdad, recibiría el repudio. Ahora tengo el repudio, estoy ubicado en la categoría de No Persona. Acaricié la mejilla de Carmela, que estaba muy pálida: Estoy apestado, pero no somos los únicos. ¿Qué quieres decir? Cada día Fidel destituye funcionarios por tartamudear respecto a la zafra, es un tema que lo tiene furioso; hoy destituyó al ministro de Industria, el teniente Borrego, lo conocés. ¡Claro!, estuvo junto al Che en la toma de Santa Clara. Bueno, fue destituido así nomás porque en una reunión del Ejército se atrevió a decir que los diez millones no van.

La desgracia se divertía conmigo, porque Dios deseaba vengarse de mi incredulidad y mandó a la Muerte para degollarme. La muy garula agitó su arma filosa cuando mi secretaria se acercó con un tembloroso telegrama. La miré asustado, supuse que traía mi condena al paredón. Cuando lo leí, se trataba de la Muerte, en efecto, pero no de la mía. Roberto, mi hermano menor, había fallecido electrocutado al querer arreglar una lámpara cuando salía de la ducha. Me derrumbé, sin poder llorar. Ella no supo cómo consolarme, fue a traer un vaso de agua y me acercó el frasquito de Colonia que tenía en su mochila, regalo de alguien. Se sentó a mi lado para contar que hacía poco también perdió un hermano y suponía que su dolor consolaría el mío. Agregó como buena noticia de que el telegrama se lo había entregado el secretario personal del presidente Dorticós, lo cual hacía pensar que se había terminado mi condena en el palacio. Pero Dorticós ni siquiera me llamó por teléfono ni se acercó a darme el pésame. Tampoco ningún ministro ni alto funcionario. Eso confirmaba que yo había pasado a ser el enemigo. No se recordaba mi foja en la Sierra, ni mis años de consagración a la causa, ni mi antigua amistad con el Che, ni mi vida entregada a la Revolución. Daban ganas de aullar como un perro.

Se me doblaban las piernas y mi secretaria me acompañó a casa. Esa noche Carmela suspendió su guardia de rutina en el hospital para acompañarme a lo del canciller Roa, que accedió a una entrevista, con el fin de solicitarle que facilitase mi viaje a Buenos Aires por la vía más rápida, es decir México. Tal como lo presentía, no nos recibió Roa, y nunca supimos si estaba en otra habitación. En cambio nos atendió Luis Ojeda, su nuevo jefe de despacho, quien no se emocionó al ver a su antecesora. Con frialdad explicó que por el momento no se podía hacer nada, las cosas no estaban como para pedir favores al embajador de México. ¿Qué cosas?, pregunté. Luis Ojeda guardó silencio y nos miró con cara de mineral. Insistió Carmela, pero no lo pudimos mover de su negativa. Bostezó y nos despidió con una cortesía forzada.

No me resigné, porque era un deber abrazar a mi cuñada Rosaura y mis tres sobrinas. Carmela, sin esperar un minuto, realizó gestiones imperiosas en el Ministerio de Salud, donde la respetaban. Consiguió que me autorizasen salir, pero ella debía quedarse (¿como rehén?). Al viaje lo tuve que hacer por la vía más agotadora: Praga. Cuando por fin aterricé en Buenos Aires, ya habían pasado varios días del entierro. Permanecí dos semanas encerrado con Rosaura y las niñas para evitar encuentros políticos donde no sabría qué decir. Yo era a la vez un héroe histórico y un villano. Cuando retorné a La Habana me dominaba un abatimiento que hasta afectaba mi vínculo con Carmela. Me agobiaba la frustración política y profesional, aunque todavía no me atrevía a reconocer que era la Revolución de Fidel la que intentaba ahogarme con baldazos de escoria.

Participamos en otra vuelta de trabajo voluntario, esta vez sólo en los cortes de caña, para contribuir con los imposibles diez millones. Trabajé dos meses y Carmela uno. Cumplíamos con los ritos de una religión que empezaba a perder su antiguo encanto. Nos mirábamos para decir cosas que se detenían en la garganta, obedientes a la autocensura. Una noche Carmela murmuró que tal vez debíamos alejarnos del país por un tiempo, quizá viajar a Argelia, donde la revolución parecía más atractiva. La miré, recordé mis lecturas de Fanon y moví la cabeza con tristeza: Argelia no. Entonces, ¿México?

Durante varios días revolvimos la ardiente ilusión de pasar una temporada en México. Allí estaban Lucas y los padres de Carmela. Pero nuestro reencuentro, aunque familiar, produciría sospechas de claudicación revolucionaria.

La zafra quedó lejos de los diez millones y apenas arañó los ocho, como había calculado con irrefutable exactitud. Hubo variadas reacciones, una de las más impresionantes fue la columna irregular, larga, de varios kilómetros, que en medio de la noche se alejó de La Habana rumbo a un oscuro santuario. Algunos llevaban los niños sobre el hombro y las parejas enlazaban sus manos. Resucitó el antiguo culto a San Lázaro, que no era cristiano, sino un santón babalú. La procesión había sido prohibida en 1961 por el ateísmo revolucionario, pero volvía en ese momento gracias a la derrota de la zafra. El gobierno autorizó la procesión como una catarsis. El fracaso se extendía amargo y amenazante. Nadie le iba a echar la culpa al gobierno y menos a los cálculos del Comandante. El pueblo seguía identificado con Fidel y cada uno de sus sueños voluntaristas, con perfecta amnesia de otros frustrados sueños anteriores. La zafra de los diez millones había alcanzado la solidez de una verdad granítica por la obcecada propaganda oficial, pero en ese momento ya se murmuraba que Carlos Rafael Rodríguez, hombre de confianza de los soviéticos, pasaría a ser el nuevo primer ministro o que asumiría la presidencia con más poder que el pasivo Dorticós.

Mi secretaria tuvo el coraje de salir del edificio antes de mi llegada para advertirme que no entrase, porque me toparía con los guardias que bloqueaban la entrada de mi oficina. ¿Cómo? Ella agregó nerviosa que no me dejarían pasar y que tal vez me arrestarían. No supe si agradecerle o insultarla, quizá la habían mandado para destruir mi resistencia. Giré en redondo, me voy, dije iracundo. Mientras caminaba con la vista pegada al piso, en mi cabeza rondaban frases llenas de bronca: El Buró político debería felicitarme por el afinamiento de mis cálculos. Soy un genio y un desastre a la vez. Mi futuro en la isla se ha cerrado con siete candados, de nada valdrá pedir clemencia. En esta religión no existe la misericordia, ni el perdón, ni el hijo pródigo. Sentí acidez en el estómago y debilidad en las piernas. El sudor empezó a correr por mi nuca. Subí a mi auto y regresé a casa.

Carmela estaba en el hospital cumpliendo horarios extra, como de costumbre. Me senté al escritorio y corrí de lugar libros y carpetas sin ánimo de ordenar, sino simplemente por hacer algo. A la hora me levanté con dolor de cintura, fui al recibidor, la cocina, el comedor, de nuevo la cocina, el recibidor, el comedor y la cocina. Salí por unos segundos al balcón, acaricié las verrugas amarillentas de la baranda de hierro y espié los edificios vecinos y sus nocturnas ventanas donde había ojitos de roedor que seguían mis movimientos. Por fin me aflojé sobre el sillón hamaca comprado en una distribución de antigüedades. Su crujido senil me regaló cierto bálsamo, como si el crujido fuese una plegaria.

¿A quién debía consultar? Me acordé con vergüenza de las caras amigas de Hugo, Laura, Juan Carlos, Sara, Roberto, Zacarías, Alicia, Marcelo, Silvia y tantos nombres de tiempos pasados que vinieron a pedirme ayuda encogidos de miedo y yo les decía que no fuesen exagerados, que confiaran en la justicia de la Revolución. ¿Qué debía hacer ahora? ¿Esperar que me vinieran a buscar? ¿Por qué no nos habíamos marchado a México?, ¿por qué no a Argelia? Si me arrestaban sería para hacerme declarar lo que no es cierto, como a Heberto Padilla; me obligarán a una autocrítica absurda y después me sepultarán por años en la cárcel.

El edificio de mi departamento contaba con un sótano que nadie usaba porque se había inundado. Me serviría de escondite hasta que encontrase una forma de abandonar Cuba. Bajé tres pisos hasta la planta baja y descendí los escalones que llevaban a la gruta del sótano abandonado. No tenía llave, a nadie se le ocurriría entrar; un olor pestilente traspasaba las paredes manchadas de humedad. Abrí lento, con la idea de ser expulsado por un ejército de ratas. Palpé los muros y no demoré en encontrar la llave de la luz, que encendió una moribunda lámpara con salpicaduras de moscas. En los ángulos había telas metálicas que en alguna época sirvieron para guardar mercaderías. Era un cementerio de sillas rotas, cajones desvencijados, trozos de alfombra, zapatos, latones perforados, vidrios partidos, manchas de charcos evaporados. Las telas de araña cubrían algunas partes. Una claraboya diminuta daba a la calle y dejaba entrar algo de aire. Mis ojos examinaron de lado a lado ese sitio inhabitable para decidir si podía convertirse en un escondite. Sólo imaginarme tendido en ese colchón de mugre me provocó dolor de cabeza. Pero era preferible algo de sacrificio que terminar en la cárcel.

Salí con cuidado y subí hasta mi departamento para esperar el regreso de Carmela. Antes de llegar al tercer piso me di cuenta de que me esperaban, pero no ella. Di media vuelta y bajé precipitado. Me siguieron con gritos y taconazos. En la puerta cancel me detuvieron otros hombres. No había escapatoria. Pedí dejar un mensaje a mi esposa, pero no me escucharon. Los miembros de la Seguridad del Estado desprecian a

quienes deben arrestar y, en consecuencia, mis ruegos no obtu-
vieron comprensión, sino patadas en las piernas y golpes en el
estómago. Fui empujado a un vehículo que me llevó a un desconocido cuartel.

34

Me aturdía la perplejidad, no entendía por qué tanto odio. Sin darme explicaciones fui arrastrado por galerías lúgubres. Me tironeaban como si pretendiese huir, cuando en realidad me entregaba sin resistencia, desprovisto de reflejos. Abrieron una celda sin luz y me arrojaron como una bolsa de basura. Caí sobre el piso de cemento rugoso. Me fui acostumbrando a la oscuridad y palpé los muros. De un extremo al otro sólo podía dar seis pasos, había un catre y un oloroso hueco para las necesidades. La puerta era de hierro y la habían cerrado desde el exterior. Advertí sombras que permanecían inmóviles y de súbito desaparecían, seguramente ratas. También percibí rondas de cucarachas. Los mosquitos empezaron a aterrizar sobre mi nuca y mis cabellos. Quedé dormido sobre las palabras contradictorias que recorrían mi sangre.

Imposible saber cuánto tiempo había transcurrido, porque me habían quitado el reloj, el cinturón y los zapatos. Escuché ruidos y me animé. Se abrió la puerta y un tablón de luz perforó mis ojos. Varios hombres se pararon en el umbral. Con gesto despectivo uno de ellos me ordenó que saliese. Caminé mareado y supuse que iba a recibir nuevos golpes. Fui arrastrado por otras galerías hasta desembocar en una celda más amplia, con un ventanuco. Había progresado. La puerta era de rejas, de modo que podía ver a otros prisioneros. No me explicaron la causa del generoso cambio. Pero enseguida comprendí, estaba encerrado nada menos que en la temida sección del Régimen Penitenciario Especial Incrementado, donde van a parar los peores enemigos de la Revolución, en particular los condenados a muerte.

En una celda frente a la mía se amontonaba un grupo de presos jóvenes con quienes empecé a hablar prendido de mis barrotes. Era gente sentenciada a cadena perpetua por crímenes comunes y dos esperaban ser ejecutados. Me dijeron que no me hiciera ilusiones —como si las hubiesen leído en mi frente— por haber cambiado de celda: eso no significaba un destino mejor. En efecto, a los tres días fui trasladado a otra celda, colectiva esta vez, con cuatro reos. Sus miradas transmitían indiferencia. Me adapté a sus maniobras para conseguir que nuestros cuerpos no se molestasen cuando nos tendíamos sobre las ásperas frazadas puestas en el suelo, porque una de las paredes medía cinco metros y la otra seis. Sin embargo, era un problema menor frente al hecho de que nos obligaran a permanecer parados desde las cinco de la madrugada hasta la cinco y media de la tarde. Los guardias vigilaban incluso desde los techos. Las protestas se castigaban en celdas donde el prisionero recibía una tanda de latigazos; al regresar, uno intentó colgarse con la sábana mientras los demás dormían.

En esta sección especial se concentraban asesinos, violadores y pederastas con presos políticos, entre los cuales estaba yo. Traté de identificar a mis colegas, lo cual resultó imposible, pese a que los de buena conducta éramos trasladados a un patio cerrado para tomar una hora de sol. Me habían ordenado quitarme toda la ropa y quedar en calzoncillos, con las manos esposadas a la espalda. El patio, las galerías, las celdas, las camas de concreto y los techos estaban pintados de blanco, con una mezcla de lechada y carbono que soltaba un polvillo que empecé a sentir en mis bronquios.

Me pregunté si la Revolución caminaba hacia adelante o hacia atrás, como un cangrejo. Las penalidades no aspiraban a mejorar, sino a deshumanizar. ¿En qué se diferenciaban estas cárceles de las de Batista? Si los verdugos creían que me iban a "reeducar", esta vez se equivocaron. Esa cárcel fue para mí un curso acelerado que me hizo ver aquello que me negaba a mirar. Castro había traicionado a la Revolución y se había rodeado de cómplices lúcidos o idiotas en todo el mundo. Alguna vez tendría que pagarlo.

Durante jornadas insomnes dejé que mi cabeza pensara libre de lastre ideológico. Era un dirigible que ascendía a la estrastósfera purificada, infinita, siempre abierta. Tuve la osadía de recordar que torpemente había elogiado la siniestra UMAP, sigla que se refería a los campos de trabajo esclavo, en nada diferentes a los nazis y los construidos por Stalin. ¡La elogié, por Dios! Allí se encerraba sin juicio ni condena a millares de jóvenes por dejarse crecer el pelo, gustar de la música rock, hacer proselitismo religioso o manifestar su condición de homosexuales. ¿Cómo pude aceptar semejante desvío? ¿Cómo pude suponer que la UMAP eran inocentes campos de educación?

Me trasladaron a otra celda, individual y mucho más limpia. Me alivió el camastro confortable, un inodoro y una mesa para escribir, aunque sin papel ni lápiz. A la noche fui llevado a un despacho. Un desconocido oficial me indicó tomar asiento frente a su escritorio. Estaba distendido, se identificó como un miembro de la Seguridad del Estado y fue directo al tema. En un par de frases reconoció que yo había sido un importante protagonista de la Revolución, pero que también había cometido errores pesados. Es fácil concentrarse en los méritos y difícil aceptar los errores, dijo. Agregó que si yo me avenía a efectuar una seria y convincente autocrítica, era posible mi reivindicación.

—¿Total reivindicación?

—No puedo decir total. Confórmate con la palabra "reivindicación".

—Mi mujer...

—Ya sé —interrumpió—, se mueve como una pantera y está cansando a todo el mundo; mejor si se calmase. Pero las cosas no dependen de ella, deberías saberlo.

—Dependen de mi autocrítica, entonces.

—Así es.

—¿En qué consistiría?

—¿Me tomas el pelo, chico?

—Ignoro la acusación.

—Entonces harás el camino inverso al que te hice recorrer, con tormentos más sofisticados. Cuando llores arrepentido, lo que dices ignorar se te presentará en letras de molde. ¿Tal vez extrañas la primera celda, sin luz ni nada? Hay otra con más ratas, más cucarachas y unos piojos que dan gusto.

Empecé a transpirar.

—Te doy veinticuatro horas. Te regalaré papel y lápiz para que empieces a borronear tu descargo. Habrá una relación directa entre la fuerza de tu autocrítica y la rapidez de tu reivindicación.

—Conozco casos en los que se usó la autocrítica para acabar en una condena a muerte.

—Por algo será.

La reunión había llegado a su fin. Dos soldados me alzaron de los brazos y me sacaron de la oficina. Con injustificable apuro me arrastraron a mi última celda, la mejor de todas, y advertí que sobre la mesa pelada ya había una resma de papel y dos lapiceras.

Me produce escalofríos evocar los extremos de mi indignidad. Es cierto que rompí varias hojas y que en algunos renglones escribí puteadas, pero al término de inútiles rodeos en torno a mi desgracia, esculpí el más mentiroso de los textos, con una obsecuencia que desbordaba los límites del decoro. ¿Qué pensará Lucas cuando lea en la prensa mexicana mi autohumillación? Se interrogará si yo, esa piltrafa, era quien le había salvado la vida en la Sierra y si habían sido ciertas mis aventuras juveniles en el Partido Comunista Argentino. Los padres de Carmela ni querrán pronunciar mi nombre.

Sí, del freno inicial salté a una exageración desbocada. Pretendía que sirviese para liberarme de la cárcel y apelé entonces al salvavidas de la ironía que no entienden los déspotas, como hizo Freud cuando habló de las bondades de la Gestapo para que lo dejasen salir de Viena. Escribí impúdicamente: "Desde que llegué a esta prisión tuve la oportunidad de charlar en forma amistosa con mis guardias y supervisores. Al principio intenté polemizar con algunos, porque cargaba errores provocados por mi visión distorsionada de la realidad. En especial, con los oficiales de la Seguridad del Estado resultó muy fructífero el debate, porque ellos me condujeron con paciencia a entender aspectos de la Revolución que yo interpretaba mal, de ahí mi perverso sabotaje a la zafra de los diez millones. Las conversaciones fueron extensas y numerosas, diría que suficientes para despegarme de fijaciones equivocadas. Todos se mostraron cordiales conmigo, y muy respetuosos. Si debo compararlos con los contrarrevolucionarios, aparecen notorios contrastes: estos últimos son gente que odia, amargados, marginales y díscolos. Yo tenía una venda y actuaba con injustificable rencor. Nadie me ha forzado a redactar esta autocrítica y tampoco lo hago por miedo al juicio que me espera. Considero que es mi deber de revolucionario confesar la verdad de mi arrepentimiento".

35

Me condenaron a quince años de encierro por haber perjudicado la zafra de los diez millones, y ser uno de los responsables de las penurias que amenazaban al país debido a su fracaso. Me trasladaron como favor especial a una prisión próxima a La Habana gracias a las gestiones de Carmela.

Yo estaba extenuado. Se me cruzó la idea del suicidio. La Muerte me rondaba otra vez como cuervo a la carroña. Quise darme ánimo con el sentido del deber, modalidad arraigada desde que ingresé al Partido, y mi deber era no abandonar a Carmela. Pero durante la noche se me acercaban espectros con una pistola, frascos de veneno, una bolsa de nailon. En las visitas semanales de Carmela nos mirábamos con un desesperado amor. Todavía éramos revolucionarios (¡cuánta perseverancia!), Fidel no tenía más alternativa que ser duro hasta con sus más apreciados. No quemaríamos una década de lucha por un pellizco de cárcel. Además, los quince años de pena seguramente se reducirían por consideración a Carmela.

Eso sucedió en forma inesperada. Nueve meses después de mi arresto, como si se tratase de una gestación, recibí la noticia de que sería puesto en libertad. La generosidad de haberme borrado catorce años adicionales de cárcel aumentó en forma precipitada e irracional nuestra adhesión al régimen. Tal vez porque no veíamos alternativa. Nos dijimos: No es un régimen tan cruel como los gusanos alimentados por la CIA nos quieren hacer pensar.

Me llamaron de parte del canciller Raúl Roa. ¡Era la reivindicación! Fui a su despacho, que conocía de memoria por las visitas que le hice cuando era asesor económico, donde había trabajado Carmela y donde él no había querido recibirme cuando murió mi hermano. Casi todos los rostros eran nuevos porque luego del fracaso de la zafra el gobierno decidió dar por acabada la etapa guevarista, llena de iniciativas fracasadas, para instalarse de una buena vez sobre los probados rieles del modelo soviético. La dependencia de la URSS no debía reducirse a la economía y los armamentos, sino al plano político, social, cultural, jurídico y de seguridad. En consecuencia, proliferaban en todas las dependencias asesores y técnicos rusos, incluso en el Ministerio de Relaciones Exteriores.

Roa me hizo esperar media hora para señalar que yo ya no tenía la importancia de antes, pero me recibió con muestras de afecto. Ese día no iba a recibir embajadores y, debido al calor, usaba una fresca camiseta deportiva azul marino. Sus manos huesudas y movimientos desgarbados me dieron un abrazo fugaz. Yo lo respetaba como un hombre informado, aunque adicto a una retórica florida. En lugar de escucharme, se despachó con un monólogo sobre las relaciones que Cuba fortificaba con los países No Alineados, la franja más gorda del planeta y la base para el triunfo universal del socialismo. Lo escuché como si fuese una hipótesis recién concebida. Raúl me felicitó por mi liberación y esperaba que tuviese éxito en mi nuevo trabajo.

—¿Nuevo trabajo?

—Después de tus errores, no pretenderás seguir en economía.

—Es lo único que sé.

—¡Vamos! No te hagas el modesto. Sabes de todo. Y como sabes de todo, irás al lugar adecuado.

—¿Cuál es?

—No debo decirlo.

—Pero lo sabes.

—Sí, lo sé. Y te aseguro que suena a premio.

No daba crédito a mis oídos. Volví contento a casa y esperé a Carmela con una botella de vino que robé en un rincón del ministerio, como hacían casi todos los empleados. Brindamos por el fin de la pesadilla y esa noche fuimos a celebrar en un restaurante de la Ciudad Vieja. Ella había preguntado al ministro de Salud sobre mi futuro y también se mostró feliz, sin suministrarle otros datos. ¡Me quieren dar una sorpresa!

Dos días más tarde llegó una citación del director de la Biblioteca Nacional, Aurelio Alonso, hombre vivaz y culto. Fui con extrañeza. A Alonso lo había visto en cócteles diplomáticos y era apreciado por el Comandante. No me hizo esperar como Roa, pero me recibió con menos efusión. A los tres minutos de charla sobre el estado del tiempo dijo que le agradaba contar con mi colaboración. Abrí los ojos: ¿Colaboración? Sin cambiar el tono añadió que le había causado alegría enterarse de que me habían designado para reordenar la Hemeroteca. Creí que hablaba con el hombre equivocado: ¿Yo?, ¿hemeroteca? Hace falta concentrarnos en ese rubro, prosiguió sin fijarse en mi pasmo, porque desde el Primer Congreso de la Cultura, con tantos invitados especiales y un uso caótico de los materiales, tenemos el sector arruinado; no vamos a dejar que se pierdan colecciones y números valiosos. Disculpame..., tartamudeé. Puedes empezar mañana mismo, añadió como si yo no hubiese abierto la boca; te espero a las diez, así recorremos juntos tu área. Querés decir..., intenté aún. El director se puso de pie y dijo solemne: Deberías estar agradecido, Ignacio. Su rostro era honesto y me transmitía un mensaje paraverbal. Durante unos segundos hablaron sólo las pupilas. Entendí que, en efecto, debía estar agradecido, mi situación podía ser mucho peor. Levanté mi mano, dudoso aún, y se la estreché. Aurelio no sonrió, entendía mi conflicto.

Con amabilidad me asignó una mesa en una oficina amplia, rodeado por muchachas y muchachos sin experiencia de bibliotecarios. Me venían bien como antídoto de la tristeza.

Sabía que concurrirían intelectuales de calibre y estuve alerta a su aparición. Aurelio me mostró algunos de los cubículos que se les había asignado para que pudiesen escribir tranquilos. A lo largo de unos meses pude charlar con Eliseo Diego, Bella García Marruz, Cintio Vitier. En los pasillos choqué con Reynaldo Arenas, que traía bajo el brazo su novela *Celestino antes del alba*. Eliseo Diego la elogiaba mucho y nos sentimos obligados a leerla. También alterné con bibliotecarios profesionales. Confesé a Carmela que este trabajo, asignado como una penalidad amortiguada, me permitía acceder a la flagrante división del pueblo cubano en una elite admirable que iba a la Biblioteca, y una masa torpe, ignorante y manipulada que gritaba en la Plaza de la Revolución. Las conversaciones en la

Biblioteca y los debates en los ámbitos partidarios correspondían a sociedades diferentes. ¿Cómo es eso?, se asombró ella. Sí, una nueva división de clase, además de la que ya se ha constituido entre los dirigentes y los dirigidos. ¡Te has vuelto más hereje que yo! Si Marx viviese, confirmaría que no llegamos al comunismo, porque se han formado nuevas divisiones de clase, sólo que con otros nombres. ¡Hereje, hereje!, me golpeó con sus nudillos mientras me acercaba sus labios.

Aurelio quería que me sintiese cómodo. Le notaba una actitud culposa cuando se arrimaba a mi mesa, convencido de que mi talento era económico, no de bibliotecario. Un día me propuso otro trabajo: la bibliografía exhaustiva de Lenin. Podía conseguir un permiso especial para explorar los archivos secretos del Comité Central del Partido Comunista, que había sido fundado en 1923. Le agradecí la idea, porque volver a los textos de Lenin era resucitar mis años de la juventud, cuando recorría apasionado sus páginas, que eran el caudaloso arsenal de una guerra prácticamente ganada. Me ayudó una muchacha maravillosa que cumplió la parte decisiva. Se llamaba Nancy. No sólo hurgó hasta en el más pequeño de los rincones para encontrar los textos del gran revolucionario, sino que escogió una hermosa portada pespunteada al estilo de Roy Lichtenstein, un pintor realista que aceptaban los líderes.

Los trabajadores de la Biblioteca podíamos almorzar en el cercano comedor del Ministerio de la Construcción. Era horrible. En ese año el menú consistía en arroz con gorgojos y sopas de ala de tiburón, pero sin un trozo de ala; a veces agregaban pescaditos mínimos llenos de espinas. Nancy exclamó con ironía: Ahora entiendo cómo la gente pudo sobrevivir en los campos nazis. Nos visitó uno de los comandantes y yo lo llevé a compartir esa comida. El pobre suponía que era un agasajo. Sorbió el líquido amarillento y desabrido llamado sopa y vio los gusanillos en el arroz. Al finalizar prometió ocuparse de corregir semejante menú. Cumplió su palabra y durante quince días se percibió el cambio, pero luego las cosas volvieron a la rutina.

Por razones incomprensibles Aurelio Alonso desapareció de la Bibiloteca Nacional. En su lugar asumió Cidroc Ramos, un militante ortodoxo y nada creativo. Con palabras rencorosas manifestó que no le gustaba esa mierda de la revista *Pensamiento Crítico*, que yo había comenzado a clasificar. Resistí echar a la basura el trabajo efectuado sobre un material de alta calidad y le pedí que autorizase por lo menos la publicación de la bibliografía de esa revista. No, no, sus autores son espías, burgueses, fascistas, y no vamos a gastar en ellos el dinero de la Revolución. Yo replicaba que sería un material útil para refutar el capitalismo. No necesitamos refutaciones, basta tener la verdad.

Me llegó algo de México en un sobre cuyo interior había sido extraído, examinado y vuelto a guardar por la censura. Antes de abrir imaginé quién lo mandaba. Encontré dos volúmenes editados por la Casa de las Américas, pero comprados en México, con textos laudatorios para la Revolución, uno de Lezama Lima (condenado por homosexual), y otro de Julio Cortázar, cuyo sarampión tardío lo tenía a mal traer. En su breve dedicatoria Lucas me deseaba muchas gratificaciones en la Biblioteca Nacional. Su ironía superaba la que yo había usado en mi autocrítica. Sos un hijo de la gran puta, rechiné.

A fin de año se realizó una asamblea para el balance de nuestro Trabajo Voluntario que tanto Carmela como yo seguíamos efectuando como si fuese el purgatorio. Los jerarcas del sindicato se ubicaron en un estrado imponente y por micrófono reconocieron que, en efecto, el trabajo había sido duro. Pero los resultados eran inferiores a los esperados por los técnicos y por el Comandante. Debíamos volver al campo, quitar las plantas estériles y sembrar de nuevo. Escuchamos con nerviosismo, porque más de uno hubiera querido tomarlos de la solapa y preguntar: ¿Por qué no se hizo una investigación científica antes de invertir tanto trabajo en algo que no servía? ¿Quién de los jefes será castigado por haber cometido un error tan grande? Yo pensaba que, si nadie era castigado, debía suponerse que la idea la tuvo Fidel al levantarse de la cama, como sucedió con los diez millones.

En mi oficina habíamos conversado sobre el tema y designamos vocera para representarnos en la Asamblea a la bravía Nancy. Se puso de pie y dijo que desde el inicio se sabía del inconveniente, porque los campesinos lo habían advertido a repetición. Hicimos un trabajo inservible para el que, además, no estábamos capacitados. Sus palabras cortaban el aire y fueron acompañadas por suaves movimientos aprobatorios que la entusiasmaron demasiado. Le hice señas para que bajase el tono. Pero Nancy, montada en su galope, declaró que a partir de ese momento, como prueba de valor revolucionario, dejaba de pagar la cuota del sindicato.

Se levantó un murmullo inquietante. Olí el miedo. Los líderes del sindicato integraban el Partido y, por lo tanto, eran los patrones. Uno de ellos tomó la palabra y se dirigió a los presentes como si Nancy no hubiese hablado. Eran la "vanguardia lúcida", poderosa e infalible, que conducía el país hacia su prosperidad. Repitió lo de siempre: El Partido nece-

241

sita que sus militantes den el máximo; ¡todos frente al enemigo común, que es el imperialismo yanqui! Hay que estrujarse hasta el agotamiento, porque vale la pena.

Al día siguiente los compañeros dijeron por lo bajo que coincidían con Nancy, pero ninguno explicó por qué se quedaron callados. Eran prudentes y calculadores, como me había vuelto yo, que también mantuve sellados los labios. Mi cobarde racionalización fue: ¿para qué protestar si de nada sirve?

36

Carmela había regresado de un largo viaje a Argelia, adonde fue enviada por el gobierno para comentar los progresos de la Revolución en medicina. El Comandante reconocía sus méritos no sólo en el campo asistencial, sino en sus investigaciones y descubrimientos. Tenía dedos de oro para recorrer los meandros del cerebro, la columna vertebral y los nervios periféricos, además de afinada intuición para advertir los nuevos caminos de la medicina. Había empezado a investigar el nebuloso terreno de los trasplantes, pero cometió el error de informarle antes de tiempo a Fidel, quizá con la esperanza de que ese mérito lo impulsara a reinstalarme en un cargo relacionado con la economía. El Comandante se entusiasmó con la noticia, bromeó por el hecho de que fuese una mujer quien protagonizara tamaño progreso de la ciencia y le pidió que concentrase sus energías en esa especialidad. No escuchó su ruego de perdón al marido. La despidió asegurándole que recibiría muchos pacientes y de que su nombre sería mencionado por él en varios discursos. Al otro día la llamó el ministro de Salud para repetirle la alegría del Jefe Máximo e informarle que podía contar con los recursos que necesitara, aunque tuviese que traérselos de Estados Unidos. Carmela agradeció, pero volvió a quejarse de que yo estaba siendo desperdiciado en la jaula de la Biblioteca Nacional. El ministro le respondió dulce: La jaula de Ignacio es transitoria, ya verás.

Apoyados en la baranda del balcón comentamos los alternativos apoyos que habíamos intercambiado entre nosotros durante estos años. Cuando arrestaron a Lucas, yo me ocupé de liberarlo. Cuando se invirtieron las cosas y yo fui el arrestado, ella se esmeró por salvarme. Ahora Carmela mantenía nuestro aceptable nivel de vida para que yo cumpliese mi castigo en una "jaula transitoria", como aseguró el ministro. ¿Cuánto tiempo seguiremos oscilando?, preguntó.

Casi me ponía a desgranar sobre su bello rostro mis teorías sobre la desestabilizada balanza que impera en los tiempos de una revolución, como lo había hecho durante la guerrilla. Pero no ansiaba convencerla a ella, sino a mí mismo. Ella ya había sido convencida y hasta se volvió fanática. Ninguno de los dos renunciaría a la certeza de que la lucha armada iba a parir una sociedad más justa, como lo profetizó Marx y de algún modo lo confirmó Nietzsche. Pero Marx desembocó en Stalin y Nietzsche fue el icono de los nazis. La violencia y el esfuerzo prometeico cocinaban un sendero letal.

Carmela parecía bien encaminada en sus investigaciones. A su consultorio llegaban también pacientes extranjeros y ya no daba abasto con tanta gente. Lo comprendió el ministro de Salud, quien optó por indicarle que diese prioridad a los extranjeros. ¿Los extranjeros? Por solidaridad internacional, respondió el ministro. Pero no son extranjeros del campo socialista. No importa, la solidaridad va más allá de las fronteras. ¿Dejaré de atender cubanos que esperan meses para dedicarme a extranjeros recién venidos? Así es. No me parece justo. Carmela, no digas que no es justo. ¿Por qué? Porque hay razones superiores. Perdona, pero no las conozco. Los extranjeros pagan en dólares... Entonces se trata de un cálculo capitalista, contrarrevolucionario. Son dólares que precisa la Revolución, dijo golpeándole la frente con pícaros dedos.

Le confirieron galardones e hicieron viajar a congresos de medicina, pero con la advertencia de no revelar el secreto de los trasplantes. En el poco tiempo que nos quedaba para hablar, porque Carmela regresaba cada vez más tarde y se iba al amanecer, nos asperjábamos gotas de desilusión. Los trasplantes se mostraban promisorios, pero aún no conseguían resultados significativos. Era necesario proseguir los experimentos con animales y obtener más información de la genética y la neuroquímica. Debería interrumpir estas operaciones, pero no me dejan, me confesó nerviosa. Cómo que no te dejan. No me dejan, Ignacio, aportan dólares. Insinuás que hay... ¿engaño? Algo así.

Acaricié la baranda como si fuese el tierno lomo de un animalito. Olfateé la tempestad que se nos venía. El Comandante se había entusiasmado con los trabajos de Carmela como antes lo había hecho con la zafra de los diez millones. Decirle que no era condenarse a la cicuta. Ella recibió mi pensamiento sin que yo moviese los labios y asintió preocupada: Por eso estoy aguantando, dijo. ¿Cuánto tiempo más?, pregunté a las estrellas.

Se iba a inaugurar un congreso médico internacional y Carmela decidió presentar el fruto de sus investigaciones sin mencionar los trasplantes. Consideraba que de esa forma consolidaría su prestigio y podría regresar al carril normal, sin colisión con el Jefe Máximo. Para evitar sorpresas informó al ministro de Salud que a partir de ese día interrumpía los trasplantes. El ministro pensó que le hacía un chiste, pero su risa se transformó en mueca al comprender que esa mujer había perdido la sensatez. Quiso disuadirla con un rosario de argumentos y después pasó a la amenaza. Antes de despedirla, el extenuado ministro preguntó si su postura era inapelable. Sí, inapelable. Preguntó entonces si podía transmitirla al Comandante. Ella lo miró confiada: Por supuesto.

La mañana del congreso se permitió dormir un poco más y yo me fui a la Biblioteca luego de besarla y desearle éxito. Carmela abrochó a su solapa la credencial tricolor y cargó su portafolio con los materiales a presentar. Enfiló contenta hacia el edificio, pero cuando llegó a la puerta fue detenida por un guardián. La molestó ese freno, aunque sospechó de inmediato que era un hombre preparado sólo para ella, como el guardián de Kafka. Tenía ojos de hierro, extendió su mano hacia la solapa de Carmela y palpó la vistosa credencial. No puedes entrar, recitó frío. Ella dijo que era un error, porque la esperaban para leer uno de los relatos oficiales. El autómata replicó que no estaba en la lista de los oradores. Carmela abrió enojada su portafolio y le mostró el folleto impreso, dentro de cuyas páginas figuraba su nombre, Carmela Vasconcelos, con referencias honoríficas y horarios de exposición. El guardia arguyó que ese folleto era falso. Carmela se puso roja: ¡¿Falso?! El guardián llamó a un par de mujeres para que lo ayudasen. Una de ellas ladró: Te vas enseguida, compañera. ¡Cómo, por qué! Porque tu nombre y tus presentaciones han sido borrados de la nueva edición del programa. Las miró perpleja y le entregaron la flamante reimpresión.

Revolvió las páginas, era un folleto idéntico al que tenía, pero sin su nombre ni contribuciones. Balbuceó: Está mal, se equivocaron, deben avisar que se equivocaron. ¿Avisar? ¡Márchate!, ordenó el guardián. Los congresistas preguntarán por mí, se resistió Carmela. Nadie preguntará por ti y, si lo hacen, no es asunto tuyo, sonrió la segunda mujer. Ustedes me faltan el respeto. ¿Que te faltamos el respeto?, intervino la primera mientras hundía su índice sobre el esternón de Carmela, empujándola. ¿No lo sabías, compañera? —agregó la segunda—, ¡acabas de morir!

Tuvo que apoyarse en la pared mientras resbalaba de su mano el portafolio lleno de diapositivas. Cosas pavorosas habían sucedido en la época de Stalin, cuando la Enciclopedia Soviética determinaba cada año quién era importante y quién había dejado de serlo, quién merecía veneración y quién desaparecía del mundo. Pero esas arbitrariedades correspondían a la prehistoria de la accidentada marcha socialista, no a la Revolución cubana, *mi* Revolución.

Mientras se alejaba se acusó de haber procedido con estúpida arrogancia. La arrogancia que nunca debe permitirse un revolucionario ante sus superiores. Por esa arrogancia idiota cancelaba su carrera y tal vez su vida. Se arrastró con los tobillos inseguros y evocaba con obsesión malsana las operaciones a los extranjeros que dejaban dólares por una semiestafa. Sólo imaginarse la reanudación de esas estériles operaciones casi la hizo rodar a la calzada. Se detuvo, giró y miró hacia el alto edificio. Colgaban delante de sus columnas los afiches monumentales que conocía de memoria porque a varios los había diseñado ella. ¿Qué opinarían los que esperaban su diserta-ción? Con menguadas fuerzas retornó a la entrada. Sus párpa-dos vencidos miraron al guardián de metal y las despectivas mujeres. Les pidió que anunciaran al ministro de Salud su presencia. La mujer del expulsivo dedo índice repitió el gesto mientras el guardián exclamaba de nuevo: ¡Márchate!

Se arrastró por la calle. No había escapatoria. La habían masacrado. Quedaba excluida de las listas que derraman satisfacción y poder, incluidas las invitaciones a los actos ofi-ciales, los viajes al exterior, la posición destacada en los encuentros científicos y la respuesta inmediata a requerimien-tos laborales o de confort hogareño.

El sol la cegaba como lámpara de interrogatorio. El miedo y las dudas le quemaban las meninges. Se resistía, igual que yo, a reconocer que en la Revolución se cometían arbitrarieda-des. Pero esta arbitrariedad concreta le fracturaba la autoes-tima como nunca antes.

Tardó horas en llegar al departamento.

No me encontró en casa. Tampoco iba a cometer el error de llamarme a la Biblioteca. Hasta ese momento habíamos dependido de su posición excepcional que, al perderse, nos dejaba colgados del fino hilo que era mi jaula transitoria.

37

Otro discípulo de Eneas Sarmiento asumió la jefatura del servicio de neurocirugía. Carmela fue citada por el director del hospital para informarle que seguiría en el servicio, pero bajo las órdenes del nuevo jefe, a quien debía entregar los informes, las estadísticas y los archivos de su trabajo. Carmela estuvo a punto de decirle que eso era rapiña. No obstante, se sometió: devastada, se desprendió de papeles, carpetas, filmes y diapositivas que consideraba un tesoro privado.

A medianoche la llamaron de urgencia para atender a un hombre que habían rescatado en el mar. Estaba casi muerto, con balas en el estómago, heridas en los ojos y la mano izquierda semiamputada, con una ligadura en el antebrazo. Ordenó una transfusión mientras se preguntaba por qué lo habían traído a neurocirugía si no registraba lesiones del cerebro ni de las vértebras. Porque en los servicios de cirugía general y de traumatología están operando a otros, le respondieron. Mandó buscar a los familiares del paciente, basándose en la documentación que encontraron en los bolsillos empapados, pero los familiares se negaron a presentarse. Carmela imaginó la causa, no era la primera vez que sucedía: el hombre había intentado huir de la isla, su nave resultó atrapada, varios se ahogaron y los sobrevivientes fueron traídos al hospital. Los familiares que eligieron permanecer en Cuba sabían de su mal futuro si revelaban simpatía por esas víctimas políticamente despreciables.

A la mañana el enfermo había sido trasladado. También los que habían ingresado en las otras dependencias del hospital por una razón que se consideró lógica: No se justificaba gastar los recursos de la Revolución en desertores comemierda. ¿Adónde los llevaron? Adonde deben estar: la cárcel. Pero, ¿quién los cuidará? ¡Que se pudran!

Como esperábamos, llegó una orden para que abandonásemos nuestro confortable departamento. Fuimos al que nos asignaron de lástima, provisto de un solo dormitorio, una pieza estrecha para guardar libros y un espacio central que serviría de comedor. Era oscuro y maloliente, escondido en el fondo de un pasillo descascarado. Mudamos lo esencial y el resto lo donamos a una iglesia cercana para ser distribuido entre los marginales que la rodeaban. Nuestro tema recurrente, incluso durante la mudanza, fue el bote hundido por la Armada. Supimos que el hombre atendido en el servicio de Carmela había sido el responsable de la catástrofe: se había empeñado en rescatar a un compañero que cayó al mar y demoró la huida. En aguas internacionales fueron descubiertos por una torpedera que se les acercó a gran velocidad. La balsa trató de esquivarla entre el revoltijo de las olas. Un grueso disparo dio en el motor y lo hizo estallar. Otros proyectiles alcanzaron la pierna de un viajero y el hombro de una mujer. El fuego se extendía al resto del bote. El hombre que atendió Carmela había arrojado una granada contra el torpedero, pero la agitación del mar le impidió dar en el blanco. La enfurecida respuesta lo devastó. El gobierno quiso convertir esa tragedia en escarmiento y le dio publicidad. Los sobrevivientes fueron condenados a treinta años de cárcel. Intervinieron instituciones humanitarias de diversos países para conseguir su libertad. Pero nada, como de costumbre.

Me gustaría viajar de nuevo a la Argentina, dije a Carmela, me entusiasma el fin de la dictadura militar. Estaba por asumir el gobierno encabezado por Raúl Alfonsín y la gente vivía una fiesta, como había ocurrido en Cuba cuando huyó Batista y asumió Fidel. Pero esta vez no me iban a dejar ir, porque sonaba a concesión de privilegio. Yo era un condenado y Carmela una científica repudiada. El domingo despertamos juntos y, como si fuese un cuento de Borges, advertimos que soñamos la misma historia. Se debía a que durante la cena volvimos a mencionar el reciente naufragio. Nuestros sueños diferían por el estado del mar, tranquilo en la mente de Carmela, tormentoso en la mía. Pero en ambos el bote llegaba a las luces de otro país. Si de veras los sueños expresan deseos, mi deseo mayor en este momento es viajar a Buenos Aires, ¿y el tuyo, Carmela?

Empezamos a frecuentar un tema que habíamos odiado: salir de Cuba. Existían tres rutas, una legal y dos ilegales. A la legal sólo podían acceder quienes gozaban de la confianza del régimen y no tenía otro costo que una granítica obsecuencia con la Revolución (es decir, con Fidel, ya me animaba a pensar). Las ilegales diferían por el dinero. Si uno contaba con ocho o diez mil dólares podía subir (clandestinamente, por supuesto) a una lancha rápida llamada "cigarreta" que en siete horas lo depositaba cerca de Miami. En cambio, si sólo disponía de quinientos dólares, el asunto era más difícil porque había que comprar o fabricar una embarcación menos segura. Nosotros no teníamos ocho mil dólares ni en moneda falsa, tampoco familiares o amigos en condiciones de regalarnos esa suma. ¿Nos arriesgaríamos a una balsa o un bote que podía enviarnos a los tiburones? Descartamos el proyecto, pero seguimos hablando de él.

Efraín Barrero iba seguido al hospital, donde su padre había sido operado de una hemorragia cerebral. Carmela lo atendía devota y expresaba su disgusto por la carencia de antibióticos, algunos de los cuales obtenía bajo cuerda en la sección destinada a pacientes extranjeros. Efraín había empezado a trabajar por su cuenta en la electricidad de los carros y decía que cuando su padre se curase se irían a otro lugar. ¿Qué lugar? No contestaba, pero Carmela advirtió que se refería a otro país, porque lo había afectado la denuncia del Comité local de Defensa de la Revolución. Lo habían sometido a un interrogatorio agobiante debido a que trabajar por cuenta propia se consideraba contrarrevolucionario. Le ordenaron que se incorporase a una empresa estatal. ¡Pero no necesitan electricistas de carros!, se defendió Efraín. Entonces cortarás caña o recogerás basura o harás cualquier otra tarea productiva. Lo llevaron al puerto como estibador. Pese al cansancio que le producía cargar bolsas, de mañana temprano, y luego de desayunar un vaso de agua con azúcar, siguió arreglando carros porque le significaban ganancia en dinero contante y sonante. ¿Para qué necesitas el dinero?, preguntaba Carmela. Ya te dije, para irme con papá.

Efraín, enterado de que su doctorcita había caído en desgracia, empezó a confiarle secretos. ¿No te puedes conseguir quinientos dólares?, le preguntó con un guiño. Ella sabía que esa cifra redonda se vinculaba al viaje. Efraín agregó: Supongo que también quieres mudarte. No sé..., ella encogió los hombros con dudas, con temor. Quieres, pero no te animas, susurró Efraín. Es peligroso, replicó Carmela en voz más baja aún. Mira, lo más peligroso está aquí, en los espías, las delaciones, los falsos amigos; cuando te subes, ya pasaste. Más o menos, replicó ella en forma casi inaudible, están los tiburones y la Armada. La Armada es peor que los tiburones, replicó Efraín, pero se la puede esquivar calculando bien los horarios. ¿Cómo es eso? Te explico, pero vamos a aquel rincón, es más seguro.

Efraín es un experto, me aseguró Carmela. Inteligente y perceptivo, hace rato que averigua en forma hábil desde su secreto taller y consiguió vincularse con una red confiable, cuyos miembros están decididos a irse de Cuba o a facilitar las distintas etapas del operativo. ¿Vos creés todo lo que te dice? ¿Por qué no?, me ha contado que hace diez días salió un grupo con el que fue una prima suya y han llegado bien. ¿De dónde partieron? De un minúsculo puerto de pescadores en una bahía al norte de Villa Clara. ¿Cómo sabe Efraín que les fue fácil? No dijo que les fue fácil, sino que llegaron bien; al partir los intentó atrapar la Guardia Costera, pero sus barcos no tenían gasolina. ¿Cuántos iban? Trece personas, por lo general son trece personas por lancha, pagan diez personas y tres van gratis. La solidaridad revolucionaria..., bromeé. Contrarrevolucionaria, me corrigió.

Temíamos dar el paso. El padre de Efraín mejoraba y pronto embarcaría con su hijo. Carmela estaba inquieta, por

253

un lado anhelaba trepar a esa aventura y, por el otro, se sentía una traidora que pretendía volver a la frivolidad burguesa de su juventud: Nuestros sacrificios fueron inútiles, dijo, mi metamorfosis fue ficticia; ¿cómo es posible que después de haber invertido en esta epopeya lo mejor de la vida huyamos como ratas? ¿Qué habríamos pensado de nosotros mismos si en Sierra Maestra nos hubieran anunciado que haríamos trizas tanto esfuerzo en una sola noche de fuga?

La correspondencia con Lucas aumentó en frecuencia, aunque poco en información. Él escribía sobre su labor profesional y su activismo en favor de los marginados. Debido a las obligatorias elipsis, al principio pensamos que luchaba por las poblaciones indígenas. Era un ingenuo error, porque en realidad Lucas se arriesgaba por los derechos de los homosexuales, asunto que le hubiera significado una duplicación de su condena en Cuba. De esa forma proseguía su específica guerra por la libertad. No era fácil expresarle que Carmela y yo también decidimos luchar por nuestra libertad personal, que nos habíamos cansado de vivir como ciudadanos indignos. Cada sílaba, cada palabra debía ser evaluada con prudencia para que la censura no cortase de raíz nuestro intercambio epistolar, el único vínculo que nos quedaba con el exterior. Una página llevaba el tiempo de quince o veinte. Pero el ingenio permitió hacerle saber, de forma indirecta, con más vueltas que un arabesco, sobre nuestro dramático cambio de actitud y el deseo de abandonar Cuba.

No podíamos llegar a los mil dólares ni vendiendo efectos personales a los turistas. No importa, señaló Efraín, hay buena gente que les prestará lo que falta y se lo devolverán desde el exterior. ¿Por qué no se van ellos? Por miedo, pero se consuelan ayudando; son lo mejor de la nación cubana.

Me decidí antes que Carmela. Lo nuestro no es traición ni cobardía, le dije, sino lucha por la libertad, la tuya y la mía. Cuba se ha convertido en una enorme cárcel, asintió ella con voz quebrada. La cárcel que nos construyó Fidel, añadí, para darle el gusto a su omnipotencia, no para una genuina revolución socialista ni la felicidad de los cubanos. Fidel me ha cansado con sus discursos en los que asegura que trabaja para nuestra felicidad colectiva; la felicidad no se impone, sólo se impone la infelicidad, y es lo que él ha hecho.

Carmela me miró fijo, nunca nos habíamos atrevido a expresarnos así. ¡Tus ojos color de miel!, exclamó arrobada. Nos abrazamos y sentimos el alivio de haber, por fin, cruzado el Rubicón.

38

Hacia la media tarde pasamos a buscar a Efraín en mi auto para ensayar el operativo. Había detalles que debíamos memorizar. Mientras viajábamos hacia los pueblitos de la costa nos explicó que dos personas coordinaban los pormenores. Eran individuos de mediana edad que no se querían ir de Cuba para no abandonar su familia, pero ganaban buen dinero con este trabajo clandestino. Compraban la embarcación en un sitio lejano al de la partida, o se ocupaban de acondicionar balsas en desuso con un motor de camión. No decían la fecha precisa del viaje ni tampoco el lugar de la partida hasta poco antes, porque dependía de varios factores y, además, había que evitar las filtraciones que se producen en la conmoción de las despedidas. Nunca todos los viajeros debían concentrarse para evitar sospechas. En forma parcial la gente se reunía con alguno de los expertos. Le dijeron que conocían a Carmela y a mí, de modo que no hacía falta vernos previamente, sino saber dónde nos pasarían a recoger. Unos kilómetros al este de La Habana Efraín me indicó ingresar en un sendero de tierra. Recuérdalo, dijo. Era el abandonado acceso de unas aldeas de pescadores que ahora se comunicaban por otro camino mejor. Tuve que bajar la velocidad por los pozos y ramas caídas que dificultaban el avance. Pasamos una parada de guagua en ruinas.

—Ahí esperará Carmela —señaló Efraín—. Tú, Ignacio, más adelante, detrás de esos arbustos grandes. Avanza otro poco y regresemos, que parezca que nos hemos equivocado, por las dudas.

—Aquí no nos ha visto ni Dios —dije.

—La Seguridad del Estado ve más que Dios.

Nos instruyó sobre los víveres que debíamos traer, en especial mucha agua. Algunas travesías se demoran más de la cuenta, hay que estar preparados. Y no impacientarse hasta que llegue la señal, pero cuando llegue, nada de demoras. El coordinador les dirá estas palabras: Se montan o se quedan.

En casa contemplamos los muebles, los amistosos libros y otros objetos de valor afectivo. Nos entristecía abandonarlos. Eran cosas queridas pero inservibles, como las que se dejaban en la tumba de un faraón que permanecerá clausurada hasta que irrumpan los depredadores. Elegimos el calzado y la ropa que usaríamos para soportar el frío del mar. Acopiamos víveres y botellas de agua en un rincón de la cocina.

Yo regresaba de la Biblioteca cuando se me acercó un negro alto, de huesudas mejillas. Con voz cavernosa susurró a mi oído: Te montas o te quedas. Lo miré sobresaltado, no suponía que iba a suceder tan pronto. Descendía la noche y penetré en los corredores malolientes de mi edifico en busca de Carmela, pero no había llegado aún. La llamé al hospital y me limité a decirle: ¿Venís a cenar? Entendió, porque percibí su sorprendida respiración continuada por el escueto: Sí, querido.

Guardé en el auto las botellas y los bolsos con víveres. Me sentía ansioso y excitado, iba hacia un peligro evidente, pero que llevaba a la libertad. Cuando entró Carmela nos cambiamos la ropa y viajamos hacia el intransitado sendero que nos había indicado Efraín. Yo podía suponer que nos controlaban miles de ojos, pero barrios enteros ingresaban en el abismo del corte de luz programado para ese día. La ruta se iluminaba con los faroles de los vehículos, y los vehículos disminuían a medida que nos internábamos en el campo. Antes de llegar al punto donde debía girar apagué del todo las luces y avancé con cautela, apenas orientado por la luna.

Pegué mi pecho al volante y mi cabeza al parabrisas, así lograba distinguir algo. Cerca de la parada, que identifiqué mediante un parpadeo del farol, salí del sendero quebrando ramas secas y me introduje entre los arbustos que rayaban la carrocería hasta encontrar la suave hondonada que había visto durante el ensayo y a la que bajé con el pie sobre el freno. Cubrimos nuestro auto con ramas para que tardasen en descubrirlo. Fuimos luego hacia la parada de buses y Carmela se escondió en la vegetación. Le di un beso largo. Después caminé hacia los arbustos que me esperaban más adelante. Ambos teníamos acelerado el pulso por la extrañeza de haber vuelto a los años de la Sierra. El fuerte olor del campo abierto y el firmamento encendido furiosamente de estrellas eran los mismos que gozamos durante la lucha contra Batista.

A las diez y cuarto tenía que arribar una suerte de taxi con las luces apagadas. Escuchábamos el estrépito de las cigarras y un croar distante. Las luciérnagas trazaban líneas en la furriginosa tela del aire y por momentos parecían marcar el contorno de los arbustos. Me asaltó la inquietud de que quizás alguien hubiera soplado y terminásemos entre los esbirros. No podía ver a Carmela, ni siquiera el esqueleto de la parada. Arranqué un tallo de hierba y empecé a mordisquear su sabor amargo. El ronroneo de un motor me paró las orejas. El ruido crecía y un fugaz guiño cerca de la parada estaba destinado a Carmela. Escuché el cuidadoso cierre de una puerta. El auto avanzó hacia mí y otro guiño marcó su posición. Corrí hacia el bulto que me abría la puerta trasera. El interior estaba lleno y me acomodé con suaves empujones. ¿Carmela? Sí, estoy aquí, contestó desde el asiento de adelante. ¿Efraín? No pudo venir ahora, respondió el conductor, decidió viajar dentro de unas semanas con su padre, que empeoró. Qué lástima, suspiró Carmela.

—Hace cincuenta minutos que se cortó la luz, tal como nos habían informado —explicó el chofer para infundirnos tranquilidad—. Así que disponen de cinco horas para llegar al yate, sin apuro.

El corte de luz era decisivo. Se la cortaba por barrios, alternativamente, durante seis horas. Por lo general se sabía en qué barrios y a qué hora, pero no siempre se cumplía el programa. Los cortes en ocasiones se extendían por casi toda la isla al mismo tiempo. Esa carencia de luz era una bendición para los que, como nosotros, se arriesgaban a huir en medio de la noche.

El auto era amplio y desvencijado. Por las ventanillas sin vidrios entraba el salitroso aroma del mar. Frenó en un sitio que me parecía igual a los demás, todos hundidos en un colosal agujero negro. ¿Dices que llegamos?, ¿adónde llegamos? La oscuridad era impenetrable y el conductor habría manejado de memoria. Sí, llegamos, bajen, dijo.

Me acerqué a Carmela por tacto. Sólo podíamos saber dónde estaba el mar por el rumor de las olas y la brisa que nos frotaba la cara. Tenemos que caminar para alejarnos del pueblo, indicó el conductor. ¿Dónde está el pueblo? Ahí nomás, a la derecha. Miramos y tal vez percibimos la oscilación de una vela. Pisamos lentos matorrales, médanos, inesperadas raíces. Era duro caminar en esas condiciones, la mirada puesta en la borrosa espalda del que precedía. Las olas de la playa aumentaban su volumen, como dándonos la bienvenida. Nuestro guía dijo que ya estábamos cerca.

Casi chocamos con el resto de la gente traída por otro conductor. Pero había que esperar la llegada del bote. ¿Cómo?, protestó Carmela, ¿viajaremos en bote? En bote a remo, le contestaron. ¿Qué dices? ¡No estoy para bromas! Tranquila: irán a remo hasta la isla de enfrente, allí los espera un yate con motor nuevo. ¿Por qué no subimos al yate aquí?, cuestionó. ¿Me quieres enseñar, mujer? replicó el hombre, el motor de la lancha podría despertar a la guardia costera, ¿eso quieres?

Percibimos un movimiento junto al agua. ¡Que la mitad suba a este bote y la otra mitad en el que viene!, ordenó el hombre. Nos metimos en el agua sin quitarnos los calzados y trepamos al bote que tenía dos pares de remos. Acomodamos los víveres y las botellas de agua. El coordinador entregó una caja con medicinas. ¡Buena suerte!, saludó aliviado mientras nos empujaba hacia el mar. Los remos empezaron a trabajar firme, el aire rudo insuflaba energía. Había que guiarse por una brújula que mirábamos con una linterna. Nos íbamos alternando para remar con la mayor velocidad, tanto hombres como mujeres. Nos dirigía un pescador del lugar, que traería el bote de regreso para futuros servicios. Las olas rolaban fraternas, limitadas por el collar de islas. El corte de luz seguía firme en toda la zona, lo cual era un calmante para nuestro temor. Nos llevó casi una hora y media cubrir el trayecto hasta la isla. Bajamos en una playa desierta y fuimos en busca del yate.

Una unidad de los guardacostas ya lo había capturado y nos esperaba con las armas listas. Nos saludaron a tiros. Dimos media vuelta y corrimos por la arena erizados de pánico. Carmela tropezó, la levanté, dijo no es nada, recordé cuando se esguinzó en la Sierra, y casi sin aliento alcanzamos los botes. La oscuridad nos brindaba su amparo, que no era total por desgracia. Trepamos pisoteándonos y el pescador nos ordenó hundir los cuerpos en el fondo para evitar los proyectiles. Algunas balas perforaron los costados y empezaron a entrar delgados chorros de agua. Es lo único que nos faltaba, maldije. Pero los soldados prefirieron regresar al yate con motor nuevo, que era un botín más valioso que un grupo de traidores. Los agujeros hechos al bote se convirtieron en grifos que intentamos tapar con ropa mientras otros brazos remaban con desesperación. ¿Vamos de regreso?, preguntó una mujer. Claro, le contestaron, no hay otro camino. Ojalá que no nos esperen también allí.

Desembarcamos al comenzar el alba. Mojados, cargando bultos, con una caja de herramientas y otra de medicinas al hombro. Tratamos de regresar al sendero por donde nos había traído el conductor. Si nos descubrían estábamos liquidados. Carmela me tocó el brazo, miré y vi a unos pescadores preparando sus redes. Seguimos la pesada marcha sin modificar el ritmo, era una forma de decirles que no habíamos cometido crimen alguno, que no nos denunciaran. Uno de ellos levantó la mano. ¡Nos saluda!, exclamé. Debe imaginarse lo que nos ha pasado, opinó Carmela. Sí, estoy seguro, agregó el pescador que nos acompañaba, pero uno de ustedes habló, se le escapó algo.

39

Encontramos nuestro acurrucado auto, le quitamos el follaje y volvimos lentamente a la capital. El sol estaba alto y nuestra ropa sucia, pero seca. El justificativo de un cólico renal en mi caso y de un ataque de presión en el de Carmela fue creído, no éramos los únicos que de cuando en cuando faltaban al trabajo por un trastorno pasajero. Alguno de los que planificaron nuestra huida debía haber caído preso, con seguridad, porque el yate era un dato consistente. Los intentos de fuga, sin embargo, ocurrían con más frecuencia de lo que se informaba; la mayoría de los caseríos de pescadores sabían que de noche renovados espectros se lanzaban al mar. No era posible dar con todos, por eso muchos conseguían esquivar la vigilancia y llegar salvos a destino. No obstante, bordeábamos la paranoia, convencidos de que nos miraban y nos seguían en la Biblioteca, el hospital o la calle. El mínimo ruido nos hacía saltar. No era fácil entender que la mala suerte del viaje hubiese sido compensada por la buena suerte de haber pasado desapercibidos.

La rutina nos tranquilizó. Un hombre de abundante cabellera blanca y gruesos anteojos de carey se presentó como Luciano Vasconcelos y nos pidió que saliéramos a la calle donde estaba su auto con un paquete de libros que no podía subir solo. Entendimos que lo mandaba Lucas. En efecto, su cabello era una peluca y sus anteojos no tenían corrección. En su auto había un paquete pesado con libros de la Casa de las Américas, los únicos que daban tranquilidad a los funcionarios locales. No me llamo Luciano ni Vasconcelos, dijo cuando se estimó libre de micófonos, y mejor que no sepan mi verdadero nombre por si son forzados a confesar. Trabajo en la embajada de México y en mi país me buscó tu hermano, agregó dirigiéndose a Carmela, para pedirme que te transmitiese su decisión de venir a Cuba para sacarlos de aquí. ¿Eso dijo?, reaccionó ella, ¡es un disparate! Terminará detenido y lo mandarán al paredón, dije por mi parte. Somos amigos, añadió el diplomático, me desagradan las tiranías de cualquier color y me limito a ser un fiel mensajero. ¿Cómo podrá entrar en Cuba sin que lo detengan?, pregunté. Él obtuvo hace poco la ciudadanía mexicana, contestó, y se presentará con su nuevo pasaporte. ¿Es suficiente? Para la Seguridad del Estado nada es suficiente, pero todavía Lucas no se ha quitado el fuego heroico de Sierra Maestra y desea cumplir otra hazaña. ¡Otro sueño! protesté, decile que está loco.

Carmela volvió a hablar con Efraín. Su padre había empeorado, en efecto, por falta de antibióticos y murió a fines de diciembre. El muchacho estaba deprimido y atribuía su fallecimiento a la negligencia médica. Carmela, que no lo había operado, insistió que la cirugía fue correcta y exitosa, pero la asepsia de los sectores dedicados a los cubanos no era tan buena como la brindada a los extranjeros. Por eso apareció la infección y se necesitó reabrir la craneotomía. Si sus defensas hubieran sido más fuertes habría sobrevivido, los médicos hicieron todo lo que estaba a su alcance. Efraín no lo aceptaba, era una forma de protesta, quizás. Dijo que si estábamos dispuestos a repetir el riesgo, en el próximo viaje nos acompañaría. Le contestamos que sí, nuestra determinación era más sólida que nunca. Entre estar muertos en Cuba o morir en el mar, no había mucha diferencia.

El nuevo ensayo nos llevó a otro sitio de la costa, más distante que el anterior. Efraín dijo que nuestros coordinadores no fueron detenidos porque habían contratado el yate a través de un tercero que a su vez lo contrató a un oficial del ejército cercano a Raúl Castro quien, por consiguiente, gozaba de impunidad en sus negocios.

Entramos en otro camino de tierra y memorizamos los sitios donde nos recogerían. Me asombró que estuviesen cerca de un puerto de pescadores bastante poblado. ¿No es peligroso? Me dijeron que al revés, contestó Efraín, que este sitio nos da ventajas, porque la cantidad de gente disimulará nuestra presencia, y porque abundan los manglares acuáticos donde los guardacostas no se animan a meterse por miedo a encallar. Pero los habitantes podrían denunciarnos, reflexionó Carmela. No, casi nunca lo hacen, tienen lástima de los que se arrojan al mar por desesperación.

Volvimos a acopiar víveres y botellas de agua. Estábamos atentos a los programas de cortes de luz, porque en uno de esos cortes debíamos volver a jugar nuestro destino. En la calle se me acercó el negro huesudo para susurrar las estremecedoras palabras, le pregunté su nombre y dijo: No lo revelarás ni muerto, me llamo Nicodemo Márquez. A las nueve y media de la noche, con el recelo de que quizá las cosas terminasen peor que la vez pasada, subimos a mi auto y fuimos hacia la costa.

El lugar era diferente, pero la noche igual de cerrada, con un masivo corte de luz en la isla. Saqué el auto del camino, busqué otra hondonada protectora y lo cubrimos con más ramas, por si tuviésemos que usarlo nuevamente. Mientras completábamos la tarea me dije que era demasiado optimista si creía que otro fracaso terminaría de la misma forma que la otra vez, con un regreso sin gloria, pero vivos. Eran pensamientos que acudían para alejar el soplo de la Muerte que no dejaba de acosarme.

Acompañé a Carmela hasta su escondite, yo caminé otro poco hasta el mío. El olor de la noche y el cielo estrellado repetían la escenografía de la otra vez. También el ronroneo del auto que se acercaba con los faroles apagados. Hubo un guiño, cierre de puerta, más ronroneo, bulto casi encima, puerta trasera que se abría, yo ingresé al auto. Lo sentí casi vacío. ¿Carmela? Estoy aquí, contestó desde el otro extremo del asiento. Faltan dos personas, comentó el chofer, no todo el mundo se despide rápido, era peligroso esperarlos.

Avanzamos hacia el pueblo y el auto se detuvo. Bajemos, ordenó el chofer. Cargamos los bolsos y las botellas de agua. Lo seguimos pisándole los talones porque habíamos ingresado en la aldea y podíamos chocar las narices contra una pared. Me di cuenta de que el coordinador acariciaba el muro de una casa en busca de la puerta. Después le dio tres golpes seguidos. Escuché pasos y el crujido de las bisagras. Adentro oscilaba una vela que iluminó a nuestro grupo, invitado a entrar en silencio. Encontramos a otros viajeros con bolsas y botellas. A un costado colgaba una foto que me sobresaltó: era la de un militar. El dueño de casa estaba a mi lado y se dio cuenta de mi sorpresa. Apuntó hacia su pecho: Soy yo, diez años atrás. Después se dirigió al conductor: Los otros ya esperan afuera. Bueno, contestó, entonces ¡vamos!

Nos llevó hacia el extremo trasero de la vivienda, que daba al mar. Nos sacudió la brisa marina de enero. Fuimos hasta un grupo de personas que formaban un semicírculo cerca de los botes. El dueño de la casa indicó cuál era el nuestro. Ahora no tendríamos que remar hasta otra isla, sino que embarcaríamos en la única y definitiva nave comprada para esta ocasión. Le calculé unos doce metros de largo, con un techo a la mitad sostenido por cuatro columnas de madera. Vi el motor en la popa. No lo pondrán en marcha hasta que se alejen, advirtió el hombre. Es un motor pequeño, me quejé. Es lo único que conseguimos para cruzar sin problemas los manglares, respondió. Carmela apretó mi mano: Iremos igual. No hay salvavidas, advertí. ¿Crees que esto es un crucero de lujo?, protestó el coordinador. Pero sin salvavidas nos arriesgamos a… Iremos de cualquier forma, insistió Carmela. Sólo conseguí tres neumáticos viejos, se excusó el coordinador, porque cuestan una fortuna. Tres para diez personas... es un suicidio. ¡Vamos!, insistió Carmela.

Entramos en el agua para llegar al barquito. Pisamos piedras cubiertas de algas cuidando de no resbalar. Algunos sostenían la embarcación mientras otros subían. Nos acomodamos sobre los tablones transversales que oficiaban de asientos. Cuando se ubicó el último advertimos que no sobraba espacio, menos mal que todo el viaje duraría doce horas a lo sumo.

Ya eran las tres de la madrugada, estaba frío y había que partir enseguida. Aferramos los remos mientras desde las piedras nos empujaban para darnos el impulso inicial. Avanzamos por uno de los angostos canales que existían en ese bosque submarino de manglares cuyas fuertes y gruesas ramificaciones llegaban casi hasta la superficie. En un momento dado el pescador bajó al agua y, caminando sobre los manglares, dirigió la embarcación hacia la ruta que llevaba al mar abierto. A nuestro alrededor seguía la protectora oscuridad, seguía el apagón, seguía la ausencia de faroles guardacosteros, seguía la angustiante expectativa de obtener la libertad. El viento era blando, pero sus agujas atravesaban las mejillas. Me levanté las solapas y me puse un gorro tejido. También le subí las solapas a Carmela, que iba delante de mí.

Los remos golpeaban con buen ritmo y nos alejamos de la costa. De pronto me sorprendió que alguien se arrojase al agua. ¿Qué pasa?, se inquietó un viajero. Es el pescador que nos trajo hasta aquí y regresa nadando. Ya pagamos por su trabajo, dijo otro. Claro que sí, y lo merece. Ahora encenderé el motor, anunció una voz desde la popa. Es un fugitivo como todos nosotros, me aclaró el compañero sentado a mi izquierda, que además tiene experiencia en motores.

Lo hizo arrancar en un instante, parecía de buena calidad. El timonel encendió una linterna, miró la brújula y su carta de navegación. La precaria carabela de la libertad empezó a correr. No pude refrenar mi alegría y le apreté los hombros a Carmela: ¡Volamos, querida, volamos!

El viento se tornó intenso y deslizamos el cuerpo hacia abajo para protegernos mejor. Nos salpicaban las gotas salobres, una mínima protesta del mar cortado por el cuchillo de la proa. La felicidad aumentó al desplegarse el amanecer y darnos cuenta de que ya no había tierra ni barco alguno. Estábamos solos en el estrecho que separa Cuba de Florida. Nos rodeaba un azul parejo. Eramos los únicos seres vivos en la inmensidad. Decidimos beber agua y comer algo mientras la proa tajaba vigorosa hacia adelante. Soñé con mi Argentina a la que abandoné para ir a Sierra Maestra, que sufrió dictaduras y muertes, y que en ese momento se desperezaba con la recuperación de la democracia.

Al mediodía se nos paralizó la sangre porque el motor empezó a boquear. Sus ruidos de ahogo sonaron a carcajada de los tiburones. El mecánico maniobró con energía para devolverle la potencia, golpeó, gritó a la máquina y hasta le dio patadas. El motor, cada vez más ahogado, murió por completo. ¿Qué hacer? No teníamos otro, fue una cochinada no habernos provisto de un motor mejor. Para colmo, el cielo se encapotaba con una de esas frecuentes tormentas de invierno que asaltan sin aviso. Varios empezaron a remar, yo me ofrecí para reemplazar al primero que se cansara. ¡Tenemos que remar! ¡No podemos quedarnos aquí para siempre! ¡¿Dónde está la brújula?! ¡Enfilemos hacia el norte, hacia el norte!

Retumbaron relámpagos en la rabiosa cavidad del cielo. Los rayos se convulsionaban en busca de nuestro navío. Gotas grandes como uvas rebotaron en el mar y enseguida sobre nuestras cabezas. Pronto se transformaron en aguacero. Las olas se inflaron. ¡Sigamos con los remos! ¡Sigamos hacia el norte! ¡El viento nos ayudará!

Por suerte en pocos minutos cesó la lluvia y asomaba el sol entre las nubes que no se decidían a alejarse del todo. Siempre fui resistente a los mareos y suponía que no me visitarían en esa oportunidad. Pregunté a Carmela cómo se sentía. Giró la cabeza y me vio preocupado. Trató de animarme: Saldremos de esto, dijo. No quise preguntarle cómo.

Luego de beberse media botella de agua el experto se puso a arreglar el motor con menos ira. Mientras los remos continuaban su actividad, él trabajó hasta la noche con su caja de herramientas. Junto a él vomitaban algunos sin moverse del lugar, no era fácil abstraerse del hostil balanceo de las aguas. Otra tormenta, menos fuerte que la anterior pero más larga, nos introdujo en la noche. Estábamos pegados uno junto al hombro del vecino, enrollados en las vendas de terror que producía el infinito de la nada. No había a quién pedirle auxilio. El balanceo no cesaba y yo traté de imaginar con los ojos cerrados que era un bebé en una cuna agitada, pero segura. Aunque me resistí hasta sentir puntadas, oriné sentado, no había margen para el pudor. Nos empezábamos a resignar sobre el fin próximo, que no sería bueno. Me repetía que cerca de nosotros sólo había delfines y ningún tiburón.

Circulamos a la deriva durante la noche. Me esforcé por dormir con la cabeza apoyada sobre mis rodillas. Quienes continuaban dándole a los remos se habían extenuado. Me despertaba a cada rato, eléctrico, porque soñaba con cárceles y con las avenidas de Buenos Aires. El amanecer nos dio la peor de las noticias: estábamos de nuevo en aguas cubanas. El contorno de la tierra se veía nítido, sin el amor que durante años me había ligado a ella. En cualquier momento nos descubrirían los guardacostas y arrastrarían de los pelos al juicio sumario.

¡Aquí hay manglares!, gritó mi compañero de asiento y se bajó al agua. Pisó sobre el alto tejido de ramas submarinas.

¡Están rozando la quilla, por eso me di cuenta! Podemos quedar trabados, no debemos avanzar. Con los remos conseguimos detener el deslizamiento. ¡Voy a hacer funcionar este motor de mierda!, siguió gritando el experto desde la popa. Pero mientras deberíamos ocultar nuestra presencia con ramas de manglares, dije. No entendieron la idea, inspirada en lo que había hecho dos veces con mi auto. ¿Cómo subimos las ramas? Algunos trajeron machetes, respondí. Los dueños de machetes los extrajeron de sus bolsos y bajaron al agua. Cortaron con bastante facilidad las maderas húmedas y convertimos la embarcación en una desordenada cabellera vegetal, sostenida por la caseta del medio. Esa cabellera marrón nos protegía de los largavistas, sólo faltaba que el motor funcionase.

Como último recurso, el mecánico usó un cortafierros y un martillo para zafar las tuercas y destripar el motor. Quitó el piñón de la marcha atrás y quedó sólo la marcha hacia adelante. Podemos vivir sin la marcha atrás, refunfuñó. Al cabo de otra media hora lo hizo arrancar. ¡Lo hizo arrancar! Su bramido nos besó con música celeste. Aplaudimos atragantados. El maldito se hizo esperar, carajo, pero no estaba muerto. Ahora tenía que lucirse. Decidimos mantener el disfraz de ramas hasta regresar a las aguas internacionales.

40

Divisamos un barco carguero sobre el horizonte y tratamos de evitar que nos localizara. Esos barcos suelen rescatar gente extraviada en el mar, pero la llevan a las Bahamas, desde donde la devuelven a Cuba. Si su destino es Estados Unidos tampoco sirve, porque la consideran gente "pies mojados", no "pies secos". Mi compañero me contó que un amigo suyo fue repatriado de los Estados Unidos porque lo descubrieron antes de que alcanzara la playa; estaba cerca, pero todavía en el mar, fue una crueldad terrible, ahora se pudre en la cárcel.

Según los cálculos de los que sabían de mar, habíamos ingresado en aguas internacionales. Ahora era cuestión de seguir recto hacia el norte. Y que no nos descubriese una torpedera de Castro, porque sobraban historias de gente cazada fuera de los límites cubanos.

Ese mes de enero parecía decidido a multiplicar sus tormentas. Con dos hubiera sido suficiente, pero se desató la tercera. Se nos encogía el corazón al advertir que la luz se debili-

taba entre los gigantescos globos morados que se concentraban sobre nosotros. El viento soplaba con creciente hostilidad.
Las olas aumentaban de tamaño y lanzaban crestas de espuma
por sobre los bordes, mojándonos de pies a cabeza. Tragué
espuma, tosí y vomité pese a que con Carmela nos habíamos
puesto de acuerdo en alimentarnos sólo con agua azucarada.
El balanceo cortaba el aliento y acalambraba nuestras manos
prendidas a las maderas del bote. Algunas olas nos levantaban
tan alto que no podíamos ver el fondo del abismo abierto al
costado. Subíamos y bajábamos como una pelota en manos de
titanes que se divertían arrojándola con fuerza de uno a otro.
Era posible que el bote se diera vuelta y acabásemos en el
fondo del mar.

Propuse que eliminásemos la caseta, porque era movida
por el viento y disminuía nuestro equilibrio. Cualquier idea
era bien recibida ante la inminencia del fin. En medio del
estruendo que nos envolvía se transmitió de boca en boca, a
los gritos, la conveniencia de arrancar ese techo inservible.
Emergieron los machetes que habían cortado manglares y
ahora tajearon las columnas de la caseta. Al cabo de un rato
fue arrojada al mar y se perdió de vista. Una ola gigante nos
cubrió por completo. Permanecimos sumergidos el tiempo
suficiente para imaginar que no volveríamos a respirar. Traté
de enterarme de si Carmela seguía en su sitio y ese dato me
brindó algo de consuelo, al menos moriríamos juntos. Le
apreté los hombros para transmitirle que vigilaba junto a ella.
El barquichuelo volvió a la superficie y volvió a hundirse.
Cuando emergimos apareció lo peor.

Cerca, demasiado cerca, se elevaba la pared gris de una
fragata de la Armada cubana. ¿Venía en nuestro auxilio o a

cerciorarse de nuestra ejecución? Entre el patíbulo del mar y el patíbulo de Castro, no sabríamos cuál elegir. El timonel trataba de evitar el potente navío, que buscaba ponerse a un lado para el rescate o para darnos el empujón final. ¿Serían tan amables si, además de salvarnos, nos dejaban seguir hasta Florida después que amainase el temporal? No, eso no cabía ni en un sueño. Era preferible morir en el mar, pensó la mayoría, y por eso alentamos al timonel para que se apartase, aunque las olas caían sobre nosotros como elefantes. Todo se movía con violencia mortal. Estábamos empapados, asustados y desesperados. Otra ola torció el bote hasta casi volcarlo y tres viajeros, Carmela entre ellos, cayeron al mar.

Me agarré del tablón con todas mis fuerzas y le tendí la mano para recuperarla, pero era cubierta por sucesivas olas. Emergía como un globo, con la boca abierta para tragar aire, y miraba en nuestra dirección. Del torpedero nos arrojaron escalerillas de cuerdas. Atrapé una que se movía sobre mi cabeza, la enrollé en mi antebrazo izquierdo y me zambullí en busca de Carmela. Quizás un delfín invisible la empujó hacia mí. Se prendió de mi mano libre y tosía semiahogada, con los cabellos tapándole la cara como si fuesen un paño. Uní sus dedos a la escalerilla y ella se esforzó en agarrarla con firmeza, pese a que el viento nos llevaba en cualquier dirección, como la montaña rusa. Por suerte empezamos a ser izados. Era obvio que nos contemplaban desde arriba, pero nosotros no podíamos ver debido a las bofetadas incesantes del agua. Sólo teníamos noción de la alta pared de acero, contra la que golpeábamos como badajo de campana, empujados por el viento. Viboreábamos en el aire muy cerca de nuestro bote, que había sido enderezado porque —con una decisión que habría parecido ensayada— sus ocupantes se amontonaron sobre el borde levantado hasta recuperar el equilibrio. Percibí que a derecha e izquierda otros compañeros eran izados también. Carmela pudo tomarse con las dos manos cuando una ola feroz golpeó mi espalda y yo di de cabeza contra el muro de metal. Tuve una fugaz pérdida de conciencia y me recuperé en el agua. Vi que Carmela movía las piernas y me gritaba, pero no podía escucharla; seguro que se refería a un extremo de la escalerilla cercano a mi cabeza. Pero yo nadé hacia el bote, que estaba cerca. Me ayudaron a subir. Carmela ya había llegado al puente, levantada con rapidez, y me hacía señas exasperadas. Otra ola nos cubrió por completo y casi nos ahogamos en su vientre, pero aparecimos lejos de la fragata. ¡Voy para allá! grité mientras me paraba para volver a zambullirme en el mar. Mis compañeros me contuvieron con insultos y tironeos. Yo no podía respirar de la frustración, me resbalaba sangre por la sien y prefería estar muerto.

La cosecha de los guardacostas satisfizo su codicia, tenían en su poder cinco fugados que devolverían a las autoridades. Quizás algunos marinos contemplaron con lástima nuestro bote, que les habrá parecido un adecuado ataúd para los traidores que no lograron cazar. Tampoco valía la pena gastar proyectiles en cadáveres inminentes. La soberbia proa de la fragata giró hacia Cuba y nosotros seguimos dando saltos que ponían el estómago en la boca.

Me recosté en el incómodo fondo del barco que ahora ofrecía más lugar. Las olas nos zangoloteaban sin piedad y yo caí en un estado de semiconciencia. Lágrimas y vómito eran una mezcla que me invadía la boca, me ardía en las fosas nasales y me enmelaba la cara. No entendía qué había pasado, por qué me amputaron a Carmela. ¿Cómo era posible que ella, a punto de ser alimento de tiburones, estuviese en un torpedero que la llevaba hacia una cárcel y yo, que la había rescatado, me alejaba en este cascarón que pronto terminaría en el fondo del mar? Me enrollé como un feto. No iba a mover un músculo para torcer la cínica voluntad de la Muerte.

Al anochecer amainó el viento y cesó la lluvia. El cielo se fue granizando de estrellas. En torno se expandió una sorprendente y exagerada calma, como la que reina en los velatorios. Pero el motor dejaba escuchar sus latidos y decía que continuábamos viajando.

En duermevela escuché que gritaban al timonel: ¡Sigue la dirección de los aviones, son los que van a Miami! Abrí los ojos y me asomé al borde. Amanecía y parpadeé atónito, como si explotase delante de mí un espejismo: vi la gruesa raya de la costa, brumosa aún, y unos veleros madrugadores. ¡Estábamos en aguas americanas! ¡Habíamos llegado! Pero el júbilo se me atragantó por la inconsolable ausencia de Carmela, arrancada de mi lado durante el fragor de una pesadilla. Mi compañero me sacudió los hombros: ¡Despierta, carajo!... Estoy despierto. Escucha: cuando te digan que te mandes al agua, ¡te mandas! ¿Cómo? ¡Que te mandas!, debes llegar a la costa antes de que nos descubran, nadando o corriendo, ¡pies secos, acuérdate!

Pasaban yates. ¡Que no nos recojan!, advirtió el mecánico. ¡No hagan señas, mejor que no se acerquen! Faltaban pocos metros, mi vecino se apeó y gritó que hacía pie. ¡Tirarse al agua, entonces! ¡Vamos, tirarse al agua! Saltamos atropellados y empezamos a luchar contra la resistencia del mar con el ansia desbocada por alcanzar la preciosa arena de la playa. Faltaban unos cien metros, pero los malditos metros no se agotaban. Otro poco, sin aflojar. Vamos. Vamos. Por fin nuestros pies se posaron en la arena húmeda, luego en la seca. Nos faltaba oxígeno, éramos náufragos deshechos. Nos arrastramos hasta las primeras líneas de vegetación para asegurar que nos convertíamos en pies secos de verdad, como manda la ley. Y nos abrazamos. Las palmadas de mis compañeros expresaban alegría. Yo trepidaba sin alegría, la puta que te parió, Dios inclemente.

Varias residencias daban a esa playa. Avanzamos hacia una de ellas. A poca distancia fuimos detenidos por ladridos delatores. Enseguida se asomó un hombre de mediana edad que entendió de inmediato quiénes éramos. Acalló al perro e hizo señas tranquilizadoras. En un español casi inentendible dijo que esperásemos, que traería a un amigo cubano. Cuando desapareció, el mecánico murmuró que fue a hacer la denuncia, mejor corremos hacia otra casa. No, dije firme, no nos puede hacer nada malo. ¿Por qué tan seguro? El hombre nos descubrió en su terreno, y aquí se cumple la ley.

No tardó en regresar con su amigo, que saludó con los brazos abiertos. ¡Bienvenidos a la libertad!, exclamó. ¡Vengan, vengan a mi casa, thank you, Walter! Nos condujo a la propiedad vecina y fue a llamar por teléfono. No se preocupen, agregó al advertir nuestra inquietud, están en regla y recibirán ayuda. Sonó la sirena de una ambulancia y nos alarmamos, pese a la cordialidad del anfitrión. Enseguida se presentaron policías y un coche de bomberos. Estábamos rodeados de uniformes dispares que formaban un círculo de irreal amistad. Sin hacer preguntas nos entregaron sándwiches y botellas de agua. Yo sentía que el mundo daba vueltas, como si hubiese retornado al mar donde Neptuno quiso tragarnos. Mis entrañas se retorcían de pena y vacío, a mi lado debería estar Carmela.

41

Fui al consulado argentino de Miami y me reencontré con el mapa de mi país, salpicado de nombres familiares en su dilatada extensión. Sentí el choque de dos nostalgias, la vinculada con la Argentina de mi infancia, y la vinculada con Cuba, donde sorbí hasta la gota final de mi desempeño revolucionario. Traicioné a las dos patrias con plena conciencia. Ahora, que ya no buscaba la libertad de otros, sino la mía y la de Carmela, más modesta pero no menos apasionada, retornaba a la sensatez del regazo materno. La Argentina, luego de la excitación guerrillera, la sangrienta represión lopezreguista y la bestial dictadura militar, encontraba el carril de las instituciones que nosotros despreciamos por burguesas, formales o capitalistas, pensé con la acidez que produce el eructo de un error macizo. Esas instituciones prometían ahora ser la mejor guía del respeto mutuo entre los seres humanos, más eficientes que "la mano fuerte", "la vanguardia lúcida" y "el líder inspirado", cuyo origen era fascista, no progresista como habíamos supuesto con imperdonable fanatismo.

En la congestionada sala de espera retumbaban los acentos familiares, el desborde de afectos y las confesiones gritadas. La mayoría decía querer volver, volver por un tiempo o volver para siempre. *Volver... —me asaltaba el tango— con la frente marchita, las nieves del tiempo platearon mi sien.* Argentina, pese a los barquinazos, revelaba su imán poderoso. Yo no quería narrar mi complicada historia, ni siquiera en devolución a las que mis connacionales derramaban con impúdica confianza. Me arrepentí de haber dicho que estuve en Cuba, porque Fidel apoyó a la dictadura militar argentina entre los países No Alienados para que no la condenasen por violación de los derechos humanos. Además, nunca se interesó por los desaparecidos, tema que había obsesionado a la política norteamericana de Jimmy Carter. Una señora empezó a formular esa acusación incómoda y por suerte me salvó de ser marcado como culpable una hermosa empleada que me condujo a un escritorio, para llenar delante de otra empleada más bella aún los formularios de la repatriación. Quise emerger de mi duelo y hacerme el simpático. Eran muchos los que pretendían viajar, pero yo carecía de todo, menos de memoria. En mis bolsillos no tenía un solo papel que indicase quién era y decidí abrumar a mi interlocutora con fechas y nombres que certificaban mis señas. La funcionaria me despidió agónica y balbuceó que recibiría una respuesta. Le estampé un beso en la mejilla.

Pronto llegó a mis manos el sobre con los instrumentos de la repatriación. Pero esa rápida victoria arrojó mi alma a los pies: ¿Cómo ayudaré a Carmela si me voy de aquí? Desde Miami hay sólo noventa millas de distancia; desde Buenos Aires, miles.

Pude comunicarme por teléfono con Nicodemo Márquez, ese negro noble y corajudo que nos ayudó a huir de Cuba, la enorme Alcatraz del Caribe. Se asombró de escucharme y aplicamos el consabido lenguaje elíptico para evitar las escuchas espías. Sus referencias a la digestión con aletas significaban que me había creído en el estómago de los tiburones. Se alegró de saberme a salvo, pero su voz se arrugó cuando me dio a entender que Carmela estaba incomunicada en una remota cárcel de Oriente.

Mi partida a Buenos Aires fue tormentosa, con repetición de movimientos inútiles, como les pasa a los obsesivos que no logran tomar una decisión. Arreglé y desarreglé mi maleta con la escasa ropa que compré gracias al estipendio que entregan en Miami a los asilados políticos. Ponía algo que después debía buscar en el fondo de la valija porque me asaltaba la sospecha de que lo había olvidado en un closet. Miraba a cada rato mi ticket para cerciorarme del número de vuelo y la hora de partida. Llegué con demasiada anticipación al aeropuerto por miedo a perder el avión que, en otra parte de mi mente, deseaba perder. Cuando estuve ante el funcionario de Migraciones no podía encontrar el flamante pasaporte argentino, bien guardado en el bolsillo derecho de mi pantalón. Al llegar a la puerta de embarque tampoco pude encontrar mi ticket, que estaba por supuesto bien guardado en el otro bolsillo.

Me instalaron junto a la ventanilla. Acostumbrado a las frías naves soviéticas, el aparato me pareció un lujo excepcional. Desde mis entrañas una vocecita insolente me criticó: ¡Sos el colmo, Ignacio! Has dedicado tu vida a despotricar contra los vicios del consumo burgués y ahora te gustan sus productos como las golosinas a un niño.

En el aeropuerto de Ezeiza me esperaron Rosaura y sus hijitas. Me obligaron a hospedarme en su hogar, por lo menos durante las primeras semanas. Traté de darles una buena y cariñosa imagen a mis sobrinas, con quienes jugué y salí a dar paseos. Esa actividad, de alguna manera forzada, me ayudó a poner un límite a la depresión. Sobraban horas vacías en las que mis pensamientos saltaban hacia La Habana y la remota prisión en el Oriente de la isla, donde a Carmela la iban hacer escarmentar su intento de fuga. Yo, que casi había muerto en el mar, gozaba de una increíble resurrección, porque estaba de nuevo en mi país de origen que a su vez había resucitado de una salvaje dictadura. Ella, que también estuvo a punto de morir en el mar, fue rescatada para languidecer en el suplicio de otra cárcel. Me amargaba la sensación de derrota. Mientras no lograse sacarla de la cárcel y traerla a Buenos Aires, no me iba a dar descanso.

Rosaura me acompañó en busca de las instancias que podrían ayudarme. Cultivaba contactos políticos, como la mayoría de la gente en esa primavera democrática, donde parecían flotar por el aire globos de colores con la sonrisa pintada adelante y atrás. Juntos entrevistamos a dirigentes peronistas, radicales y socialistas, hasta llegar a las organizaciones dedicadas a la defensa de los derechos humanos. Allí me atendieron con afecto, aunque sus oficinas estaban desbordadas por las denuncias que se derramaban a chorro cada día, y a las que trataban de dar curso sin excepción alguna, con una pasión que no es de este mundo. Las admiré antes de acercarme: esas organizaciones se habían jugado la cabeza durante los años de fuego, salvaron a muchos y ahora debían localizar desaparecidos, registrar víctimas de torturas y encontrar bebés nacidos en cautiverio.

Apreciaron que hubiera sido amigo del Che Guevara, que luché en Sierra Maestra y asesoré a la Revolución, pero no entendían por qué huí de Cuba. Les expliqué una y otra vez que seguía siendo un admirador de la Revolución, pero no de una tiranía unipersonal. Algunos pensaron que mi postura era incoherente. No obstante, las palabras persecución, cárcel, torturas y prohibición para salir del país les llegaban al alma.

Fui recomendado a la Secretaría de Derechos Humanos, cuyo titular mostraba tan firme convicción democrática que me eximió de exponer detalles. Pero la más decisiva ayuda vino de quien menos me iba a imaginar, porque era un siervo del Dios en quien no creo, el comprensivo pastor Morelli, quien a su vez me puso en contacto con Ruth Fernández, la que acompañada por Margarita Sullivan, una amiga de mi estudio, logró que me recibiese el ministro de Relaciones Exteriores.

Aguardé en la antesala sorbiendo un pocillo de café. Cuando me invitaron a pasar, fui recibido por un hombre de mediana estatura, grandes anteojos, esponjosa cabellera gris y un hinchado bigote. El canciller Caputo escuchó con paciencia, interesado en mi protagonismo revolucionario. Cuando terminé de hablar suspiró su propio conflicto: no encontraba la forma de relacionarse con Castro sin afectar otras estrategias. Aseguró que analizaría mi pedido e invitó a otra reunión en algunos días. Supuse que era un recurso para sacarme de encima. Pero cumplió su palabra, porque fui citado a las cuarenta y ocho horas. En esta oportunidad el encuentro fue breve y me despidió con estas palabras: Lograremos algo por Carmela, pero no le puedo decir cómo. ¡Fue el día más feliz en años! Corrí a comunicarme por teléfono con Nicodemo

Márquez, que no estaba en su ático de la calle Jesús Peregrino. Llamé una hora más tarde, dos horas, dos horas y media y finalmente di con su voz de gruta. Le transmití la novedad imponiéndome la debida censura, para que los espías no cortasen la línea. Le hice entender que, de alguna forma, hiciese llegar este mensaje a Carmela.

Caputo viajó a México y en la delegación había incorporado al escritor Agustín Marconi, que trabajaba en la Secretaría de Cultura y conocía a Gabriel García Márquez desde el año 1970. Por encargo de Caputo este escritor lo llamó por teléfono y García Márquez fue enseguida al hotel Camino Real donde se alojaba la delegación argentina. Se encerraron en un cuarto provisto de café, agua, pequeños sándwiches y cada uno desembuchó algo de su vida. García Márquez volvió a manifestar su gratitud por el decisivo impulso que recibió en la Argentina cuando publicó *Cien años de soledad* en 1967, el mismo año en que asesinaron al Che. Marconi le explicó que el gobierno presidido por Alfonsín estaba interesado en la inmediata libertad de la doctora Carmela Vasconcelos, cuyo esposo era argentino y se había radicado en Buenos Aires. García Márquez cultivaba la amistad de Fidel, pese a que decía oponerse a algunas de sus decisiones. Fidel lo usaba para sus propios fines y le había concedido una mansión suntuosa, con piscina, automóvil y servicio doméstico, casi un escándalo en la Cuba socialista. Pero la conciencia de García Márquez justificaba el goce de esos privilegios porque le permitía sacar de la cárcel o de la muerte a muchos presos políticos. También debés salvar a Carmela, pidió Agustín imperativamente. Haré lo posible, respondió Gabo. No me alcanza, replicó Agustín. ¿Qué quieres decir? No me conforma un esfuerzo débil ni una espera larga. García Márquez sonrió: Trataré de no ser débil en el pedido ni demorarme en hacerlo. Gracias, Gabo; tengo una carta manuscrita de Alfonsín para Fidel, donde le pide su liberación inmediata. No creo que deba entregársela. ¿Por qué? A Fidel le molestan las presiones. Te la doy igual y decidirás qué conviene, quizá tus palabras cariñosas lo ablanden y esta carta funcione de emoliente. ¡Me gusta la palabra "emoliente", casi no la he usado! ¿Nos ayudarás? Lo haré. Gracias de nuevo, confío en tu habilidad diplomática. Muy bien, dijo Gabo, ¿podemos ahora hablar de literatura? Claro que sí. Bueno, deseo confiarte que escribo una nueva novela. ¡Qué bueno!, contame. Viajo a Cartagena casi todos los meses para estrujar la memoria de mis padres sobre los huracanes que sufrió su resistido noviazgo, me sirven de material e inspiración para entender los afectos en la edad madura; creo que la titularé *El amor en los tiempos del cólera.*

Final

42

En la prisión decidí hacerme la guillao, la desentendida, la muerta. Me obligué a mantener un relajamiento intenso para lo que fuese, incluso para dejarme ofender y despersonalizar. No cabían más ilusiones. Había llegado al término de una senda donde fui testigo o protagonista de hechos que conmovieron al mundo. Conocí en el barro y en el sol a los héroes y villanos que habían participado en el asalto al cuartel Moncada, la despatarrada peripecia del *Granma*, los entrenamientos en la Sierra, las provocaciones al ejército de Batista, las incursiones en el Llano, la entrada triunfal en La Habana, la lucha en playa Girón, la represión contra los alzados de Escambray, el abandono del proyecto democrático, la exportación de guerrilleros internacionales para sembrar la miseria en varios países de América latina y África con la utopía de instalar un mundo mejor. ¿A qué seguir?

Me había resignado a la persecución política. Abandoné amigos del alma. Fui ingrata con Húber Matos, a quien tanto debía y por quien tan poco hice. Denuncié a Melchor. Pronuncié discuros fanáticos. Fui cómplice de procedimientos inseguros. Ahogué mis sentimientos de culpa para no perturbar el retorcido flujo de la Revolución. Con Ignacio advertimos nuestro cubanismo de pachanga, la alegría irresponsable de los que peferían someterse a la nueva tiranía para estar a la moda y no tener que modificar los esquemas que proveen confort. Intelectuales de cinco continentes tiritaban de gozo (¿aún tiritan?) a la distancia, claro, con esta Revolución "diferente" que encarna Fidel. Cuando destriparon a Heberto Padilla se produjo un resonante debate y algunos retiraron su apoyo al régimen, pero la mayoría lo siguió aclamando con los ojos ciegos y las mandíbulas apretadas, temerosos del vacío que les produciría quedarse sin esa ilusión. No protestaron por la cantidad de presos políticos que llenan las prisiones, ni la censura en todos los órdenes de la vida y el arte, ni el lavado de cerebro de las masas con el mismo estilo que critican a los fascistas, ni la falta de derechos individuales, ni la pobreza creciente y sostenida que genera un sistema económico abroquelado con cemento a un grandioso error conceptual. Enardecía (enardece) el compromiso por la "liberación" de los pueblos del Tercer Mundo, cada vez más atrasado en comparación con el Primero. Aplaudí el proyecto del Che, que quería desencadenar muchos Vietnam para incendiar el planeta entero y terminar con esta civilización inmoral, sin preocuparme por las lágrimas, las muertes y la devastación, total nada servía. No era nihilismo, ni era antipacifismo, sino "lucha por la paz y la construcción". ¡Por la paz y la construcción!... ¿Absurdo? ¡A quién le importa!

Yo navegaba mis pensamientos en las ondas muertas de mi celda, anestesiada por los malos olores y sin referencia sobre los días que llevaba encerrada. Me despertó el amargo tintineo de los cerrojos. Una bocanada de luz me obligó a comprimir los párpados. Me acurruqué para escapar de los ganchos que irían en busca de mis pelos y sacarme a la rastra, como solía ocurrir. Pero esta vez no hubo agresión. Dos soldados me entregaron una toalla y un jabón y me ordenaron acompañarlos a la ducha. ¿La ducha? ¿Me iban a convertir en un ser presentable antes del fusilamiento? Daba igual, en el sepulcro devoran los mismos gusanos. Me desplacé insegura, apoyándome por momentos en el ondulante revoque de los muros. Avanzamos por pasillos llenos de sombras, siempre diferentes, siempre idénticas, hasta llegar a una zona iluminada con bombillas colgantes. Me introdujeron en un cubo y me cayó un vivificante chorro de agua. En mi mano sostenía el jabón que emitía una lejana fragancia. Me llené de espuma, de la cabeza a los pies y me froté con energía, como si mis dedos fuesen un cepillo duro. El agua y el tiempo que me ofrecían eran demasiado generosos, seguramente iba a tener que pagar por esto. Después de secarme apareció ante mi cara refrescada una muda completa y un peine de dientes gruesos. Cuando dije a los soldados que estaba lista, me llevaron a otro pabellón.

Resistí entrar en la oficina donde me esperaban. Por más que me hubiese propuesto ser una guillao, en esa oficina iban a anunciarme la hora del fusilamiento. No era lo mismo dejarse morir por decisión propia, que ser muerta por decisión de las autoridades. El oficial que me aguardaba detrás del escritorio se puso de pie, cortesía que me dejó pasmada. Su rostro no sonreía, pero calzaba signos de cordialidad. Dijo: Compañera, por resolución superior, quedas libre.

Acerqué la cabeza para escuchar mejor. Examiné al oficial de soslayo, herida por la inevitable desconfianza. El cinismo revolucionario tenía modalidades de extrema sofisticación. Pero el oficial, siempre de pie, apoyó sus diez dedos sobre la mesa y repitió en forma clara: Estás en libertad, compañera, y puedes marcharte. Se me movieron los labios sin articular sonidos. Iba a solicitarle que repitiese otra vez esas palabras con música de violines. El oficial no tenía apuro y lo hubiera hecho, pero la escena fue sacudida por la estruendosa aparición del comandante Ulises. Di un paso al costado en busca de refugio, aunque no había más murallas que el escritorio y el oficial. Ulises me contempló con sus enigmáticos ojos color ámbar, divertido por el miedo que provocaba su presencia. Caminó hacia izquierda y derecha mirándome de arriba abajo. Se limitó a reprochar: ¿Te das cuenta de lo generosa que es contigo la Revolución? Apreté mis manos para sostenerme, pensar, decidir. Se me ocurrió que tal vez este hombre tan contradictorio había ayudado a mi libertad. Pero después de lo soportado, hubiera sido excesivo cualquier agradecimiento.

Me hicieron firmar unos papeles que no leí. El oficial me acompañó hasta la puerta mientras Ulises encendía un cigarro. Quizá no era una liberación auténtica, quizá me esperaban en otro pasillo para subirme al vehículo que me trasladaría al paredón. Los mismos soldados que me habían conducido respetuosamente a la ducha se ocuparon de orientarme hacia la lejana salida. Atravesé un portón de acero y aparecí en una desértica calle de tierra. Amanecía por sobre las esfumadas copas de unos árboles. ¿Me dejaban partir al alba como si fuese un mensaje de optimismo? No era posible que se hubiese anulado mi condena. Fugarse de la isla es como escapar de una cárcel, tiene la jerarquía de un delito que no se perdona. Además, ¿qué significaba la presencia de Ulises?

Se me acercó un guardia, como si hubiese brotado de la muralla cubierta aún por la carbonilla de la noche en disolución. Me contraje por reflejo. El soldado pidió calma, sólo quería entregarme unos pesos arrugados que había olvidado darme el oficial: Es para pagarte el viaje a La Habana, compañera. Después se esfumó.

Miré en torno, el lugar era desconocido. A lo lejos se perfilaban viviendas miserables. Un hombre con hondas entradas de la frente, que llevaba una valija gris, se me acercó vacilante. ¿Necesita ayuda? No, gracias, rechacé automática. El hombre se distanció y yo me arrepentí de la reacción que tuve. Levanté un poco la voz para que me escuchase: Sí, vea, necesito viajar a La Habana, ¿sabe dónde está la parada de buses? ¿Va usted a La Habana? Sí, a La Habana. Yo también, la parada queda a unos doscientos metros, hacia allí caminaba.

Marchamos juntos y en el trayecto él se presentó: Javier Paredes. Había venido por un trabajo del Ministerio del Interior, donde se desempeñaba en el área que emitía documentos personales. Lo miré prevenida, aún estaba sensible por los tormentos de la cárcel. Al rato, como si me hubiese leído la mente, dijo que no todos los que trabajan en el ministerio son monstruos. Apenas sonreí y Javier Paredes también; con ese solo gesto daba a entender que reconocíamos la existencia de monstruos y que Javier no pertenecía a esa raza. Subimos al bus, que llegó casi vacío. Me pregunté si me habían dejado salir de la cárcel tras un preciso cálculo de los horarios del transporte local, para que pudiese desaparecer enseguida. Nos sentamos en el mismo asiento y pronto empezamos a desovillar temas, pero con mucha cautela de mi parte.

Al cabo de media hora, como si Paredes también hubiera necesitado darse un vasto segmento de conversación para que sus palabras no sonaran a falso, comentó que me conocía. ¿Sí?, ¿cómo?, ¿desde cuándo? Tú eres neurocirujana y has operado a un primo segundo mío hace nueve años. ¿Cómo se llamaba? Se llama Fulgencio Paredes, y mi familia no sólo está agradecida, sino que admira tu coraje por haber impuesto soluciones que provocaron mucho susto en aquel momento. ¿Qué soluciones? Operarlo enseguida, aunque estuviese muy débil por el accidente. ¿Qué le había pasado? ¿No te recuerdas, doctora? Se cayó de un andamio, se le fracturó la cabeza y se le infectaron las piernas. Tuve varios pacientes que caían de malos andamios, pero... Fulgencio Paredes, ah sí, un chico de unos veinticinco años, con una mancha roja en la mejilla. ¡El mismo!

A partir de esa coincidencia nos sentimos más relajados. Pero yo no le di señales de mi intento de fuga con Ignacio ni del corto arresto. Javier, sin embargo, conocía mi caída en desgracia, como muchos cubanos que me habían visto descollar. Con prudencia se atrevió a comentar en voz muy baja, con dudas y casi al final de viaje, que yo había sido objeto de una injusticia. Después agregó un adjetivo a la palabra injusticia: innoble. Innoble e injusticia se unían con balsámica intensidad en mi alma lastimada.

En La Habana descendí cerca del apartamento que había abandonado con Ignacio en el segundo intento de fuga. Quedamos en vernos con Javier, pero a buena distancia del Ministerio del Interior, por supuesto. Yo necesitaba nuevos amigos, porque perdí a casi todos, muchos por mi culpa y muchos por haber caído en desgracia.

Javier me visitó con los generosos paquetes de la comida que compraba en Riomar. Su credencial del MINT le facilitaba la alegría de estas adquisiciones, un privilegio que daba vergüenza. Ojalá yo pudiese sentir ahora esa vergüenza, repliqué, mi vergüenza es haber sido una ciega voluntaria y no haber aprovechado los privilegios. Mira, Carmela, lo que hago por ti es poco en comparación con lo que tú has hecho por mi primo.

Ignacio consiguió hablarme por teléfono desde Buenos Aires con cierta frecuencia. Ahogaba la emoción que tensaban sus cuerdas vocales y apelaba a viejos códigos para hacerme entender que ahora se dedicaba a gestionar mi permiso de emigración. Si había tenido éxito en sacarme de la cárcel, más fácil sería llevarme a la Argentina. Había conseguido que destacadas personalidades lo ayudasen. Por mis mejillas resbalaban lágrimas y debía toser para conseguir hablar. Nuestro recurso lingüístico era simple y consistía en evitar las referencias comprometedoras. Nunca hablábamos de nosotros, sino para aspectos irrelevantes; en cambio nos referíamos a supuestos papá, mamá, tío, tía, primos y sobrinos cuando intentábamos precisar los mensajes. Este recurso debía ser cambiado por otros nombres y parientes al cabo de tres conversaciones, para que los zorros de las escuchas no nos entendieran. Sentí que se avivaba el rescoldo de mi esperanza, pero temía que los burócratas o los líderes no dieran el brazo a torcer; nunca tenían apuro por aliviar a descastadas como yo. Nos hacen esperar sin reloj, obligándonos al descanso de los ángeles.

Ignacio no se daba pausa en la conversación e inventaba que su primo, al que también llamaba Ignacio, era un grotesco seguidor del pastor Morelli, que cansaba al secretario de Derechos Humanos y soñaba con llegar al canciller para convencerlo de que aceptase algo tan obvio como que Jesús podía volver a caminar sobre las aguas en cualquier momento. ¡Para morirse de risa!, exclamaba. El pobre no se daba cuenta de que Morelli, el secretario y el canciller iban a cansarse de su insistencia de tábano, pero estaba seguro de que su primo lograría lo que se propone, aunque sea absurdo. Yo entendí que caminar sobre las aguas era volar hacia la Argentina.

Una tarde sonó el teléfono y la voz que me hablaba no necesitó mencionar su nombre. Tampoco lo dijo, desde luego. Ahogué mi alegría para ayudarlo en el esfuerzo de hacerse entender. Como siempre que una se comunicaba con el exterior, debíamos referirnos a temas irrelevantes. Lucas me llamaba desde México, pero desde un domicilio diferente al de su casa. Mediante rodeos, como si estuviese jugando al tarot, anunció que alguien me visitaría. Daba vueltas en torno al clima de México y repetía la palabra Nico, que yo asociaba a un desconocido Nicolás.

Al cabo de seis minutos la comunicación se cortó en seco.

43

Caminaba con paso elegante por el Malecón. Su cabello suelto y teñido de rubio gracias al agua oxigenada extraída del hospital le daba un aire de turista escandinava. Los labios pintados y unas seductoras pecas resaltaban contra las mejillas tersas. Apretaba su cartera de plástico contra el lado izquierdo del cuerpo, era el pequeño cofre de un pirata que guardaba una joya: el flamante pasaporte engalanado con sellos y firmas. Estaba lista para iniciar su viaje a la galaxia de la libertad. Sentía la misma corriente eléctrica de miedo y coraje que la había recorrido tantas veces en los operativos de la Sierra.

Esto era el resultado de que días antes había apurado los trámites con un golpe de audacia. En una de las visitas de Javier, le hizo jurar que no comentaría con nadie lo que iba a decirle, ni siquiera a su esposa, ni siquiera a su almohada. El hombre sonrió e hizo la señal de la cruz sobre sus labios. Ella le reveló entonces, con voz casi inaudible pero muy seria, que se subiría a un avión mexicano, pese a todos los riesgos. ¿Qué?

Escucha: mi partida es un hecho, voy a Buenos Aires vía México; me voy o me pego un tiro. Javier la tomó de las manos para tranquilizarla. Tal vez siento más indignidad que pánico, añadió, o tal vez podría resignarme al pánico, pero no a la mugre de la indignidad. No te entiendo. ¿No me entiendes? Me han arrastrado hasta un pozo de humillación donde tengo que jugarme, y si de la muerte se trata, que venga con lucha. No digas eso, mujer. Me dejaron salir de la cárcel para que me suicide por desesperación o por hastío, Javier, así no tienen que dar explicaciones. Estás loca. Pero no les daré el gusto. Admiro tu valor. ¿Valor, dijiste? No, no te equivoques, estoy muerta de miedo. Pero..., la contemplaba Javier. No voy a esperar que me pongan un arma en la mano y orienten el caño hacia mi cabeza; si sigo esperando, terminaré matándome. Carmela... Carmela... murmuró Javier, aparentemente incapacitado de expresar lo que sentía. Yo todavía creo en Dios, confesó ella, un Dios inescrutable pero existente, no soy como Ignacio, y le ruego a cada instante: Dios mío, ayúdame. Ahora dime, interrumpió Javier, ¿cómo piensas llegar a Buenos Aires? Préstame atención, dijo ella.

Y le contó que cuando se habían visto por primera en un remoto pueblito de Oriente, recién salía de la cárcel, que es lo único importante que allí existe, no andaba por ese lugar atendiendo pacientes. ¡Es verdad!, hay una cárcel de aislamiento. Dos segundos después agregó: Sabía que caíste en desgracia, Carmela, pero no que te habían encerrado. Bueno, fui encerrada porque había cometido el crimen de fugar en lancha dos veces y las dos veces me salvé de morir ahogada.

Agregó acercando su rostro al de Javier: Necesito tu ayuda. Qué ayuda. Un pasaporte falso, con todos los sellos y las firmas que autoricen mi salida del país. ¿Qué dices?, ¿quieres mi fusilamiento? Necesito un pasaporte falso y, por lo que me has confesado desde que nos conocimos, estás en perfectas condiciones de fabricarme uno. Es peligrosísimo, mujer. No exageres, más peligroso es atravesar las barreras de Migraciones con mi rostro al descubierto. Bueno... sí, pero no, no, no puedo. Sí que puedes, le apretó la cara con sus manos. Javier las retiró con suavidad, miró el piso y tardó en responder: Deberé andar con pie de plomo. Gracias, eres un amigo excepcional. No creas, ya estoy arrepentido de haber aceptado, es una locura, mejor me retracto; sí, me retracto. No te retractes, todo saldrá bien y yo te digo gracias de nuevo; ¿qué necesitas de mi parte? ¿Qué necesito? Tu fotografía. Claro, pero te daré una modificada, con los arreglos de cabello y maquillaje que voy a tratar de hacerme para que no me identifiquen. Tendré que cambiar tu nombre, tu edad, explicó Javier, inventar otro domicilio y... No me des detalles, los detalles técnicos quedan a tu cargo, lo interrumpió. Está bien. Usa tu experiencia y habilidad, sólo fabrícame un pasaporte en buena ley. ¿Buena ley? Es un decir, me entiendes. Claro que te entiendo. ¿Cuándo estará listo? Puede ser que en dos días a partir del momento en que me entregues la fotografía.

Cuando, con elipsis que recurrían a recuerdos compartidos y los personajes de *Los hermanos Karamazov* y de *Ana Karenina*, Carmela transmitió su temerario proyecto a Ignacio, éste tardó en captarlo, pero enseguida se aplicó a disuadirla. ¡Espera otro mes, el pope está de viaje! Otro mes es demasiado, lo puedo lograr antes. No sé, mi amor, no es tiempo para las heroínas de novela. ¿Heroína de novela? Por favor, Ana Karenina no tiene nada de heroico, ha llegado al límite.

Javier apareció durante la mañana con el pasaporte. Luego de hacerle ver cuán perfecta era la simulación del documento con la nueva fotografía bien instalada, el nombre sueco y una abundante cantidad de sellos y firmas, se resistió a entregárselo. Vamos, no te hagas el tonto, chico. No me hago el tonto, protestó, corremos peligro. Ella le arrancó la libreta y él se quedó mirándola con lástima. Al rato Javier metió su mano en el bolsillo y extrajo unos dólares: Te los presto para que te compres el pasaje hoy mismo, ya que estamos jugados, juguémonos a fondo; me los devolverás apenas puedas. A Carmela se le humedeció la mirada.

Horas después llamaron a su puerta.

—¿Quién es?

—Nico...

Conocía esa voz de ultratumba: Nicodemo Márquez. Lo hizo pasar y el hombre ni se demoró en el saludo, sino que buscó la radio y la puso al máximo volumen. Hizo sentar a Carmela junto a él para hablarle al oído. Su primera frase fue: Tu hermano te anunció mi visita. Sí, sí, repitió la palabra "Nico" cuando me habló, qué estúpida, pensé en Nicolás II. Bien, tengo un mensaje importante que me ha hecho llegar por medio de su amigo en la embajada de México. ¿Quién es? Te visitó hace un tiempo, mejor que no sepas su nombre, estas cosas son muy delicadas. ¿Cuál es el mensaje? Trata de escuchar, porque lo diré muy bajo, tal vez no es suficiente el ruido de la radio para que no me graben los micrófonos que seguro te han puesto aquí. Ella se corrió el cabello para despejar la oreja y se enteró a través del murmullo que sopló Nicodemo de que Lucas había llegado a La Habana con pasaporte mexicano, nuevo nombre, ropa de empresario rico, bigotes a lo

Emiliano Zapata y cabello corto, casi rasurado. Pero... para qué se arriesga, si lo descubren... Se arriesga porque viene a llevarte. ¿Qué dices? Sí, viene a llevarte. Pero... pero eso es imposible, lo meterán preso. Él asegura que no es imposible. Dime qué planea, Nicodemo, para creerte. No tengo más datos, ha querido evitar las filtraciones; su mensaje se limita a informar que ya está aquí, aquí, en esta ciudad, y se encontrará contigo en el Malecón, entre las calles Águila e Industria, esta tarde a las seis. ¿Esta misma tarde? ¡Me dejas atónita! Pues concéntrate y memoriza, hoy a las seis en punto, en el Malecón, debes caminar por ese tramo y él se acercará a ti.

Carmela empezó a transpirar. Se daba todo junto, qué complicadas son las cosas. Ya no necesitaba el riesgo de Lucas. Miró la sonrisa de Nicodemo, cariñosa y desdentada, y decidió confiarle su secreto. Con voz susurrada le contó lo realizado por Javier Paredes; no sólo le trajo un pasaporte que convencería a los agentes más expertos de Migraciones, sino que tuvo la generosidad de prestarle dinero para comprar el ticket. Nicodemo se rascó las motas de marfil y se encerró en una meditación. Apoyó su manaza sobre el hombro de ella y, con los ojos llenos de convicción dijo: Me da más confianza el proyecto de Lucas.

Carmela sirvió el té y las galletitas que le había provisto Javier. Nicodemo le hizo entender con algunas palabras y muchas señas de que había conseguido que otros dos lanchones pudieran fugar a Miami con éxito. Seguiría ayudando a quienes se animan a navegar, pero no se incorporará a ninguna nave porque tenía mucha familia de la que no podía separarse. Bajaron el volumen de la radio antes de que se quejaran los vecinos. Nicodemo la abrazó como si fuese la última vez y partió antes de que ella advirtiese su masculino llanto a punto de explotar.

Muy excitada, Carmela dedicó las horas que faltaban para su encuentro con Lucas a mejorar el teñido de la cabellera, pintarse de nuevo las pecas, resaltar las pestañas y ajustar las costuras de su vestido sexy. Cargó su cartera con el pasaporte, del que sólo se desprendería si le cortaban el brazo. Fue al Malecón.

Marchó con apariencia tranquila, sus cabellos luminosos flotaban en la brisa que soplaba el mar. Cada tanto miraba sobre su hombro, como se había acostumbrado desde que le prohibieron entrar al congreso de Cirugía. Sólo la mujer de Lot se había convertido en estatua de sal por realizar ese prohibido movimiento de curiosidad o desconfianza, ella debía protegerse.

Antes de llegar a la esquina de la calle Águila fue sorprendida por una voz asordinada: No te detengas, sigamos hablando con la vista al frente. Carmela tropezó con una baldosa y movió los ojos para cerciorarse. A su lado caminaba un hombre maduro con el cabello tan corto que parecía un cepillo, bien afeitado, con robusto bigote, camisa celeste, corbata de lazo y saco escocés. No evocaba al guerrillero barbudo, morocho y de piel aceitunada que la había convencido de incorporarse al Ejército Rebelde y que se despidió hace años en un inhóspito cuarto del aeropuerto vestido con ropa gastada. Tuvo deseos de olvidar el mundo y su rosario de peligros para saltarle al cuello y estrujarlo con un abrazo.

—¿Cuándo llegaste? ¿Dónde te alojas?

—No me mires… soy ciudadano mexicano y no utilizo el apellido Vasconcelos, sino los dos de mamá.

Disminuyeron la velocidad para que durase más tiempo la charla.

—Me alojo en el Riviera, espero que te hayan pasado toda la información.

—No toda, supongo... —evitaba mirarlo, pero le rozaba la mano durante su torpe balanceo.

Algunas personas venían en sentido contrario y los separaban, otras venían detrás y las dejaban pasar para volver a unirse. Se mordían los labios. Debían establecer una comunicación precisa en pocas frases. Y sin despertar sospechas.

—Traje lo necesario para llevarte. Sólo necesito tu foto actualizada.

—La tengo en... —bajó aún más la voz hasta hacerla casi inaudible— en el pasaporte que me hizo un amigo. Está en la cartera.

—Muy bien. Trasladaré esa foto al que yo te traje —caminaron otro trecho sin hablar—. Es mexicano y diplomático —agregó—, con el sello de tu entrada a Cuba. Será más convincente.

—¿Eso conseguiste? —la detuvo el asombro.

—Todo se consigue con dinero en el maldito mundo capitalista.

—Estaba por comprar mi ticket —susurró ella—. Me prestaron el dinero.

—No lo hagas, no debes dejar señas. Usarás el ticket que te traje yo. Sólo necesito la foto, que me entregarás enseguida. Pero no aquí.

—Cómo, dónde.

—Espera, también estoy inquieto... —avanzaron unos diez metros—. Escucha bien. A una cuadra hay un callejón, nos metemos y abrazamos como si fuésemos amantes. Tu lado izquierdo quedará pegado a la pared, con la cartera disimulada bajo el brazo. Yo te cubro y deslizas tu pasaporte a mi bolsillo. ¿De acuerdo?

—Mi lado izquierdo... —repitió Carmela para fijar el dato—. Sí, conozco el callejón. No es muy seguro.

—Más seguro que esta calle —se separaron marchando siempre en paralelo, ella junto a la pared, él esquivando a quienes lo presionaban hacia la calzada; poco antes de llegar al callejón volvieron a juntarse y Lucas dijo: —Mañana temprano, a las ocho, vuelves a este lugar, donde te estaré esperando. ¿Escuchaste? Subiremos al mismo taxi, como si fuésemos una pareja. Y nos vamos. Nos vamos a México.

—No puede ser cierto.

—Estamos muy cerca. Cálmate. Lado izquierdo contra la pared. Después nos separamos, tú a la casa de Nicodemo, yo al hotel.

—¿A casa de Nicodemo?

Doblaron, el callejón estaba casi vacío.

—Se puede haber filtrado algo.

—Debería decirle a Javier.

—¡Ni una palabra!

—Es un amigo de verdad.

—¡Ni una palabra! Nicodemo me ha dicho que ese hombre trabaja en el MINT; por bueno que sea, puede haber dejado caer alguna pista. Así que... ¡silencio, por favor! ¿Prometes?

En su departamento Carmela se despidió por tercera vez de los libros y los viejos muebles que quedaban. Llenó la pequeña valija ocre comprada en Argelia. Evitó incorporar las fotos de Ignacio y las de su propia familia. Se cepilló la cabellera y terminó de depilarse las cejas hasta convertirlas en un arco muy fino; pintó de nuevo las pecas de sus mejillas. Cuidó de apagar la luz y dejar la cocina en orden, por si venían a buscarla.

En la calle subió a un taxi y enfiló hacia la calle Jesús Peregrino, mirando hacia atrás para saber si la seguían. Bajó dos cuadras antes para que el taxista no supiera dónde esta turista escandinava que hablaba un castellano defectuoso iba a tener su aventura tropical. Ingresó en un patio cubierto de buganvillas escuálidas, trepó una escalera de hierro hasta el piso alto y luego alcanzó el ático, al fondo de un pasillo. La puerta pintada de azul tenía rajaduras. Por suerte estaba Nicodemo esperándola: ya se había enterado de sus movimientos por el clandestino vínculo que mantenía con la embajada de México. Le había preparado otro lecho en un rincón del único cuarto para cederle su cama. Eres un ángel, agradeció Carmela.

Cenaron arroz con plátanos y unas frutas caras que Carmela había traído de su apartamento. Esa noche ninguno de los dos pudo dormir, seguros de que era la última vez que se veían. El sueño los relajó cerca del amanecer. Gracias a la luz que se derramaba por el vitral de la claraboya pudieron levantarse a tiempo. El toilet quedaba en el piso de abajo y ya había otros vecinos haciendo cola. Bebieron un agua caliente que recordaba al café malo, pero servía para aclararse la garganta. Después tomaron un vaso de agua azucarada. Nicodemo bajó solo con la valija hasta la puerta. Cuando no hubo gente a la vista, descendió rápido Carmela.

Llegó al Malecón, cerca de la calle Águila y enfiló hacia el punto de encuentro. Llevaba unos minutos de atraso. Torció hacia donde debía estar esperándola Lucas. Vio un taxi estacionado en el callejón y alguien sentado en la parte de atrás. Lucas la abrazó e invitó a subir con un movimiento de príncipe. Los invisibles vigilantes sospecharían que eran unos amantes que desplegaban su aventura adúltera en la pintoresca Ciudad Vieja.

—Tu apartamento —le dijo al oído— fue allanado anoche.

Carmela palideció.

—Menos mal que no estabas.

—Por Dios...

—Te dije que es imposible evitar las huellas. Ayer a la mañana te dieron el pasaporte y por la noche te lo hubieran descubierto en tu casa. No habrías tenido escapatoria. ¿Hablaste con tu amigo?

—¿Con Javier? No, te prometí que no.

—Menos mal.

En el aeropuerto solicitó la ayuda de un cargador para que transportase el equipaje de ambos hasta la fila del check in. Allí Lucas presentó los tickets y los pasaportes. La empleada, de riguroso uniforme y más rigurosa mirada, se abocó al escrutinio de los papeles. Lucas y Carmela se incomodaron cuando ella hizo la minuciosa comparación entre las fotografías y los rostros, porque observaba con el malicioso deseo de encontrar la infracción escondida. Por fin imprimió las cartulinas de embarque, que entregó con una inesperada sonrisa. Partió el equipaje por una ruidosa cinta negra y Lucas dio una propina al cargador.

Caminaron hacia las cabinas de Migraciones que esperaban como fauces de lobo. Inspiraron profundo e ingresaron por el exclusivo corredor de los diplomáticos. Él tomó de la mano a Carmela para transmitirle el aplomo que aún le quedaba. Saludó al oficial sentado tras la ventanilla para hacerle oír su pronunciado acento mexicano. El oficial no respondió y fue más escrupuloso aún al comparar las fotografías de los pasaportes con los rostros que tenía enfrente. Transcurría en esos minutos la prueba más ardua. El hombre leyó cada hoja, como si estuviesen escritos en sánscrito. Al cabo de un lapso que pareció eterno cerró las libretas y las entregó mirándolos de una forma extraña, casi amable.

Se dirigieron entonces hacia la puerta del embarque, que ya había comenzado según informaban los parlantes. Era un trayecto largo y mágico que llevaba de un mundo a otro. Veían la puerta a la distancia. Su aspecto no difería de otras, sencillas, pero en este caso investida de un poder enorme, porque allí se jugaría su futuro. Lucas miró complacido el reloj, porque el cálculo de los tiempos funcionaba de maravillas. No debían demorarse ni someterse a más miradas de las que ya sufrieron ante oficiales alertas; quedaba poca gente en torno, lo que más convenía. Ambos tenían seca la garganta y el pulso acelerado. Carmela volvió a pensar en las galaxias, ahora iba hacia la galaxia de la libertad, que había supuesto imposible de conseguir. Evocó otra galaxia diferente y lejana, la de su estrellado velo de novia, ¡qué disparate!

Caminaba contraída por el esfuerzo de simular absoluta calma. La iluminación era intensa y el piso brillaba como si hubiesen acabado de pasarle cera. A medida que se acercaban a destino disminuían los anchos corredores, como si desaparecieran luego de haberles prestado el servicio de conducirlos hasta el arco del ansiado embarque. Lucas y Carmela frenaban sus piernas para que no se lanzasen a correr. A ella la fascinaban los golpes tiernos que su amplia cabellera de bronce daba alternativamente contra los hombros, era una sensación novedosa que sonaba a melodía de marcha feliz.

Cuando ingresaron en la nave respiraron la fragancia del desodorante que acababan de rociar y se miraron extrañados. No podía ser cierto. Instalaron los bolsos sobre el portaequipajes y se sentaron. Abrocharon los cinturones de seguridad y miraron sin sacarlas de su sitio las revistas y cartulinas en el bolsillo del asiento de adelante. Por las ventanillas advirtieron que se retiraba haciendo círculos el camión que había cargado el combustible. Una voz femenina empezó a dar los consejos de rutina. La azafata recorría el pasillo contando el número de pasajeros y contemplando la verticalidad de los respaldos. Los motores estaban encendidos y pronto iniciarían el carreteo. En sólo minutos penetrarían el colchón de nubes. Lucas se inclinó hacia la oreja de Carmela y le recitó un pensamiento de Chesterton: "Lo que me agrada del gran novelista que es Dios son las molestias que se toma por sus personajes secundarios". Somos personajes secundarios de la Revolución cubana, Carmela, y ¡mira por cuántas aventuras nos hizo pasar! Ella asintió e imaginó que, a su lado, también Ignacio sonreía complacido.

Agradecimientos

El chispazo que encendió esta novela fue la historia de Nancy Julien que, venciendo los dolores que le había deparado su accidentada vida, se atrevió a contármela. Merecía una biografía minuciosa que no me atreví a abordar, ni ella autorizaba. Apareció entonces la tragedia de la neurocirujana Hilda Molina. Nory advirtió que en mi sangre hervía una historia de amor que me resistía a narrar. No le fue fácil convencerme, pero mantuvo la perseverancia; sabía que tarde o temprano me lanzaría a esta cautivante aventura. La redacción combinó períodos tranquilos y otros difíciles. La empecé en Buenos Aires y la proseguí durante mi estadía en la American University y el Wilson International Center de Washington, alternando con otras actividades. La ampliación del horizonte que me proporcionaron ambas instituciones, así como los innumerables contactos establecidos en reuniones y congresos, abonaron la inspiración que demandaba este relato.

No he llevado un registro de todas las personas que me ayudaron. Pido disculpas a las que omito, algunas para preservarles la identidad y algunas porque merecen más que una simple mención. Agradezco los borradores que me facilitó Nancy, los maravillosos libros de Carlos Alberto Montaner, las imprescindibles memorias de Húber Matos en su *Cómo llegó la noche*, de donde obtuve una caudalosa y escalofriante información, la inteligente obra de Andrés Oppenheimer, la precozmente develadora *Persona non grata* de Jorge Edwards, *El Gulag castrista* de Enrique Ros, las *Memorias de un soldado cubano* por "Benigno" Daniel Alarcón Ramírez, el capítulo de Pascal Fontaine en *El libro negro del comunismo*. Además, infinidad de artículos que fui leyendo en castellano, inglés y francés, reuniones con testigos conmovedores, lecturas guiadas de mapas. No omito a Frank, por supuesto, quien me contó su fantástica huida en una lancha sin salvavidas.

Ricardo Baduell contribuyó a editar la obra con sólido profesionalismo. Mi agente Guillermo Schavelzon leyó los originales y me brindó consejos útiles para la corrección final. Por último, agradezco a la editorial Random House Mondadori y sus asociadas internacionales por haber confiado en este libro.

Índice